나의
크레딧카드
왕자님

나의
크레딧카드
왕자님

2

———— 조아해 장편소설

꼬조낙 이엔티

나의
크레딧카드
왕자님 2

초판 1쇄 발행 2018년 3월 10일

지은이 조아해
펴낸이 배선아
펴낸곳 (주)고즈넉이엔티

출판등록 2017년 3월 13일 제2017-000022호
주소 서울시 강서구 공항대로 649 제성빌딩 303호
대표전화 02-6269-8166 **팩스** 02-6166-9199
이메일 gozknock@naver.com

ⓒ 조아해, 2018
ISBN 979-11-88504-59-6 04810
　　　 979-11-88504-57-2 (세트)

차례

---

1. 낮져밤이女의 습격 _007

2. 사내 연애의 조건 _048

3. 깨진 단추(Split Button) _090

4. 제주도 푸른 밤 _137

5. 오렌지 재스민 _174

6. 그대 목소리에 내 마음 열린다 _204

7. 특종 기사 _241

8. 신용카드로 살 수 없는… _301

1
낯져밤이女의 습격

정남은 회장실 벽면에 설치된 거대한 유리 어항을 바라보았다. 아쿠아리움에서나 볼 법한 희귀한 물고기들이 생동감 넘치게 헤엄쳤다.

"하찮은 생선 따위가 감히 내 어항에 들어오려고 해?"

정남이 괘씸하다는 듯 혼잣말로 중얼거릴 때, 최 비서가 들어왔다.

"회장님, 아가씨들께서 요새 회장님과 통화가 안 된다고 걱정이 많습니다. 오늘 안부 전화를 돌리시는 게 어떨지…."

"아, 그렇지! 엉뚱한 곳에 신경 쓰느라…."

"그럼, 연결할까요?"

"그래!"

최 비서는 전화를 걸어 대기시킨 후, 정남에게 휴대폰을 건넸다.

정남은 한껏 목청을 가다듬고는 아무 일도 없었다는 듯 살갑게 통화를 시작했다.

"그래, 아가!"

〔아버님, 나빠요! 제가 얼마나 전화를 많이 했는데요.〕

수화기 너머로 젊은 여자의 애교 어린 콧소리가 흘러나왔다. 성대에 꿀이라도 바른 듯 미끌미끌한 소리였다.

"요새 내가 일 때문에 정신이 너무 없었어요. 우리 유나, 아픈 데는 없고?"

〔네? 아버님…. 저 세린인데.〕

"아아, 그래. 맞아, 세린이! 나이 들면 다 이래. 자꾸 깜빡깜빡하고 헛소리를 한다니까."

〔아버님, 언제 시간 내주실 거예요. 저 아버님이랑 같이 갈 맛집 알아놨어요. 데이트해요, 우리.〕

"그래! 최 비서 통해서 시간 잡도록 하마. 그럼 또 연락하자꾸나."

〔꼭이에요, 꼭!〕

"그래, 유나, 아니 세린아!"

정남은 후다닥 통화 종료 버튼을 눌렀다.

곧바로 책상 서랍을 열어 서류 뭉치 하나를 집었다. 얼핏 보면 이력서처럼 보이는 서류들이 보였다.

"그래, 강세린, 한양신문 막내딸."

정남은 이제야 기억났다는 듯 고개를 끄덕였다. 비서가 곁으로 다가와 말했다.

"회장님, 다음은 한유나 양입니다."

"그래, 4강인데, 아직도 이름이 헷갈려서야."

"곧 정리되실 겁니다. 그럼 다음 연결할까요?"

"어디 돌리는 김에 다 돌려보지."

잠시 후 비서가 통화가 연결이 된 휴대폰을 다시 그에게 건 넸다.

"아가, 나다."

[아버님! 그동안 무탈하셨는지요? 연락이 닿질 않아 많이 걱정하던 차였습니다.]

정숙한 목소리에서 요조숙녀의 분위기가 뿜어져 나왔다.

"그래, 우리 아가도 무탈했지? 요새 내가 일 때문에 정신이 너무 없었어요."

정남은 정해진 스크립트를 읊는 상담원처럼 업무적으로 통화를 이어나갔다.

1년 6개월 전부터 시작된 예비 며느리 어장관리는 이제 최후의 4인만이 남은 상태였다.

재벌들의 세계에서 자식의 혼사는 비즈니스의 연장선상이었다. 비슷한 집안끼리 업무 제휴를 위해 혼사를 맺거나, 더 나은 집안과 정략결혼을 하는 게 일반적이었다.

지욱은 젊은 경영인 중에서도 가장 특출 난 실력을 인정받아 여러 그룹에서 콜을 받았다. 그중엔 대한민국 최고의 통신사 그룹도 있었다. 카드사와 통신사 간의 제휴로 펼칠 수 있는 사업은 무궁무진했다. 하지만 정남은 그 제안을 단칼에 거절했다.

사업적으로는 분명히 큰 이득을 거두겠지만, 로얄카드보다 재계 서열이 높은 집안과 인연을 맺어 괜히 기죽고 싶지 않았다. 용의 꼬리가 되느니, 뱀의 머리가 낫다는 게 그의 신조였기 때문이다.

정남은 한 번뿐인 인생을 쩔쩔매며 사느니, 차라리 마음 편한 집안과 연을 맺어 땅땅거리며 사는 게 낫다고 생각했다. 그렇다고 너무 손해 보는 장사를 하고 싶은 마음은 눈곱만큼도 없었다. 로얄카드보다 재계 서열은 낮지만, 그렇다고 너무 떨어지지도 않는 집안. 그게 그가 생각하는 이상적인 대상이었다.

정남은 그에 해당하는 집안 자제들을 대상으로 자신만의 가두리 양식을 시작했다. 그중에서 고르고 고른 네 명을 어항에 넣어 본격 관리했다. 이처럼 아버지가 아들의 아냇감을 직접 찾는 것은 로얄카드를 만든 그의 조부 때부터 대대로 내려온 전통 중 하나였다.

헌데 생각지도 못한 은지의 등장은 정남을 분노케 했다. 하천에서나 놀 법한 천한 물고기가 고급 어항에 들어오겠다고 부닥쳐대는 꼴이라니!

사실 정남은 은지의 천한 신분보다 더 마음에 걸리는 게 있었다. 바로 그녀의 목소리.

정남은 처음 은지의 목소리를 들었던 때를 떠올렸다.

'제가 보기에 지금 갑질은 고객님께서 하고 계신 것 같은데요! 저 말이죠, 동네북 아니거든요!'

비서의 태블릿에서 흘러나오던 막말 상담원 오디오 파일.

정남은 얼굴도 모르는 여자의 목소리에서 왠지 모를 익숙함을 느꼈다. 그 순간, 그의 귓가로 아련한 음성이 재생되었다.

'저기요, 도정남 사장님! 사장님처럼 높은 분들 눈엔 저 같은 직원은 사람으로도 안 보이나요? 저 지난 1년간 로얄상사 사내 안내 방송원으로서 한 치의 부끄러움도 없이 열심히 일해 왔어요. 회사 행사를 내 집 식구들 소식 전하듯… 정말 애정을 갖고 일했다고요. 그런데 예고도 없이 내일부터 나오지 말라니요! 이런 법은 없어요. 본인 가족이라고 생각해보세요!'

다짜고짜 사장실 문을 박차고 들어와 소리치던 여자.

그녀의 한마디 한마디가 정남의 마음에 박혀 들었다. 또렷한 발음과 호소력 있는 목소리 그리고 알게 모르게 떨리던 그녀의 여린 목울대.

정남은 처음으로 누군가의 목소리에 마음이 이끌렸다. 그 목소리가 그의 인생을 흔들어놨다. 이미 가정이 있던 그에게 그녀와의 사랑은 금지된 것이었다. 하지만 그 사이에서 지욱이 태어났다.

태블릿에서 흘러나오던 은지의 목소리는 지욱의 엄마 선주의 목소리와 참 많이 닮아 있었다. 운명의 장난인지, 지욱 또한 그녀에게 이끌리고 있는 게 보였다.

정남은 어떻게든 두 사람을 막고 싶었다. 지욱이 은지를 만나 그녀에게서 엄마의 향수를 느끼면, 언제 그 그리움이 원망이 되어 자신에게 돌아올지 몰랐다.

'대체 왜 어머니를 버리신 겁니까?'

정남은 그 질문에 아무 대답도 하지 못했다.

그저 겁이 나서였다고 말하기엔 그의 자존심이 허락지 않았다.

금지된 사랑이 세상에 알려지면 받게 될 손가락질과 자신이 잃어야 할 많은 것들. 그것을 생각하니 정남은 더 움츠러들었다. 그러니까 그녀를 버린 게 아니라 그녀로부터 도망친 것이었다.

하지만 이 사실을 지욱에게 말할 수는 없었다. 은지의 목소리를 듣는 순간, 정남의 마음속은 불길한 느낌으로 가득 찼다. 무슨 수를 써서라도 막고 싶었다. 지난 사랑은 비극으로 끝났지만, 부자 관계마저 비극으로 끝맺고 싶지는 않았다.

무엇보다도 정남은 아들을 사랑했다. 자신과 달리 빈틈없고 완벽한 지욱에게 저도 모르게 많은 부분을 의지하고 있었다.

***

"양은지! 뭐해, 점심 먹으러 안 가?"

"어, 어?"

은지가 놀라며 정신을 차렸다. 정남과의 통화 후, 은지는 무슨 정신으로 상담을 했는지 모를 만큼 얼이 빠진 상태였다.

'당장 그 큰돈을 어디서 마련하지….'

회사 로비를 나설 때도 은지는 그 고민에서 헤어 나오지 못했다.

수 백여 가지의 카드와 혜택을 줄줄이 꿰고 있는 그녀였지만,

이런 상황에서 그녀를 구제해줄 만한 카드는 어디에도 없었다.

"은지야, 사거리에 두루치기 집 알지? 먼저 가 있어. 나 화장실 좀 갔다 갈게."

경란이 팔짱을 풀며 말했다.

은지는 엉겁결에 고개를 끄덕이고는 계단을 내려갔다. 그때 수상적은 차림의 남자가 눈에 띄었다.

검은 모자를 푹 눌러쓰고, 손바닥만 한 마스크로 얼굴을 절반쯤 가린, 전형적인 범죄자의 꼬락서니였다.

헌데 그가 전광석화처럼 돌진하고 있는 방향이 심상치 않았다. 은지는 주변을 두리번거렸다. 그곳에는 그녀 말고는 아무도 없었다.

'설마, 나한테 오는 건가?'

은지가 멍하니 서 있는 사이, 검게 치장한 남자가 순식간에 다가왔다. 그리고는 그녀의 손목을 확 낚아챘다.

"험한 꼴 보고 싶지 않으면, 조용히 따라 와."

'근데 이 목소리…!'

마스크와 꾹 눌러쓴 모자로도 가려지지 않는 게 있었다. 발음, 호흡, 발성 삼박자를 모두 갖춘 완벽한 목소리.

'차성준!'

그의 손에 잡혀 순식간에 골목으로 끌려갔다.

"너 때문에, 너 때문에 내가 더러운 유치장 신세까지 졌어. 내가!"

그가 다시 입을 열자, 진한 알코올 냄새가 코끝을 찔렀다.

'술이라고는 생전 입에도 대지 않는 사람이!'

은지는 왠지 모를 불안감에 휩싸였다. 요즘 포털 사이트에 자주 등장하는 키워드가 머릿속에 들어와 콕콕 박히기 시작했다.

데이트 폭력. 이별 후 납치. 이별 살인.

은지는 몸을 부르르 떨었다. 성준의 강압에 온몸의 힘이 쫙 풀리는 것 같았다.

'호랑이굴에 잡혀가도 정신만 차리면 산다지…'

하지만 막상 그런 상황이 되니 은지는 깨달았다. 자신이 쫄보라는 것을.

"나만 이렇게 망가질 수는 없어. 감히 네가 나를 건드려?"

성준이 기괴한 미소를 지으며 말했다.

'저런 인간과 6년을 사귀었다니…'

지금 은지의 눈앞에 있는 남자는 그녀가 알던 사람이 아니었다.

"넌 죽었어."

그 순간이었다. 성준의 얼굴로 날카로운 주먹이 한 방 날아들었다. 놀란 은지는 두 눈을 질끈 감았다. 성준은 맥없이 앞으로 고꾸라졌다.

"느언 뭐야…"

어렵사리 고개를 든 그의 코에선 쌍코피가 주르륵 흘렀다.

두 눈을 꾹 감은 은지는 머릿속으로 누군가를 떠올렸다. 도지욱…!

한동안 새어나오던 성준의 신음소리가 점점 멀어졌다. 상황이 종결된 건가?

주변에 아무 소리도 들리지 않자, 은지는 조심스레 눈을 떴다. 그녀를 구해준 흑기사의 모습이 서서히 드러났다.

"괜찮아요, 선배?"

건우였다.

'본부장님이 아니었네?'

"대니얼…!"

뜻밖이었다. 건우의 도움을 받게 될 줄이야! 그 와중에도 가장 먼저 보이는 건 붉게 피가 번진 건우의 손이었다.

"피! 피 나잖아! 대니얼, 괜찮아?"

은지는 호들갑스럽게 건우의 팔을 붙잡았다. 건우는 피가 흐르든 말든 상관없다는 듯 은지의 얼굴만 바라봤다. 걱정 어린 눈으로 자신을 봐주는 그녀의 모습을.

성준은 눈두덩이 퉁퉁 부은 채 비틀비틀 걷고 있었다.

"다음엔 진짜 가만 안 둬…."

그래도 분이 가라앉지 않은 듯 계속 씩씩거렸다. 그때 누군가 뒤에서 그의 어깨를 툭툭 두드렸다. 짜증이 머리끝까지 훅 솟구쳤다.

"에이씨, 또 누구야!"

성준이 인상을 쓰며 돌아보는 순간, 콧잔등, 턱 그리고 복부까지 이어지는 3연타 펀치가 날아들었다. 그림과 같은 연타였다.

성준은 그대로 고꾸라지듯 무릎을 꿇은 채 배를 움켜잡고 말했다. 그의 입에선 허연 침이 줄줄 흘러나오고 있었다.

"쓰레기 같은 새끼."

"뭐, 쓰레기? 너 고소할 거야, 이 새끼."

성준은 고개를 들어 상대를 응시했다.

"어?"

그 순간, 복어처럼 부은 두 눈두덩이 움찔거렸다. 이번엔 지욱이었다.

"다, 당신이 어떻게…."

지욱은 성준의 더러운 면상으로 백만 원짜리 수표 세 장을 던지며 말했다.

"그걸로 침이나 닦고 꺼져."

"뭐?"

성준이 고개를 치대며 버럭 소리쳤다.

"다신 내 여자 앞에 나타나지 마. 네 장례식비까지 대주고 싶은 마음은 추호도 없으니까."

지욱은 그 말을 남기고 도도하게 걸어갔다.

성준은 멀어지는 지욱의 뒤통수를 노려보다 힘없이 시선을 떨구었다.

주섬주섬 수표를 집어 한참 동안 들여다보았다.

'몇 대 맞은 것 치곤 꽤 쏠쏠하군. 성우를 때려치워야 하나….'

은지는 약이 든 비닐봉지를 들고 벤치로 달려갔다.

그곳에 건우가 기다리고 있었다.

"진짜 괜찮다니까요, 선배."

"내가 이래봬도 소독 전문가야!"

은지가 두 팔을 걷어붙이며 씩씩하게 말했다.

"소독 전문가는 또 뭐예요? 그런 것도 있나."

"내가 말 안 했나? 남동생이 둘이나 있다고. 하나는 고등학생이
고, 또 하나는 중학생인데 그때가 한참 남자 애들 치고 박고 할 때
잖아. 친구들한테 쥐어 터져서 올 때마다 내가 약을 얼마나 많이
발라줬는지…."

"부럽다…. 이런 누나가 있어서."

"대니얼은 형제 없어?"

은지가 궁금하다는 듯 물었다.

"형이… 한 명 있긴 한데."

"그럼 둘이 친하겠네?"

"우리 형은 좀 어려운 사람이에요. 어렸을 때부터 그랬거든요.
늘 완벽했으니까. 가끔은 흐트러져서 장난도 치고 싶고, 같이 놀
고도 싶었는데. 형은 단 한 번도…."

건우는 옛 기억이 떠오르는지 말끝을 흐렸다.

"많이 외로웠겠다, 대니얼…."

"아버지한테 비교도 많이 당했죠. 너희 형은 뭘 하든 척척 해내
는데, 넌 왜 그 모양 그 꼴이니… 하면서. 근데 있죠. 전 한 번도 형
을 질투하거나 부러워한 적 없어요."

"진짜? 너 보기보다 대인배구나!"

"그건 아니구요. 전 형의 있는 그대로를 좋아했거든요. 완벽하려고 노력하는 형이 가끔은 측은하기도 했고요."

"어렸을 때도 꽤 어른스러웠네."

"어렸을 땐 단 한 번도 형이 가진 걸 부러워하거나 갖고 싶다 생각한 적이 없었는데… 요즘에는 좀 달라졌어요."

"진짜?"

"네."

건우의 답변은 간결하면서도 확고했다.

"하긴 사람인데…! 당연히 그럴 수 있지. 근데 어떤 건지 물어봐도 돼? 형의 어떤 걸 갖고 싶어졌는지."

은지는 호기심 가득한 눈으로 그의 얼굴을 들여다보았다.

건우는 의미심장한 눈으로 은지의 눈을 똑바로 응시했다. 그 눈빛이 마치 질문에 대한 대답이라는 듯 빛났다. 건우가 막 입을 열려는데, 낯선 목소리가 끼어들었다.

"혹시 도건우 사원이십니까?"

흰 가운을 입은 여자가 구급상자를 들고 있는 게 보였다.

"의무실에서 나왔습니다. 다치셨다고 전화를 받아서요."

"선배가 전화한 거예요?"

"나 아닌데?"

은지가 고개를 저었다.

"누구지?"

그때 은지의 휴대폰에 문자 메시지 하나가 도착했다.

'간호는 진짜 간호사에게 맡기고, 넌 잠깐 나를 봐야겠어.'

은지는 고급 한식당으로 들어섰다.

개량 한복 차림의 중년 여자가 VIP 룸으로 안내했다. 지욱이 있었다.

"어떻게 안 거예요? 의무실에 전화한 것도 본부장님 맞죠?"

은지가 지욱의 맞은편으로 가 앉으며 물었다.

"아무 남자 도움 받지 마."

지욱이 나지막한 목소리로 말했다.

"네?"

"혼자 돌아다니지도 말고."

"어떻게 그래요!"

"일거수일투족을 지켜볼 수도 없고. 널 어쩌면 좋지? 이렇게 불안해서."

지욱의 걱정 어린 목소리에 은지는 심장이 살짝 두근거렸다.

"그냥 사고였어요. 취객 난동 같은 거 있잖아요."

"경호원을 붙여야겠어."

지욱이 진지하게 말했다.

"뭐라고요? 됐어요. 싫어요! 제가 뭐 회장님이라도 돼요? 본부장님도 가끔 보면 엉뚱한 구석이 있다니까."

은지는 손사래를 치며 고개를 마구 흔들었다.

"난 내 것은 뭐든 끝까지 지키는 사람이니까."

은지의 얼굴이 새빨갛게 달아올랐다.

"그, 그런 말을 참 아무렇지 않게… 잘도 하시네요."

은지가 고개를 들지 못하고 더듬거렸다. 그리고는 목이 마른지 물을 벌컥벌컥 털어 넣었다.

지이잉 지지징.

때맞춰 주머니에 있던 휴대폰이 진동하기 시작했다. 은지는 얼른 화면을 살폈다.

도정남 회장님.

화면에 뜬 이름을 보자 저도 모르게 얼굴이 일그러졌다.

은지가 도로 휴대폰을 집어넣었다.

"받아도 괜찮아."

"아, 아녜요. 급한 건 아니라…."

"왜? 내 앞에서 받으면 안 되는 전화인가?"

"아, 그런 게 아니고…."

'당신 앞에서 빚 독촉 전화를 받을 순 없잖아요. 그것도 당신 아버지의 독촉 전화를.'

"받아!"

지욱은 이상한 오기가 발동했는지 자꾸 밀어붙였다. 은지는 하는 수 없이 휴대폰을 귀에 가져다댔다.

"네, 양은지입니다."

***

"아 아!"

"이제 그만! 그만!"

"조금만 더요!"

"아아!"

"어때요?"

"맛있어!"

정남은 입 안 가득 음식을 우걱우걱 씹으며 말했다. 무채색의 생활한복을 입은 젊은 여자가 흐뭇하게 웃었다.

"아버님, 제가 하나 더 싸드릴게요. 아 아!"

"아, 아니야. 난 배가 만땅 찼어요. 우리 유나도 먹어."

정남은 첫 번째 며느리 후보, 한유나와 점심을 하고 있었다. 그녀는 전국적으로 음식 체인점을 거느리고 있는 요식업계의 큰 손, 조은푸드 한 회장의 친손녀였다.

조은푸드는 유기농 채소만을 사용하는 쌈밥과 샤브샤브 브랜드로 인기몰이를 하고 있었다. 가업 덕분인지 유나의 요리 솜씨는 일품이었다. 요리면 요리, 인성이면 인성. 게다가 그녀는 요즘 아가씨답지 않게 정숙한 모습으로 정남의 어장관리 4인방에 가볍게 합류했다.

"아버님, 쌈의 유래에 대해 아시나요?"

"쌈의 유래?"

정남은 덜컥 겁이 났다.

'아니, 얘가… 또 시작하려나 보네.'

근래 보기 드문 요조숙녀 유나에게는 하나의 치명적인 단점이 있었다. 필요 이상의 진지함과 모든 것을 다큐멘터리로 만드는 능력이었다. 따분한 것은 딱 질색인 정남에게 그녀의 고리타분한 이야기는 참기 힘든 것이었다.

"네, 고려가 몽고와의 전쟁에서 패한 후 여인들이 원나라로 끌고 간 사실을 아시죠? 그때 고려 여인들은 원나라 궁중 뜰에 상추를 심어 밥을 싸 먹으며 실향의 슬픔을 달랬다고 합니다. 거기에서 쌈밥이 시작되었지요."

"그, 그렇구나."

'애가 왜 이렇게 올드해. 아이구, 목 멕혀. 케켁.'

정남은 목구멍에 밥알이 쿡 걸리는 것 같아 괜스레 사래 들린 기침을 해댔다.

"그 이후…!"

'뭐야? 아직도 안 끝났어?'

정남은 괜히 명치를 쾅쾅 두들겼다.

"조선시대 말에 이르러 정월대보름의 절식으로, 복을 싸 먹는다는 소박한 기원을 담은 음식으로 정착했지요."

"그, 그래. 아주 유익한 정보로구나."

'그만하면 됐어. 체하겠다. 이제 그만!'

그때 어디선가 시끌벅적한 벨이 울리기 시작했다.

'사랑 따위 필요 없어, 오늘 밤은 삐딱하게.'

'삐딱'과는 거리가 먼 유나의 두 눈이 튀어나올 듯 커졌다.

정남은 멋쩍은 듯 씨익 웃으며 통화 버튼을 눌렀다.

"그래, 최 비서. 뭐! 그게 사실이야?"

정남의 굵고 짧은 목에 힘줄이 불거져 나왔다.

정남은 흥분한 나머지 방문을 열고 밖으로 나갔다.

〔네, 양은지 아버지 이름으로 입금된 게 확인됐습니다.〕

"이럴 수가…. 그 많은 돈을 어떻게! 무슨 수로!"

〔양은지 아버지를 한번 찾아볼까요, 회장님?〕

"…."

정남은 한동안 대답이 없었다.

"아니, 그럴 필요 없어. 이제 돈 장난은 시시해졌으니까."

〔그럼….〕

"4강전을 치를 차례가 온 거지. 짝짝짝, 짝짝!"

정남은 방금 자신이 나온 식당 문 쪽을 의미심장하게 바라보았다.

***

"네, 양은지입니다."

〔용케 피해가는 재주가 있었네, 은지 양?〕

"네?"

'이건 또 무슨 소리?'

다짜고짜 비아냥대는 정남의 목소리에 은지는 어리둥절했다.

〔아버지가 어떻게 그 많은 돈을 구했을까?〕

"네? 대체 무슨 말씀이신지."

〔아, 은지 양은 아직 모르는 건가? 그렇담 아빠의 깜짝 선물이었나 보군. 서프라이즈!〕

"그게 대체…."

〔은지 양 아버지가 돈을 모두 갚았어요. 이로써 도정남 카드는 해지된 거지.〕

"…."

은지는 믿을 수 없었다.

'아빠가 그 많은 돈을 다 갚았다고? 또 사채라도 쓴 거야?'

이번에는 정남이 이를 갈 듯 말했다.

〔도정남 카드는 해지되었지만…〕

"또 뭐가 남았나요?"

〔난 물러설 생각이 눈곱만큼도 없거든!〕

"…."

은지의 두 눈동자가 걷잡을 수 없이 떨려왔다.

그녀를 지켜보던 지욱이 휴대폰을 획 가로챘다. 그리고는 가차없이 종료 버튼을 눌렀다.

"이런 전화인 줄 알았으면, 받지 않게 그냥 둘걸."

사람 놀라게 하는 건 아버지나 그 아들이나 다를 게 없었다.

"아냐, 받길 잘했어."

지욱이 다시 정정하듯 말했다.

"어차피 너도 알게 될 일이었으니까."

은지는 정신이 번쩍 들었다. 아무 말도 하지 않았는데, 그는 이미 모든 상황을 간파하고 있는 것 같았다.

"서, 설마 본부장님이…!"

지욱이 은지와 아버지의 통화를 엿듣게 된 것은 순전히 우연한 계기였다. 상담사 인센티브 평가용 녹취 파일을 검토하던 중 낯익은 목소리가 들렸던 것이다.

"본부장님! 진짜 본부장님이 대신 갚아주신 거예요? 우리 아버지 이름으로?"

녹취파일이 아닌, 은지의 진짜 목소리가 들려왔다.

"너무 감동받을 필요 없어. 공짜는 아니니까."

"그, 그래도 어떻게…."

"모두 갚아. 할부기간은… 그래, 너는 특별히 평생으로 해주지. 평생 내 옆에서 조금씩 갚아."

"종신보험도 아니구… 평생이요?"

"이자는 톡톡히 치르라구."

"이자요?"

"그래."

"저… 몇 프로를 생각하시는지? 제 신용등급이…."

은지가 조심스럽게 물었다. 연인관계에도 돈 계산은 확실해야 한다는 게 그녀의 지론이었다. 지욱은 진지하게 반응하는 은지가 오히려 당황스럽게 느껴졌다.

"걱정 마. 난 상대가 감당할 수 있는 만큼만 요구하니까."

"저, 본부장님. 돈 빌려주신 건 정말 감사한데… 이자도 참 중요한 부분이거든요. 시중 은행의 경우….”

“100프로.”

지욱이 나지막이 말했다.

“네?”

은지는 뒤로 넘어갈 듯 놀라며 소리쳤다.

“아무리 제가 급한 상황이라지만, 100프로는 난생 처음 들어보는 이자네요. 사채업자들도 그 정도는 안 받아요.”

“성격 급한 거 하고는…. 끝까지 들어. 네가 나한테 갚아야 할 이자는 100프로, 순도 100프로의 사랑이야. 알겠어?”

‘순도 100프로의 사랑?’

“느, 느끼해….”

은지는 울렁이는 가슴이 진정되지 않는지 물을 벌컥벌컥 들이켰다.

그때 지욱의 핸드폰이 울렸다.

‘본부장님, 회장님 호출이십니다. G 호텔 스위트룸 1405호, 저녁 7시’

지욱은 말없이 휴대폰 화면을 응시했다.

퇴근시간, 지하철 안은 만원이었다.

사람들 사이에 끼어 옴짝달싹 못하는데, 낯익은 지하철 광고판이 오늘따라 예사롭지 않게 눈에 들어왔다.

‘당일 바로 대출 가능. 낮은 이자.’

자연스레 지욱의 말이 떠올랐다.

'이자는 100프로, 순도 100프로의 사랑이야.'

은지는 저도 모르게 웃음을 터뜨렸다. 앞뒤로 바짝 붙은 사람들이 그녀를 이상한 눈으로 쳐다보았다.

'쪽팔려….'

러브 홀릭의 또 다른 부작용, 웃음 조절 장애가 도졌다.

은지는 민망한 듯 아랫입술을 꾹 깨물었다. 그때 손에서 짧은 진동이 느껴졌다.

'은지 양, 아까 미처 나누지 못한 이야기가 있어요. G 호텔 스위트룸 1405호, 저녁 7시에 뵙기로 하죠.'

***

"아버님, 진짜 오늘 지욱 씨를 만나는 거예요?"

정숙한 매력의 며느리 후보 유나가 들뜬 목소리로 되물었다.

"그래, 아가. 녀석이 1년 넘게 준비해온 프로젝트가 드디어 끝났단다."

정남은 아무렇지 않게 거짓말을 술술 지어냈다. 지욱이 1년 동안 준비해온 프로젝트 같은 건 애초에 없었다. 그가 1년 넘게 준비해온 예비 며느리 간택 프로젝트라면 또 몰라도.

며느리 후보들은 언제쯤 직접 지욱을 만날 수 있을지 궁금해했다. 그때마다 정남은 아들의 바쁜 스케줄을 늘어놓았다.

사실 당사자는 코빼기도 비추지 않은 상태에서, 아버지와 며느릿감만 1년 넘게 만난다는 것은 비정상적인 일이었다. 하지만 유나를 비롯한 후보들은 그것을 감수해왔다. 도지욱이라는 남자를 갖겠다는 욕망 때문이었다.

조각처럼 완벽한 외모에, 미국 펜실베니아 경영대학원을 수석으로 졸업한 넘사벽 실력, 게다가 대한민국 굴지의 카드사 로얄카드의 젊은 후계자를 마다할 여자는 없었다. 바쁜 미래의 남편을 위해 1년 정도 기다리는 인내심은 기본이라 생각했다.

고생 끝에 낙이 온다고 했던가. 유나는 오늘 드디어 지욱을 실물로 영접한다는 것이 믿기지 않았다.

"그래, 어디서 만나는 게 좋겠니? 너희 한식당이 낫겠니?"

유나는 잠시 생각에 잠겼다. 이렇게 좋은 기회를 시시하게 만들고 싶진 않았다.

"아니요, 아버님. 제가 생각해둔 곳이 있어요."

유나의 눈빛이 평소와 달리 빛났다. 여하튼 이제 정남의 마음속에서 4강전을 알리는 축포가 터져 나왔다.

4강전의 관전 포인트는 확실했다. 누가 가장 먼저 지욱의 마음을 쟁취하느냐.

은지에게로 향한 그의 마음을 얼마나 빨리 되돌려 놓느냐.

수단과 방법 따위는 중요하지 않았다.

"G 호텔 7시라고?"

"네, 아버님."

조선시대 여인 같던 유나의 입에서 의외의 장소가 거론되었다. 정남은 잠깐 놀랐지만, 이내 음흉한 미소를 지었다.

'생각보다 재밌어지겠군!'

자기 포지션이 아닌 곳에서 이제껏 보여주지 않았던 장기로 활약하는 것!

그것이야말로 경기를 관전하는 사람들을 살 떨리게 만드는 포인트였다

G 호텔 스위트룸 1405호.

무채색 생활한복 차림의 유나가 그 안으로 들어섰다.

6시 40분. 지욱을 만나려면 20분 정도 남은 시간이었다.

유나는 잠시 커튼을 젖혀 창밖을 보았다. 바깥엔 서서히 어둠이 깔리고 있었다.

그녀는 준비해온 가방을 가지고 욕실로 들어갔다.

얼마 후 물소리가 멎더니, 낯선 여자가 욕실 밖으로 걸어 나왔다. 물기 어린 굵은 웨이브 머리를 따라 내려오면 속옷만 입은 것처럼 헐벗은 란제리룩 차림이었다.

블랙 코르셋에 사선 모양 망사스타킹, 가터벨트까지 풀 장착한 유나는 불법유해사이트에 등장할 법한 낯 뜨거운 모습이었다.

유나는 욕실에서 가지고 나온 생활한복을 쓰레기통에 처박았다.

"어휴, 불편해 죽는 줄 알았네."

그리고는 소파에 앉아 망사로 은밀하게 가려진 다리를 꼬았다.

낮에는 조선시대 여인처럼 정숙하지만, 어둠이 깔리기 시작하면 그녀는 어우동으로 변신했다. 뭇 남성들의 오랜 이상형. 예전

에는 '요부'라고 불리었고, 요즘에는 '낮져밤이'라는 신조어로 정의되는 여자. 그게 바로 유나였다.

그녀는 마지막으로 립스틱을 꺼내 저돌적인 레드립을 완성시켰다.

'도지욱도 별 수 없는 남자야.'

그녀는 속으로 확신했다.

딩동.

1년을 더 기다린 초인종 소리가 드디어 울렸다.

'호랑이도 제 말하면 온다더니…!'

유나는 먹잇감을 발견한 포식자처럼 어슬렁어슬렁 현관 쪽으로 걸어갔다.

은지는 G 호텔의 화려한 외경을 보고 입을 다물지 못했다.

'회장님은 하필 왜 이런 곳에서 보자고 한 거지?'

조금 의아했지만 더 이상 피하고 싶지 않았다. 자신을 위해서도, 지욱을 위해서도!

은지는 1405호 앞에서 조심스레 초인종을 눌렀다. 잠시 후, 인기척이 들리더니 발소리가 다가왔다.

"왔어요?"

낯선 목소리와 함께 문이 열렸다. 그와 동시에 누군가 덥석 은지를 끌어안았다.

얼마나 세게 안았는지 숨이 콱 막혔다.

"어, 엄마야!"

은지가 소스라치게 놀라며 소리쳤다. 잘못된 걸 인지한 유나도 얼른 뒷걸음질 쳤다.

"넌 뭐야!"

유나가 불청객을 향해 소리쳤다. 은지는 그제야 낯선 여자의 괴상한 옷차림을 위아래로 훑었다.

"누구냐고?"

유나가 버럭 소리쳤다.

"죄송합니다. 객실을 잘못 찾은 거 같네요."

은지는 당황해서 연신 고개를 꾸벅거렸다.

"똑바로 보고 다녀!"

"죄송합니다."

유나는 은지의 말을 끝까지 듣지도 않고 문을 쾅 닫아버렸다. 은지는 충격을 받은 것처럼 정신이 몽롱해졌다.

'남자들의 성적 판타지를 채워주기 위해 이상한 복장을 하는 여자들도 있다더니… 내가 직접 목격할 줄이야. 여자한테 저런 옷을 입으라고 하는 남자는 대체 어떤 놈이야?'

은지는 문득 란제리룩의 연인이 궁금해졌다. 그때 우연히 복도에 걸린 전자시계가 보였다.

19:05

그제야 약속 시간이 지난 걸 깨달았다. 은지는 얼른 정남의 메시지를 열어 호텔 룸 번호를 다시 확인했다.

G 호텔 스위트룸 1405호.

"어? 방금 그 방이 맞는데!"

은지는 저만치 멀어진 1405호를 향해 고개를 돌렸다. 어디선가 많이 본 실루엣, 흔치 않은 옆태를 가진 남자가 1405호로 들어가는 게 보였다.

지욱은 눈앞의 여자를 무심한 눈길로 훑었다.

그는 조금 전 유 비서와의 통화를 떠올렸다.

〔회장님께서는 골프모임 회원분들과 회동을 위해 지금 이동 중이라고 합니다.〕

지욱은 정남의 얄팍한 수를 한눈에 알아차렸다. 빤한 그림이 그려졌다. 그리고 역시 예상대로였다.

헐벗은 여자가 그에게 위스키 잔을 건넸다.

"반가워요. 한유나라고 해요."

유나는 꿈인지 생시인지 했다. 아무리 많은 남자들을 손에 거느리고 놀았지만, 지욱처럼 완벽한 남자는 난생처음이었다. 유나는 그의 목소리만으로도 애간장이 녹았다. 그런데 반응이 이상했다.

"당신, 누굽니까?"

"네?"

"당신, 누군데 이런 복장으로, 여기에 와 있냐고."

"곧 아시게 될 텐데요. 회장님께서는 저를 며느릿감으로 생각하세요."

"며느릿감? 당신, 내 스타일 아닌데…."

유나는 순간 휘청거리는 기분이었다. 믿을 수 없었다. 이제껏 그녀를 거부한 남자는 한 명도 없었다.

"당신… 아니야."

지욱의 냉정한 목소리에 유나는 심장을 두들겨 맞는 느낌이었다. 하지만 이대로 있을 순 없었다. 지난 1년 반 동안의 시간이 아까워서라도.

"싫어도 어쩔 수 없어요! 난 당신이랑 결혼 할 거니까!"

유나가 갑자기 코르셋을 풀며 그에게 저돌적으로 달려들었다.

'본부장님이 왜 거기….'

아무리 연결 지어보려 해도 룸 안의 상황은 지욱과 도저히 어울리지 않는 것들이었다. 때마침 기다렸다는 듯 문자 한 통이 도착했다.

'호텔에는 잘 도착했지요? 은지 양이 본 그대로입니다. 순진한 은지 양에게 우리 아들의 복잡한 여자관계에 대해 미리 언질을 해줘야 할 것 같아서…. 그럼 이만.'

은지는 메시지를 읽고 또 읽었다. 그럴수록 어떤 확신이 들었다.

'처음에는 헷갈릴 뻔했는데… 이 문자를 보니까 알 것 같아. 회장님이 또 장난치시는 거야.'

은지는 조심스레 1405호 앞으로 갔다. 남녀의 실랑이 하는 소리가 들려왔다.

"누가 결혼하재요? 그냥 한 번 자자고요!"

란제리룩녀의 도발적인 목소리였다. 은지는 숨죽이고 두 사람의 대화에 귀 기울였다.

"그래, 그거면 돼? 하룻밤 같이 자는 거."

"네, 그거면 돼요."

"좋아, 그렇게 하지!"

지욱의 흔쾌한 대답에 은지는 망연자실했다. 입술이 파르르 떨렸다. 순식간에 다리 힘이 빠져 더는 서 있을 수도 없었다. 은지는 그 자리에 털썩 주저앉고 말았다.

***

"나쁜 놈."

포장마차 안. 얼큰하게 취한 사람들의 시선이 한곳으로 쏠렸다. 은지는 아랑곳 하지 않고 잔에 담긴 소주를 단숨에 비웠다.

"저 여자, 차였나봐."

"세상에 반이 남잔데, 한 놈한테 목맬 거 있나."

다른 테이블에서 참견어린 말들이 흘러나왔다. 은지의 귀에는 하나도 들리지 않았다. 그녀의 귓가에는 오로지 두 사람의 목소리만 무한 반복되고 있었다.

배신감이 몰려왔다. 다른 남자라면 몰라도 지욱은 아니었다. 그와 보낸 잊을 수 없는 어느 밤의 기억이 떠올랐다. 그가 들려준 진심 어린 고백과 행동들, 그 모든 게 물거품이 되어 사라지는 것 같았다. 누군가 뒤에서 그녀의 어깨를 획 부여잡았다.

"깜짝이야!"

은지가 소스라치게 놀라 소리쳤다.

"무슨 일인데 초저녁부터 궁상이냐?"

콜센터 단짝 경란이었다.

"왔어?"

"나쁜 년."

경란은 다짜고짜 거친 욕부터 뱉고 봤다.

"뭐야…."

"너 나쁜 년 맞잖아. 힘들 때만 사람 찾고!"

"미안해. 그러려고 그런 건 아닌데…."

은지가 술기운이 올라 뻘게진 얼굴로 말했다.

"솔직히 말해. 너 요즘 나 몰래 연애했지?"

"…."

"왜, 내가 밥 먹자고 해도 쓱 피하고 그랬잖아. 맞아, 안 맞아?"

"그게…."

"맞네, 맞아. 근데 왜! 뭔 문제라도 생긴 거야?"

"…."

은지는 대답대신 닭 똥 같은 눈물을 뚝 떨어뜨렸다.

"경란아… 흑, 흑…."

"야, 왜 갑자기 울고 그래!"

경란은 은지의 갑작스런 눈물바람에 당황했다. 그녀는 얼른 티
슈를 뽑아 은지의 눈가를 닦아주었다.

"대체 무슨 일인데 그래, 말해봐."

은지는 그렁그렁한 눈으로 경란을 바라보았다. 친구의 걱정스러운 눈빛을 보니 입을 열지 않을 수 없었다. 오늘 그녀가 목격한 충격적인 장면에 대해. 은지는 몇 시간 전 호텔에서 있었던 일을 경란에게 털어놓기 시작했다.

"그러니까, 네 애인이 그 란제리룩한테 넘어가는 걸 보고도 그냥 왔다 이거야? 등신! 그걸 그냥 두긴 왜 그냥 둬! 아주 작살을 내줬어야지!"

경란이 자기 일처럼 흥분해서 씩씩댔다. 그리고는 은지의 빈 잔을 채워 주었다.

은지는 그것을 단숨에 입안에 털어 넣었다. 그렇게 두 사람을 쉬지 않고 부어라 마셔라를 반복했다.

얼마 후, 두 사람은 거나하게 취해서 몸도 잘 가누지 못한 채 좌우로 흐느적거렸다.

"근데 딸꾹! 그 자식은, 흐읍! 대체 누구냐! 나도 아는 사람이냐?"

경란이 말끝마다 딸꾹질을 단 채 물었다.

"응! 너두 알쥐! 당근 알쥐!"

은지가 시뻘게진 얼굴로 말했다.

"뭐? 진짜? 야! 전화 걸어 봐, 흐읍! 내가 욕이나 한바탕 퍼부어 줄게. 딸꾹!"

술에 이성을 모두 빼앗긴 은지는 저도 모르게 통화목록을 뒤지기 시작했다. 한동안 그녀의 손이 화면 위를 헛돌았다. 그리고 한참 지나 익숙한 이름을 발견했다.

"여기 있다!"

은지는 한 치의 망설임도 없이 과감하게 통화 버튼을 눌렀다.

한참 신호가 간 뒤에야 달칵, 하고 전화가 연결됐다. 옆에서 지켜보던 경란은 순식간에 은지의 휴대폰을 낚아챘다.

"이리 줘봐!"

***

"지욱 씨는 어떤 스타일의 여자를 좋아하세요?"

유나는 한껏 들뜬 상태였다. 내심 성취감을 느꼈다.

'이제 됐어. 도지욱, 넌 이제 날 떠날 수 없을 거야.'

그녀와 밤을 보낸 남자 중 집착하고 매달리지 않는 남자는 단한 명도 없었다. 유나는 더욱 자신감이 차올랐다.

그녀는 캐리어 가방을 열었다. 그 안에는 다양한 콘셉트의 옷이들어 있었다.

교복, 승무원복, 간호사복, 바니 걸…

"정말 가지가지 하는군."

들릴 듯 말 듯 그가 내뱉었다.

"네?"

"먼저 씻지, 깨끗하게."

지욱이 무미건조하게 대답했다.

"알았다! 지욱 씨 스타일! 깨끗한, 순백의 간호사?"

유나는 혼자 호들갑을 떨며 간호사복을 꺼내 들고 욕실로 향했

다. 잠시 후 샤워기 물소리가 들려왔다. 잠깐 잠깐씩 들뜬 콧노래
도 새어나왔다.

"아버지…!"

지욱의 입에서 불쑥 그 말이 새어나왔다. 자리에서 일어나 현관
쪽으로 갔다. 그리고는 손을 뻗어 무언가를 획 잡아당겼다. 그 순
간 욕실에 있던 유나의 비명이 들려왔다.

"엄마야!"

지욱의 손에는 카드 키가 들려 있었다. 그는 아무 일도 없었다
는 듯 현관문을 열었다. 그때 욕실 안에서 유나의 다급한 목소리
가 들려왔다.

"불, 불이 꺼졌어요! 지욱 씨! 아무것도 안 보여요. 불 좀 켜줘
요!"

지욱은 무시하고 나가려다가 잠시 멈춰 섰다.

"어둠 속에서 당신의 진짜 스타일이 뭔지 곰곰이 생각해봐."

지욱은 그 말을 마지막으로 홀연히 그곳을 떠났다.

"야, 도지욱! 야!"

유나는 욕실 안에서 한발자국도 나오지 못한 채 허공에 소리쳐
댔다.

G 호텔을 나온 지욱은 차에 올랐다. 그때 주머니에서 긴 진동이
느껴졌다. 휴대폰 액정을 본 그의 입가에 미소가 걸렸다.

지욱은 서둘러 통화 버튼을 눌렀다.

"응, 안 그래도 전화하려던 참인데."

말이 끝나기도 전에 우당탕탕 소란스러운 소음과 함께 웬 여자

의 고함이 들려왔다.

〔야, 이 나쁜 놈아!〕

카랑카랑한 여자의 목소리였다. 놀란 지욱은 휴대폰을 잠시 귀에서 뗐다.

〔야, 나 양은지 베프 윤경란인데. 너 진짜 잘못 걸렸어. 감히 누구한테 상처를 줘!〕

'윤경란?'

지욱은 콜센터에서 은지와 자주 붙어 다니던 경란의 얼굴을 떠올렸다.

옆에서 은지의 목소리가 들려왔다.

〔경란아, 하지 마. 그냥 하지 마.〕

"양은지? 대체 무슨 일이지?"

지욱이 혼잣말처럼 말했다.

〔허이고… 무슨 일? 시치미 뚝 뗀다 이거지?〕

"시치미?"

〔그래, 요즘에 원나잇이다 뭐다 하룻밤 사랑이 쉬운 세상이라지만 애인도 있는 분께서 그러면 안 되지.〕

'원나잇?'

지욱은 그제야 자기가 몰랐던 아버지의 장난이 더 있었단 걸 눈치 챘다.

"지금 거기 어디야?"

"야, 윤경란. 왜 쓸데없는 짓을 해."

"쓸데없긴! 그 자식 오면 내가 아주 묵사발을 만들어줄 거야. 내 친구 상처 주는 놈은 내가 아주…."

은지는 술기운이 올라서인지 의리 있는 경란의 모습에 눈시울이 뜨거워졌다.

"야, 또 우냐? 근데 네 애인 목소리가 어째 귀에 익다? 전에 응대한 적 있나?"

"응, 아마도?"

"뭐, 진짜? 너 우리 로얄카드 고객이랑 사귀는 거야? 얘가, 얘가… 하라는 상담은 안 하고!"

"고객 아냐."

"목소리가… 맞네, 맞아. 도 본부장. 도지욱이랑 비슷하네. 뭔가 도도하고 재수 없는 게."

"푸하하하."

경란의 말에 은지가 빵 웃음을 터뜨렸다.

"야, 말해봐. 근데 진짜 누구야? 방금 듣자하니까 나를 아는 것 같던데?"

경란이 답답하다는 듯 은지를 채근했다.

"…도지욱."

은지가 나지막이 그의 이름을 내뱉었다.

"야! 자꾸 그 인간 이름을 왜 입에 올려! 너 그 인간 때문에 백수됐던 거 다 잊었냐?"

"잊긴! 하나도 안 잊었어. 진짜 이상하게 그 사람이랑 있었던 일은 하나도 잊히지 않고, 생생해. 바로 어제 있었던 일처럼."

경란은 쩍 벌어진 입을 다물지 못했다.

"너 왜 그러냐…?"

"뭘?"

"친구지만 좀 무서워지려고 한다."

"무섭긴 뭐가 무서워!"

"은지야, 도지욱이 좀 많이 잘생기고, 능력 있는 금수저라 누구라도 그런 남자랑 연애하는 상상을 해볼 수는 있어. 하지만… 넌 좀 증세가 심각해 보여서."

"상상 연애 아니라니까."

"얘가, 얘가 중증이네 중증이야. 감정이입까지 완벽하게 했어."

"자, 봐…. 정 못 믿겠으면. 방금 네가 누구랑 통화했는지."

은지는 술기운 때문인지, 오기 때문인지 휴대폰을 넙죽 내밀었다.

경란은 반신반의하며 휴대폰을 받아들었다. 그리고는 대수롭지 않게 통화목록을 확인했다.

'도지욱 본부장님'

진짜 '도지욱'이라는 이름이 떡 하니 보였다.

"네 말대로라면, 지금 여기에 도지욱이 온단 거잖아."

그때였다.

"보시다시피."

뒤에서 익숙한 남자의 목소리가 들려왔다. 경란은 순간 뒷목덜미가 서늘해졌다. 그녀는 슬로모션이라도 걸린 것처럼 서서히 고개를 돌렸다.

"지, 진짜네."

은지도 눈앞의 남자를 응시했다. 진짜 지욱이었다. 거나하게 취한 상태에서도 지욱만은 알아볼 수 있었다.

은지의 두 눈동자가 마구 떨리기 시작했다.

"배신자!"

은지는 자리에서 일어나 지욱에게 바짝 다가섰다. 술기운 때문인지 눈앞이 빙빙 돌았다. 지욱이 한 겹, 두 겹, 세 겹으로 점점 분열돼 보이기 시작했다.

경란은 이 말도 안 되는 스토리 전개를 꿈이 아니라면 달리 설명할 방법이 없었다. 내일 콜센터에 출근하면, 은지에게 달려가 떠들어댈 어처구니없는 꿈 이야기!

'야, 양은지 너 어제 내 꿈에 나왔잖아! 근데 있지. 네가 도지욱 본부장이랑 사귄다지 뭐야. 그뿐인 줄 알아? 우리가 있던 포장마차로 도지욱이 와서는….'

"이 여잔, 제가 데려갑니다. 경란 씨는 제 비서가 안전하게 모실 겁니다."

지욱의 목소리였다.

'이 여잔, 제가 데려 가겠습니다, 라고 했다니까!'

경란은 꿈보다 더 꿈같은 현실에서 헤어나올 수가 없었다.

은지가 눈을 뜬 곳은 어느새 익숙해진 장소였다. 지욱의 펜트하

우스.

한동안 멍하게 방 안을 응시하다 뒤늦게 여기 와선 안 된다는 걸 감지했는지 화들짝 놀랐다.

"엄마야!"

"무슨 일이야!"

옷을 갈아입던 지욱이 셔츠 단추를 반 쯤 푼 채 달려왔다.

그녀는 한 치의 망설임도 없이 자리를 박차고 일어났다.

"갈게요."

"새벽 3시야."

지욱이 은지의 가녀린 손목을 붙잡았다.

"3시든 4시든, 본부장님이랑 이렇게 있고 싶진 않네요. 본부장님은 여자랑 하룻밤 보내는 게 별일 아닐지 모르지만…"

은지는 결국 가슴속에 응어리진 말을 내뱉었다.

"내가 그렇게 한가해 보이나?"

"네?"

"아무 여자랑 흥청망청 시간을 보낼 만큼 한가해 보이냐고."

"그럼 아까 제가 보고 들은 건 뭔데요?"

"그 시간에 네가 왜 거기 와 있었는지 생각해봐. 도정남 회장의 빅 픽처."

그랬다. 은지를 그곳으로 부른 건 도정남 회장이었다. 아들의 여자관계를 폭로하겠다며 보내온 메시지까지. 뻔한 함정이었다. 은지도 모를 리 없었다. 하지만 그녀를 진짜 슬프게 한 건 따로 있었다.

"그럼 왜 그 여자가 자자고 하니까…."

지욱은 농담이라도 들은 것처럼 피식 웃었다.

"뭐, 뭐예요? 갑자기. 남은 심각해 죽겠는데."

은지는 기가 찼다.

"질투하는 모습을 보고 기분이 좋아질 줄은 상상도 못했어. 인간의 다양한 감정들을 일깨워주는군."

"뭐라구요? 그니까 솔직히 말해봐요. 흔들렸어요, 안 흔들렸어요? 왜 여자가 봐도 후덜덜하던데, 몸매가!"

지욱이 그녀 앞으로 바짝 다가섰다. 그리고는 그녀의 심통 난 턱을 살포시 들어올렸다.

"네가 모르는 게 하나 있어."

그리고는 순식간에 그녀의 입술을 덮쳤다.

불시의 공격에 은지는 얼굴이 터질 듯 달아올랐다. 입술 사이로 넘나드는 뜨거운 숨결이 두 사람의 마음을 달궜다.

굳게 닫혔던 은지의 입술이 서서히 열리자, 그 사이로 부드러운 혀가 들어왔다. 그의 혀는 마치 살아있는 또 하나의 생명체 마냥 그녀의 입안을 온통 휘젓고 다녔다. 한참이나 그녀의 입술을 탐하던 지욱이 살포시 입을 떼었다.

"난 말이지. 막 벗고 달려드는 여자는 딱 질색이야. 내가 벗겨야 제 맛이지."

"뭐라구요?"

은지가 기겁하듯 되물었다.

"하나 더. 마음이 가야 몸도 따라가. 지금 내 마음은 널 향해 있어."

지욱이 끈적한 눈빛으로 말했다. 은지는 오해로 잠시 굳었던 마음이 조금씩 말랑말랑해지는 것을 느꼈다. 아직 술기운이 남은 탓인지 어디선가 용기가 솟구쳤다. 이번에는 은지가 먼저 그의 입술을 빨아들였다.

지욱은 서서히 은지의 목덜미로 내려갔다. 부드럽다 못해 간지러운 입맞춤에 은지는 몸을 움찔거렸다. 지욱이 은지의 어깨에 걸쳐진 니트를 밑으로 잡아당겼다. 그러자 옷이 길게 늘어나며 그녀의 하얀 속살이 드러났다.

"말했지. 난 직접 벗긴다고."

그가 그녀의 옷을 거칠게 벗기기 시작했다. 은지도 어설프지만 분주한 손놀림으로 지욱의 옷을 하나 둘 벗겨냈다. 모든 허물을 벗어던진 두 사람의 갈비뼈가 서로 맞닿았다. 지욱은 붉은 입술로 은지의 하얀 살결을 탐하기 시작했다.

"아, 아."

은지는 저도 모르게 달뜬 신음을 흘리며 두 눈을 꼭 감았다.

지욱은 그녀의 굳게 닫힌 눈두덩, 앙증맞은 콧방울, 도톰한 입술에 차례대로 입을 맞췄다. 그리고 그녀의 봉긋한 가슴 정중앙으로 가로질러 갔다. 그곳에 그의 뜨거운 숨결이 닿자 은지의 입에서 신음이 새어나왔다.

"하… 아."

은지는 지욱의 목덜미를 꽉 끌어안았다. 이제 준비가 되었다는 신호이기도 했다. 그 순간 지욱은 그녀의 안으로 거침없이 밀려

들어갔다. 파도가 해안에 부딪히듯 잔잔하면서 거칠게, 차가운 듯
따스하게 그녀를 휘감았다.

"아… 아."

은지의 입에서 참을 수 없는 신음이 터져 나왔다.

파도 역시 한 번 다녀간 해안을 더 거칠면서 더 살뜰히 감싸 안
았다. 때로는 파도가 해안을 덮쳤고, 때로는 해안이 밀려오는 파
도를 감싸 안았다. 몇 번이고, 몇 번이고, 그렇게….

***

"그게 정말이야!"

정남은 탁자를 주먹으로 쾅, 내리쳤다.

수화기 너머에서 여자의 울먹이는 목소리가 들려왔다.

"아버님, 저는 평생의 배필로 생각해오던 분께 소박을 맞았습니
다. 예로부터 소박데기는 사람 취급도 못 받았단 말이 있잖아요.
저는 감히 문밖을 나설 용기조차 나지 않습니다."

"이를 어째…."

정남은 한참을 쩔쩔매다 수화기를 내려놓았다.

곧 최 비서를 향해 의미심장한 눈빛을 보냈다.

비서가 칠판에 붙여놓은 대진표에서 유나의 이름과 사진 위에
엑스 표를 쳤다.

"녀석…. 쉽지 않겠다 싶긴 했다만."

"회장님, 외람된 말씀이지만 아가씨들에게 양은지에 대한 정보

를 살짝 흘리는 건 어떨까요? 지욱 도련님을 홀린 꽃뱀 정도로요."

"꽃뱀이라…."

"네, 양은지가 있는 한 어떤 아가씨가 투입되더라도 도련님의 마음은 쉽게 움직이지 않을 겁니다. 차라리 아가씨들이 그 여자의 존재를 알게 된다면, 투지가 생기는 건 물론이고, 지금보다 훨씬 더 흥미진진한 경기가 될 것 같습니다."

"그래, 그거 기가 막힌 생각이야. 다음은 누구지?"

"다음은…."

2
사내 연애의 조건

은지가 콜센터 문턱을 넘자마자 경란이 소란을 떨며 다가왔다.

"야, 양은지!"

은지는 덜컥 겁이 났다.

"어…. 경란아."

"너 잠깐 나 좀 봐."

경란은 은지의 팔을 끌고 탕비실로 갔다.

"야, 내가 기가 막힌 꿈 이야기 들려줄까?"

"어? 뭐?"

은지는 뜻밖의 소리에 도리어 놀랐다.

'설마….'

"어젯밤 꿈에. 네가 나왔는데… 글쎄 너랑 도지욱이 사귄다지 뭐냐?"

은지는 올 것이 왔구나 싶은 표정으로 가만히 고개를 끄덕였다.

"그리고… 도지욱이 너를 데리고 가겠다고 하는 거야. 나보고는 개인비서가 와서 데려다줄 거라며."

"어, 어…."

은지의 얼굴은 이미 새하얗게 질려 있었다.

"근데 정말 대박인 건, 그 비서가 훤칠하고 엄청 잘생긴 거야. 그리고 매너가 얼마나 좋은지 집에 다 도착했는데, 내리기 싫어서 죽는 줄 알았다니까."

"그, 그래?"

"야, 너 왜 리액션이 그 모양이야."

경란은 수상하다는 듯 말했다.

"아, 아냐. 잘 듣고 있어."

은지가 재빨리 대답했다.

"그래서 내가 무슨 용기인지 그 비서한테 번호까지 땄다!"

"조, 좋은 꿈이네. 야아… 너 곧 남친 생기려나 보다, 하하하."

은지가 몹시 과장된 목소리로 말했다. 그러자 경란의 얼굴이 어둡게 싹 굳었다.

"근데 그것보다 더 놀라운 게 뭔지 알아?"

"어? 뭐 끝이 아니었어? 꿈이 참 기승전결 확실하네…."

"응, 일어나 보니, 머리맡에 요런 게 있더라."

경란이 무언가를 손에 들고 흔들었다. 은지의 두 눈이 휘둥그레졌다.

"그 비서 명함."

은지는 죄를 진 사람처럼 시선을 내리깔았다.

"미안해, 경란아. 너한테 비밀을 만들려고 그런 게 아니고. 나도 몰라. 어떻게 일이 여기까지 왔는지."

"야, 뭐 죄졌냐? 됐고…! 이 언니만 믿어."

뜻밖의 말에 은지는 깜짝 놀랐다.

"어?"

"원래 비밀스러운 관계가 잘 유지되려면… 그 비밀을 아는 딱 한 사람. 진정한 조력자가 필요한 법이라고!"

"경란아…."

은지가 감동받은 듯 경란의 손을 불쑥 잡았다.

"징그럽게 왜 이래."

경란이 몸서리치는 시늉을 했다. 그때 탕비실 밖에서 송 팀장의 목소리가 들려왔다.

"자, 건강검진 결과표 나왔으니까 다들 와서 찾아가도록 해!"

누구라도 마찬가지겠지만 은지는 건강검진 결과표를 받아들자 괜히 겁부터 났다.

'젊은데 뭐 별일 있겠어?'

정상, 정상, 정상, 이상 無, 평균.

이상이 없다는 소견을 보자, 종이를 넘기는 손놀림이 더욱 더 과감해졌다.

다음 장을 넘긴 순간, 은지는 처음 보는 생경한 글자에 숨이 턱

막혀왔다. 그제야 일주일 전의 일이 떠올랐다.

'경기도의 한 통신사 콜센터에서 근무하던 30대 여성이 옥상에서 투신해 스스로 목숨을 끊는 일이 발생했습니다. 극심한 감정노동의 후유증이 바로 그 원인이었습니다.'

은지는 출근길 지하철에서 뜻밖의 뉴스를 접했다.

'콜센터 산업이 지식서비스 산업으로 발전하고 있는 것은 사실이지만 상담원들의 실적 압박, 감정노동 문제는 여전히 풀어야 할 숙제로 남아 있습니다.'

뉴스 말미에 전문가의 의견이 흘러 나왔다.

'여전히 풀어야 할 숙제? 누구도 풀려고 하지 않는 숙제가 더 맞겠지!'

은지는 속으로 투덜거렸다.

남의 일 같지가 않은 사건이었다. 콜 센터 안으로 들어서니 송 팀장이 부산을 떨고 있었다. 뉴스 때문에 그런 게 분명했다.

"P 텔레콤 상담원 자살사건 다들 봤지? 우리 팀도 전원 우울증이랑 스트레스 지수를 검사하라고 위에서 공문이 내려왔다."

그게 딱 일주일 전이었다. 까맣게 잊고 살던 그녀에게 낯선 결과표가 날아왔다.

'스트레스 지수 고위험군'

그 글자 옆으로 기다란 세로 막대그래프가 보였다. 은지의 상태를 나타내는 화살표는 가장 꼭대기 칸, 검붉은 색에 가 있었다. 은지는 저도 모르게 이맛살을 구겼다.

전문의의 소견은 더 가관이었다.

'심한 스트레스로 인해 혈관이 막히게 되면 심장마비 등 급사의 원인이 될 수도 있습니다. 또한 우울증 위험군으로도 분류되어, 약물치료와 상담치료 병행을 권해드립니다.'

갑자기 눈앞이 깜깜해졌다. 스트레스 지수 고위험군에다, 우울증 위험군이라니!

하긴 최근 그녀에게 벌어진 다이내믹한 사건들을 떠올려보니 더한 결과가 나온 대도 이상할 건 없었다. 도정남 회장과 말도 안되는 계약을 맺게 되었고, 그 끝에 협박까지 당하게 됐다. 게다가 갑자기 어디선가 툭 튀어나온 구남친 차성준까지. 그리고 그에게 납치를 당할 뻔도 했다.

정말 바람 잘날 없는 나날의 연속이었다. 이러고도 스트레스 지수가 정상이길 바라는 건 무리겠지!

"본부장님, 상담 근무자들 스트레스 검사 결과보고서입니다."

송 팀장이 지욱에게 검사 차트를 전달해놓고 똥마려운 강아지처럼 계속 흘끔흘끔 그의 눈치를 봤다.

"뭐 문제라도 있습니까?"

이상함을 느낀 지욱이 먼저 말을 꺼냈다.

"저, 그게…."

"말씀하세요."

"저희 로얄카드 상담원들 스트레스 지수가 서울 시내 타 콜센터 근무자들의 평균치를 훨씬 넘어섰다는 결과가…."

지욱은 믿을 수 없었다. 그가 이제껏 이끌어온 팀들의 경우, 업무 효율도나 성취도면에서 타 경쟁사 비슷한 포지션과 견줄 때 훨씬 뛰어나다는 평는 줄곧 들어왔다. 하지만 로얄카드 상담원들의 스트레스 지수가 서울 시내에서 최고라니! 불명예도 이런 불명예가 없었다.

"게다가 여기…."

송 팀장이 다가와 차트를 슬쩍 넘기자 익숙한 이름이 나왔다.

"여기 양은지 상담원 같은 경우에는, 근무자들 중 유일하게 스트레스 지수가 고위험군으로 나왔습니다. 게다가 우울증 항목도 위험군으로 분류됐고요."

지욱은 또 한 번 깜짝 놀랐다. 앞선 결과보다도 더 믿을 수 없는 결과였다.

"그럴 리가…!"

"P 통신사 콜센터 자살 상담원 있잖습니까. 그 여직원도 평상시에는 그렇게 밝았다네요. 그 회사 다니는 친구한테 들었는데… 그 여직원도 스트레스 고위험군으로 분류되었는데 다들 별 신경을 쓰지 않았대요. 워낙에 천성이 밝은 사람이라서 다들 방심한 거죠. 근데 원래 뭐든 보이는 것보다 보이지 않는 곳에서 곪는 게 더 무서운 법이잖아요. 그 여직원이 그런 케이스였나 봐요."

잠시 침묵하던 그가 뜻밖의 말을 뱉었다.

"양은지 상담원… 내가 직접 관리하도록 하죠."

"네? 그게 무슨 말씀이신지…."

"내 직원은 내가 지킵니다."

"아하, 혹시 관심병사처럼 은지 씨를 지켜보고 관리하시겠단 말씀이신가요? 한마디로 관심 상담원?"

송 팀장이 넉살좋게 받아쳤다.

"뭐, 그 비슷하다고 해두죠. 그리고 당장 워크숍을 준비해주세요."

"네? 워크숍이라면 어떤…?"

"외국 글로벌 기업에서는 근무자들의 스트레스 관리와 해소를 위해 다양한 프로그램을 개발하고 있습니다. 그 사례들을 참고해 일정을 짜보세요."

송 팀장은 생전 듣도 보도 못한 워크숍이었지만, 일단 고개를 끄덕였다.

"그런데 일정은 대략 언제쯤으로…?"

"건강과 관련된 문제를 나중으로 미룰 수 있습니까? 준비가 끝나는 즉시 출발합니다."

송 팀장은 어안이 벙벙했다. '가족 같은 회사', '내 식구가 먹는다는 생각으로 만들었습니다'와 같은 말은 순 뻥이라고 생각했는데.

"그리고…!"

지욱이 다시 말을 이었다.

잠깐 화장실에 다녀온 은지가 두 눈을 동그랗게 떴다.

"지금 뭐하시는 거예요?"

송 팀장은 듣는 시늉도 하지 않았다. 대신 그녀의 책상에 있는 물건들을 빈 상자로 옮겨 담았다.

"대니얼, 이것 좀 같이 들어줘."

송 팀장의 말에 건우도 얼른 꽉 찬 상자를 들어올렸다. 은지가 화들짝 놀라 득달같이 달려왔다.

"송 팀장님, 지금 뭐하시는 거냐구요. 허락도 없이 왜 남의 짐을…."

"난 지시대로 할 뿐이야. 내가 무슨 힘이 있니, 은지야."

송 팀장이 알쏭달쏭한 말을 뱉었다.

"설마 저 지금 쫓겨나는 거예요?"

은지는 왠지 모를 기시감이 들었다.

"…."

송 팀장은 애써 그녀의 시선을 피할 뿐 아무 대답이 없었다.

"지시라뇨! 대체 누가 이런 짓을 시킨 건데요?"

"누구긴 누구야. 도지욱 본부장님이지."

은지는 도저히 믿을 수가 없었다. 다른 사람도 아니고 지욱이 대체 왜!

"본부장님이 또 저를 자르신다고요?"

"누가 자른대! 오버하지 마. 대니얼, 저쪽으로 들고 가면 돼! 저쪽."

은지의 시선이 송 팀장의 손끝이 가리킨 곳을 향해 움직였다.

'어, 저긴…!'

복도 끝, 본부장실 앞에 웬 빈 책상 하나가 보였다.

송 팀장과 건우가 상자를 그 책상 위에 내려놓았다. 은지는 어안이 벙벙했다.

송 팀장이 두 손을 털며 다가와 말했다.

"그럼 새 자리에서도 수고하세요, 양은지 씨!"

"네?"

건우는 그녀의 자리 바로 코앞으로 본부장실 팻말을 보고 쓴 웃음을 삼켰다. 콜센터 책상을 모두 등지고, 본부장실과 딱 붙어 있는 새 자리.

경란이 은지의 옆구리를 쿡 찔렀다.

"야, 이거 뭐냐. 너무 티 나는 거 아냐? 사내 연애하는 거 광고하는 것도 아니고."

"나도 모르겠어. 대체 뭐가 뭔지."

"일 안 합니까?"

은지가 움찔 놀라며 돌아보았다. 역시나 거기 지욱이 서 있었다.

경란은 얼굴을 감싸며 후다닥 자리로 돌아갔다.

"양은지 씨, 잠깐 나 좀 볼까요?"

은지는 군말 없이 그를 따라 들어갔다. 얼른 이 수상한 자리 배치에 대해 묻고 싶은 마음이 굴뚝같았다.

본부장실 안으로 들어서자, 그녀의 시선을 사로잡는 게 있었다.

"여기 원래 이런 게 있었어요?"

커튼으로 가려져 있던 벽면에 거대한 통유리창이 보였다. 그리고 그 통유리창 바로 앞은 은지의 새 자리였다.

"어때? 새 자리 맘에 들어?"

"불편해요! 꼭 이렇게까지 해야 돼요? 이러다가 다 눈치 챌 거예요."

"착각 좀 그만하지, 양은지?"

"네?"

"넌 오늘부터 특별관리 대상이야."

"제가 왜요? 스트레스 고위험군이라서요? 아님, 우울증 위험군이라서요?"

"잘 아는군. 난 내 직원을 지킬 의무가 있어."

"그렇다고 굳이 이렇게 자리를 옮길 필요까지 있어요?"

은지가 시큰둥한 얼굴로 말했다.

"내가 언제든 볼 수 있는 곳에 있어야 하거든. 그래야 네가 얼굴을 찌푸리는지, 아파하는지. 알 수 있잖아. 넌 내 직원이기도 하지만, 내 여자이기도 해. 내가 지켜야할 사람."

지욱은 그녀를 뒤에서 와락 끌어안았다.

***

형의 변화를 감지하지 못했던 건 아니다. 상대가 누구든 늘 치밀한 계산과 냉정한 이성이 판단의 기준이었다. 하지만 유독 은지를 볼 때만은 달랐다. 그 어떤 계산도 섞이지 않은, 어린아이의 것처럼 투명한 빛을 띠고 있었다.

아무리 그래도 형이 누군가에게 사랑 표현을 할 줄은 정말 몰랐다. 건우가 아는 지욱은 그런 사람이 절대 아니었다. 표현이 없는 사람, 속마음을 드러내지 않는 사람, 마지막 한마디를 끝까지 아껴두는 사람. 그게 그가 봐온 형의 모습이었다.

그래서 조금은 마음을 놓고 있던 것도 사실이다. 하지만 모두 오판이었다. 사랑은 사람을 변하게 한다는 걸 그는 뒤늦게 깨달았다. 사랑은 결코 변할 것 같지 않던 사람도 변하게 만들었다.

건우는 책상 서랍에서 다이어리를 꺼냈다. 하나 둘 지워나간 버킷리스트가 보였다. 그리고 아직 지워내지 못한 항목에 시선을 고정시켰다.

'20. 진정한 사랑에 빠지기. 아니, 진짜 사랑을 성취하기.'

사람들은 사랑에 빠진다고 말했지만 건우는 사랑은 성취하는 것이라고 믿었다.

사랑하는 사람을 구하기 위해 험난한 모험을 마다하지 않는 만화, 영화의 주인공들. 그들은 꼭 이야기의 말미에 진정한 사랑을 성취했다. 건우는 은지에 대한 생각이 부쩍 늘어나고, 그녀 생각에 웃음 짓게 될 때마다 생각했다. 어떤 험난한 모험이 기다리고 있더라도 모두 감수할 수 있을 만큼 그녀를 진심으로 원하고 있는지.

때론 혼자서 쉽게 답을 내릴 수 없을 때, 전혀 다른 곳에서 답이 들려오곤 한다. 마치 오늘처럼. 지욱과 함께 있는 그녀를 보는 순간, 은지를 향한 형의 사랑 고백을 듣는 순간, 건우는 깨달았다. 그녀를 향한 자신의 진짜 마음, 그 마음이 이젠 뒤로 되돌릴 수 없을 만큼 멀리 와버렸다는 것을.

"네, 고객님 오늘 하루도 즐겁게 마무리하십시오. 로얄카드 상담원 양. 은. 지. 였습니다."

은지가 헤드셋을 벗어 책상에 두고는 기지개를 켰다.

"끝났다!"

그때 누군가 그녀의 어깨 쪽으로 쓱 고개를 들이밀었다.

"어, 깜짝이야! 대니얼?"

"선배, 저 좀 도와주세요."

건우는 다짜고짜 은지의 팔을 잡아 끌고는 지하주차장으로 갔다. 은지는 두 눈이 휘둥그레졌다.

"뭐야? 이거."

그녀의 눈앞에 건우의 애마, 할리 데이비슨 오토바이가 보였다.

건우가 헬멧 하나를 그녀의 품에 안겨줬다.

"나보고 이거 쓰라고?"

은지가 당황한 듯 물었다.

"송 팀장님이 워크숍 장소 사전답사를 다녀오라는데, 혼자서는 뭘 봐야 하는지도 모르겠고…. 선배가 좀 같이 가주세요."

"나 이런 거 한 번도 안 타봤어. 무서운데."

은지가 지레 겁먹은 표정으로 말했다.

"한 번 타보면 다신 그런 말 안 나올걸요?"

은지는 얼떨결에 헬멧을 쓰고 건우의 뒤에 가 앉았다.

건우는 가속 레버를 돌렸다. 점점 속력이 올라가자 뺨에 와 닿는 바람이 점점 날카로워졌다. 은지는 저도 모르게 건우의 널찍한 등판에 고개를 파묻었다.

얼마나 갔을까. 한동안 웅크리고 있던 은지는 이전과 조금 다른 느낌을 받았다. 처음에는 엄청난 속도 때문에 온몸에 소름이 돋았는데, 어느 순간부터인가 무감각해졌다. 벌써 속도에 무뎌진 거였다.

'어라?'

건우의 허리를 한껏 부여잡고 있던 손도 슬슬 힘이 풀렸다.

급기야 고개까지 뒤로 젖히고 바람을 만끽했다.

"선배! 스트레스엔 이것만 한 게 없어요."

건우가 외치듯 말했다.

"여기 아무도 선배인지 몰라요. 그러니까 한번 눈 딱 감고 질러 봐요."

은지는 조금 망설이는 척했지만 사실 그 누구보다 빽 소리를 지르고 싶은 심정이었다.

그녀를 스트레스 고위험군으로 만든 이 세상과 그들을 향해!

'대체 왜 나한테만 이러는 거야! 내가 뭘 그렇게 잘못했냐고!'

하지만 후배 앞에서 속엣 말을 모두 털어놓고 싶진 않았다. 그녀는 마음에 있는 많은 외침을 대신할 말을 찾았다.

"야호!"

"뭐예요, 야호가? 선배! 산 정상도 아니고!"

건우가 놀리듯 말했다. 그리고는 도저히 안 되겠다는 듯 먼저 본보기를 보였다.

"미안해! 하지만 이번엔 나도 물러설 수 없을 것 같아! 형…."

처음에는 우렁차던 외침이 '형'이라는 단어를 뱉을 때 조금은 흔들렸다.

바람에 잘 들리진 않았지만 은지도 대강 그 내용을 파악했다. 전에 건우가 했던 말.

'어렸을 때는 단 한 번도 형이 가진 것을 부러워하거나 갖고 싶다 생각한 적이 없었는데… 요즘엔 좀 변했어요.'

"선배, 선배도 얼른 해봐요. 진짜 속이 다 시원해진다니까요."

은지도 어렵사리 마음을 열었다. 그리고 외쳤다.

"나 동네북 아니거든! 그리고 우리 그냥 사랑하게 해주세요!"

그녀의 외침을 들은 건우의 얼굴이 순식간에 잿빛으로 변했다.

***

"아주 영화를 찍어라, 영화를! 하긴 젊을 때나 저래보지 언제 저러겠냐. 좋을 때다!"

퀵 서비스 스티커가 붙은 낡은 오토바이 한 대가 건우의 데이비슨을 뒤따르고 있었다.

철수는 헬멧을 쓰고 청춘영화를 찍고 있는 저 앞의 여자가 딸 은지일 거라고는 상상도 못했다.

그가 서울에 돌아온 건 한 달 전이었다. 밤이슬을 맞으며 떠난 게 5년 전이니, 딱 5년만의 복귀였다.

061, 062, 063, 051, 054….

빚쟁이들을 피해 지방 곳곳을 떠돌다 보니, 매번 낯선 번호를 빌려 은지와 통화를 했다. 철수는 그게 제일 미안했다. 매번 달라지는 번호가 혼란스러운 자신의 신세 같았고, 그것을 은지에게도 나눠주는 것 같았기 때문이다. 하지만 은지는 그의 빈자리를 잘 채워 나가고 있었다.

사춘기 두 남동생을 엄마처럼, 때론 아빠처럼 살뜰히 챙겼다. 그것만으로도 충분했는데 얼마 전에는 자신의 빚을 대신 갚아주었다. 정확히 말하면, 은지가 다니는 회사에서 그렇게 해주었다. 아무리 시대가 변했다지만, 그런 일이 가능한 걸까?

철수는 잠시 고민했다. 말이 안 되는 상황이었다. 자초지종을 알고 싶었지만 그는 묻지 않았다. 누구의 도움이든, 어떻게 굴러들어온 돈이든 우선 그 돈이 필요했다. 그래야 다시 시작할 수 있으니까.

철수는 모든 것을 리셋하고 싶었다. 마이너스가 아닌 영에서부터 차곡차곡 시작하고 싶었다. 어떻게 굴러온 돈이든, 이제부터 갚아나가는 게 중요하다고 생각했다. 그리고 떳떳해질 때까지 은지와 두 아들 앞에 나타나지 않기로 결심했다. 모든 빚을 청산하고, 통닭 한 마리를 사서 집에 돌아가고 싶었다. 그게 그의 유일한 바람이었다. 그래서 서울로 돌아왔다는 사실도 비밀로 했다.

그의 새 출발의 첫걸음이 되어준 것은 바로 퀵 서비스였다.

아빠답게, 떳떳하게 재기할 제2의 인생을 꿈꾸며 철수는 가속 레버를 돌렸다. 서울 이태원동의 한 단독주택 앞에서 그의 퀵 오토바이가 천천히 멈춰 섰다. 3미터는 족히 돼 보이는 거대한 대문이 기를 누르는지 철수의 어깨가 움츠러들었다.

'어느 재벌 집인지는 몰라도 어마어마하구만.'

아까 사무실에서 대표가 한 말이 떠올렸다.

'양 씨, VVIP 고객이니까 신속하고 깔끔하게 전달해야 돼요. VVIP에게 밉보이는 행동은 절대 하지 말고.'

철수는 절대 밉보이지 말라는 말을 새기며, 오토바이 바구니에서 서류봉투를 꺼내 들었다. 그리고 조심스레 초인종을 눌렀다.

"퀵 서비스에서 왔습니다."

안으로 들어서자 더 장관이었다. 철수는 두 눈이 튀어나올 듯 커졌다.

"이런 집은 정원 관리비만도 한 달에 몇 백은 그냥이라던데…."

도우미로 보이는 여자가 현관문을 열고 나왔다.

철수는 군기가 바짝 든 자세로 90도 인사를 건넸다.

"퀵, 여기 있습니다."

도우미가 서류를 받아 안으로 들어가려고 할 때였다.

"잠깐만!"

누군가 현관 쪽으로 걸어왔다.

"팁 받아 가셔야죠."

여자의 도도한 목소리가 철수를 주눅 들게 했다. 목소리로 보아 중년이 확실했으나, 나이를 가늠하기 어려운 외모였다. 하얗고 매끈한 동안 피부, 볼륨이 잘 살아 윤기가 흐르는 머릿결, 머리끝부터 발끝까지 한마디로 귀티가 줄줄 흘러내렸다.

철수는 여자가 내민 봉투를 보고, 꾸벅 고개를 숙였다.

"감사합니다, 사모님."

"별 말씀을요. 앞으로 자주 뵙게 될 텐데."

김라혜 여사는 의미심장한 얼굴로 고개를 까딱거렸다.

철수는 어리둥절한 얼굴로 대저택을 나왔다.

'자주 볼 거라는 건 무슨 말이야? 단골을 하겠다는 건가? 이런 왕건이를 물다니!'

출근 첫날부터 횡재가 따로 없었다.

그제야 손에 있던 무언가가 생각났다. 철수는 받은 봉투를 후후 불어 그 안에서 하얀 수표를 꺼냈다.

'이게… 한 장이 아니잖아!'

믿을 수 없는 금액이었다. 고작 서류 하나를 배달한 팁이 무려 오백만 원이라니!

철수는 그 돈이 무엇을 의미하는지 상상도 못한 채 방금 나온 저택 쪽으로 몸을 돌렸다. 그리고 연신 고개 숙여 인사했다. 잘못 받았다는 생각이 들기도 해서 그 자리를 뜨지 못하고 잠시 서성이 기도 했다.

김라혜 여사는 2층 창문을 통해 그의 감복하는 모습을 지켜보고 있었다.

'그렇게 고마워할 필요 없을 텐데…. 이제부터 당신이 해야 할 일이 산더미 같으니까.'

그녀는 기다란 원목 탁자로 시선을 옮겼다. 그가 방금 주고 간 서류봉투가 보였다. 조심스레 봉투를 열자 인화된 사진들이 나왔다.

은지가 성준에게 납치되는 장면, 성준을 때려눕힌 건우의 모습, 벤치에 앉아 건우를 소독해주려는 은지의 모습.

라혜의 얼굴이 일그러졌다. 또 다른 사진이 그녀의 시선을 붙잡았다. 은지와 지욱의 밀애 현장.

사진만으로도 진지하고 깊은 관계임이 느껴졌다. 라혜의 얼굴에 안도의 미소가 번졌다. 차라리 다행이었다. 어쩌면 이게 기회가 될지도 몰랐다. 지욱을 후계자 자리에서 박탈시킬 그리고 건우에게서 자꾸만 알짱대는 얄미운 여자를 함께 처리할 수 있는. 라혜는 의미심장한 미소를 지었다.

***

결제 파일을 검토하던 지욱의 눈빛이 매섭게 빛났다. 송 팀장은 잔뜩 긴장한 얼굴로 그의 눈치만 살폈다.

"레크레이션, 캠프파이어, 촛불 의식… 이게 다 뭡니까? 고등학생 수련회 프로그램입니까?"

"아, 그, 그게…."

지욱은 화가 났지만 애써 마음을 다잡았다.

"나가보세요."

"네?"

송 팀장이 놀라 물었다.

"나가보시라고요. 워크숍 프로그램은 내가 직접 짭니다!"

송 팀장이 얼떨떨한 얼굴로 인사를 하고 나갔다.

지욱은 서랍 깊숙이에 보관하고 있던 파일들을 꺼냈다. 와튼 스쿨 재학시절과 미국 글로벌 기업 인턴 연수 때 모아놨던 자료들이었다. 그는 영문자가 빼곡한 서류들을 금세 훑어 내려갔다.

지욱의 일거수일투족은 빼놓지 않고 정남의 귀에 흘러 들어갔다.

"감정노동자 워크숍?"

정남이 못 마땅하다는 투로 되물었다.

"네. 지욱 도련님, 아니 본부장님께서 직접 지시했다고 합니다."

정남은 책상을 주먹으로 쾅 내리쳤다.

"못난 놈! 여자 하나한테 홀려서 이제 별짓을 다 하는군."

"어쩌면 이번이 기회가 될 수도 있지 않을까 싶습니다."

"기회?"

"무방비상태일 때 워크숍 장소 같은 열린 공간으로 아가씨를 투입하면, 우연한 만남을 가장할 수 있을 겁니다. 호텔이라는 공간 자체가 도련님에게 거부감을 갖게 했을지도 모르니까요."

"그래, 일리 있는 소리군."

정남은 어딘가로 급히 전화를 걸기 시작했다.

***

할리 데이비슨 오토바이가 낡은 다세대 연립 앞에 멈춰 섰다.

은지는 헬멧을 벗고 오토바이에서 내려왔다.

"안 데려다줘도 괜찮다니까. 이렇게 어두워져서 어떡해."

은지가 걱정스러운 듯 말했다.

"나 때문에 밥도 못 먹고. 배도 고플 텐데…."

은지는 오늘 처음 오토바이 멀미가 있다는 걸 알게 됐다. 생전 오토바이 근처에 가본 적도 없으니 모르고 사는 게 당연했다.

그녀가 멀미 때문에 아무것도 먹지 못하자, 건우도 함께 쫄쫄 굶을 수밖에 없었다.

이대로 보내면 안 될 것 같았다. 은구와 은호 두 동생 앞에서 발동되던 누나 마음이 건우에게 발동됐다.

"저, 대니얼…. 괜찮으면 우리 집에서 라면 먹고 갈래?"

은지가 호의를 담아 물었다.

라면 먹고 갈래? 라면 먹고 갈래? 라면 먹고 갈래?

건우의 귀에 그 목소리가 무한 반복되며 왕왕 울렸다. 그러더니 무미건조하던 목소리는 점점 더 야릇하게 왜곡되었다.

"근데 집 정리를 하나도 못하고 나왔네."

건우는 그녀의 집이 쓰레기장 같다고 해도 좋았다. 은지의 사적인 공간에 들어간다는 것만으로도 충분했기 때문이다.

"잠깐만 여기서 기다려. 대충 정리만 하고 부를게."

"저 진짜 괜찮아요. 제 방도 완전 엉망이에요."

건우가 그녀를 말렸지만 소용없었다.

"여기서 잠깐만 기다려!"

건우는 계단을 뛰어 내려가는 그녀의 뒷모습을 하염없이 지켜보았다.

은지가 자신의 허리를 감싸 안던 순간, 그때의 느낌을 다시 떠올렸다. 온몸에 퍼지던 그 짜릿한 감각을. 그때 눈부신 헤드라이트가 그를 비추기 시작했다.

건우는 눈을 가늘게 뜨고 빛이 뿜어져 나오는 곳을 응시했다. 강력했던 헤드라이트가 점점 옅어지고, 눈앞에 익숙한 자동차 한 대가 모습을 드러냈다.

'어?'

건우의 눈동자가 놀란 듯 흔들렸다.

청소를 마치고 찬장을 열어 라면을 확인했다. 아뿔싸! 라면이 다 떨어지고 달랑 한 봉지가 있었다. 은지는 슈퍼부터 달려가야겠다고 생각했다.

허겁지겁 정리를 한 탓인지 이마에 땀이 송골송골 맺혔다. 은지는 옷소매로 땀을 훔치며 후다닥 계단을 올라갔다.

"대니얼 미안! 라면이 떨어진 줄 몰랐네…. 어?"

건우가 보이지 않았다.

"얘가 이 동네 길도 모를 텐데…. 어디 갔지? 대니얼! 대니얼…!"

은지가 두리번거리며 건우를 불러보았지만 대답이 없었다. 마침 그녀의 휴대폰에 메시지 하나가 도착했다.

'선배, 미안해요. 급한 일이 생겨서 먼저 가요. 라면은 다음 기회에. 그땐 꼭 먹고 갈게요.'

한강 조망 70층 초고층 아파트, 대리석으로 된 복층 하우스.

지욱이 주방에서 위스키 두 잔을 가지고 거실로 왔다.

건우가 긴 팔을 뻗어 잔 하나를 받아 들었다.

"형이 그 동네는 어쩐 일이야?"

"그러는 넌?"

지욱이 맞받아쳤다.

"누구를 좀 데려다주던 길이었어."

건우는 형의 표정 변화를 읽으려는 듯 그의 얼굴에서 눈을 떼지 않았다.

"그래."

하지만 지욱은 얼굴색 하나 변하지 않고 말했다.

"콜센터에는 언제까지 있을 생각이야?"

"왜? 나 있는 거 불편해?"

"버킷리스트도 좋지만 이제 너도 네 진로를 찾아야 할 때니까."

형이 동생을 걱정하는 진심어린 조언이었다.

"진로도 중요하지만 더 중요한 걸 찾았어. 이제 그걸 갖기 위해 달릴 거야."

건우가 위스키를 한 모금 넘기며 말했다. 지욱은 동생의 눈빛이 이전과는 많이 다르다는 걸 눈치 챘다.

"진로보다 더 중요한 것…"

지욱도 위스키 잔을 기울였다.

"…사랑."

건우가 툭 내뱉고는 특유의 반달 눈웃음을 지었다.

"사랑이라면, 그동안 많이 경험했잖아?"

"어떤 소설에 나오는데… 세상에 사랑은 한 번일 뿐, 나머지는 모두 방황에 불과하다고 하더라고. 지금까지는 모두 방황이었던 것 같아."

건우가 확신에 찬 듯 말했다. 그때 지욱이 찬물을 끼얹듯 말했다.

"사랑이라? 또 한 번의 지독한 방황이겠지."

두 남자 사이에 팽팽한 긴장감이 감돌았다.

***

A 리조트 세미나실.

"감정노동 종사자의 38%가 우울증을 앓은 경험이 있다는 조사 결과가 나왔습니다."

단상에 선 지욱이 워크숍 격려의 말을 전하고 있었다.

지욱을 보는 은지의 눈에서 꿀이 뚝뚝 떨어졌다. 가까이서 볼 때와는 또 다른 느낌이었다. 길쭉한 키에 조막만한 얼굴, 그 얼굴 안에서 자기 주장을 확실히 하고 있는 이목구비, 지성미가 철철 흘러내리는 말투까지. 조물주의 대표작을 꼽으라면 도지욱을 빼놓을 수 없으리라.

'정녕 저 남자가 내 남자란 말인가!'

은지의 마음속에서 감탄의 소리가 흘러나왔다. 그저 바라보는 것만으로도 스트레스가 달아나는 것 같았다.

옆에 있던 경란이 그녀의 옆구리를 쿡쿡 찔렀다.

"야, 양은지 너 조심해라!"

"뭘?"

"보는 눈이 한둘이 아냐."

은지와 경란은 비밀 작전을 공유하는 요원처럼 결연한 눈빛을 주고받았다.

"부디 이번 캠프를 통해 그동안의 정신적 고통을 조금이나마 벗어던질 수 있기를 바랍니다. 이상입니다."

지욱은 격려사 말미에 은지 쪽을 잠깐 응시했다. 그와 아이 컨택을 한 은지는 깜짝 놀라 고개를 숙였다. 그 모습이 마치 수줍음 많은 새색시 같았다.

'여기서 이러시면 아니 되옵니다.'

은지는 슬금슬금 올라가는 입꼬리를 손으로 붙잡았다.

지욱이 단상에서 내려오자 송 팀장이 나와 마이크를 잡았다.

"오늘 일정 간략히 안내하겠습니다. 우선 점심식사를 할 거고요, 30분 정도 휴식을 취한 뒤 2시부터 이곳에 모여 요즘 아주 핫한 VR 가상현실 게임 체험 프로그램을 진행할 예정입니다. 그 이후에는 연극 심리 치료와 미술 테라피 프로그램이 준비되어 있습니다."

여기저기서 수군대는 소리가 들려왔다. 경란도 한마디 거들었다.

"프로그램 죽인다. 이제까지 워크숍과는 퀄리티 자체가 다른데? VR이 웬 말이니?"

"이번 워크숍 프로그램은 도지욱 본부장님께서 직접 준비하셨습니다. 고생하신 본부장님을 위해 박수!"

송 팀장의 말에 박수갈채가 쏟아졌다.

감정노동자를 위한 치유 워크숍.

아직 프로그램이 하나도 시작되지 않았는데, 은지는 이미 충분히 치유된 기분이었다. 사실 도지욱 같은 남자를 사귀면서, 스트레스 지수 고위험군이란 것은 애초에 모순 중의 모순이었다. 은지가 그런 생각을 하는 사이 누군가 옆으로 다가왔다.

"선배!"

건우였다.

"어, 깜짝이야."

"뭐예요? 내가 더 놀랐잖아요."

"야, 너 뭐야? 말도 없이 사라지면 어떡해. 걱정했잖아."

"미안해요. 급한 일이 생겨서. 선배가 끓여주는 라면 진짜 먹고 싶었는데."

"됐어, 타임 오버야. 날이면 날마다 오는 기회가 아니었다고!"

"아, 한 번만 더 기회를 줘요."

"됐어. 내가 이 말까지는 안 하려고 했는데… 나 분식집 알바 8개월 경력자야. 알지? 분식집 라면이 세상에서 제일 맛있는 거! 오랜만에 솜씨 발휘 하나 싶었는데… 에이, 됐다 뭐."

은지가 웃음을 참으며 말했다.

"아, 선배… 진짜 먹고 싶어요."

그때 경란이 둘 대화에 끼어들었다.

"먹고 싶다니? 뭘?"

"아무것도 아냐."

은지가 대수롭지 않다는 듯 넘겼다.

"아, 뭔데? 나 빼고 너희 둘만 뭐 먹으려고 했어?"

"아, 아냐! 밥 먹으러 가자던 거였어."

은지의 말에도 경란은 수상하다는 시선을 거두지 않았다.

리조트 지하, 식당 곳곳에서 카랑카랑한 목소리가 들려왔다. 저마다 테이블에서 흘러나오는 수다마저 상담원답게 전달력이 좋았다.

은지는 경란과 한 테이블에 앉아 점심을 먹고 있었다. 그때 한쪽에서 소란스러운 소리가 들려왔다. 사람들이 어딘가를 가리키며 수군대는 게 보였다.

"저, 본부장님."

지욱이 식사를 하고 있던 테이블 앞에 웬 여자 하나가 서 있었다. 그녀는 테이블 위로 뭔가를 올려놓았다.

"새벽에 제가 직접 만든 거예요. 이건 전복장이고, 이건 쌈밥, 이건 베이컨 말이 볶음밥. 같이 드셔보세요."

여자가 테이블에 도시락 통을 펼쳐놓더니, 몸을 배배 꼬며 쑥스러운 시늉을 했다.

"야, 쟤 구미호 아냐? 우리 동기!"

구미호는 로얄카드 상담원들 사이에서 꽤나 유명했다. 구미호는 연수 때부터 남달랐다. 그 짧은 기간 동안, 얼마나 여우짓을 했는지 그녀에게 홀린 남자들이 한둘이 아니었다. 여자들 중에 누군가 그녀의 여우짓을 지적했다가, 남자들에게 '여적여'라는 비난을 들을 정도였다.

'여자의 적은 여자라더니!'

구미호의 스킬 중 가장 대표적인 건 '웃기 스킬'이었다.

그녀는 웃는 것도 남달랐다. 세상 해맑게 빵긋 웃으며 남자의 팔뚝을 툭 치듯 만지는 건 1단계. 2단계는 박장대소 하며 상체를 남자 쪽에 들이밀어 기대고 웃는 방식이었다.

몸을 밀착하는 것과 동시에 남자에게 자신의 향기로 자극하는 것, 촉각과 후각을 동시에 공략하는 고난도의 스킬이었다.

때마침, 구미호가 지욱을 향해 웃기 스킬을 쓰고 있는 게 보였다. 그것도 2단계를!

'아니, 저게!'

은지가 자리를 박차고 벌떡 일어나려던 순간, 경란이 그녀의 팔을 꾹 붙잡았다.

"가만 있어 봐. 이 언니가 처리해줄 테니까."

갑자기 경란이 양 팔을 걷어붙였다. 그리고는 한 손으로 은지의 식판을 툭 바닥으로 밀어버렸다.

쨍그랑 콰앙 쾅.

식판이 떨어지는 소리에 사람들의 시선이 일제히 그곳으로 쏠렸다.

'야, 너 뭐하는 거야. 지금!'

경란은 기다려보라고 눈짓 했다.

"이걸 어쩜 좋아. 내가 은지 식판을 그만 엎어버렸네."

경란이 큰 목소리로 교과서를 읽듯 또박또박 말했다. 마치 누군가에게 들으라는 듯이.

"미안해, 은지야! 근데 어쩌지? 배식도 다 끝난 것 같고. 너 아까부터 배 엄청 고프다고 그랬잖아. 안 그래?"

경란이 빨리 대꾸하라는 듯 은지를 향해 손짓을 했다.

"어, 어…. 그, 그랬지!"

은지는 엉겁결에 대답했고, 경란은 속으로 카운트다운을 시작했다.

'자, 셋, 둘, 하나.'

그때였다.

"여기 있습니다."

어디선가 익숙한 목소리가 들려왔다. 지욱이었다.

"양은지 상담원? 여기 아직 손 안 댄 음식이 있어요. 와서 드세요."

은지는 그제야 경란의 빅픽처를 이해했다.

'뭐야? 윤경란, 이 천재!'

은지는 천천히 지욱의 테이블로 고개를 돌렸다. 눈이 마주치자 지욱은 의미심장한 미소를 지었다.

경란이 은지에게 한쪽 눈을 찡긋했다.

은지는 지욱의 앞으로 가 앉았다.

"자, 어서 먹어."

지욱이 그녀에게만 들릴 정도로 작게 말했다. 이렇게 많은 사람들 속에서, 지욱과 단둘이 앉아 식사를 하게 되다니! 은지는 심장이 쫄깃쫄깃해졌다.

전복장 하나를 집어 들어 크게 한 입 베어 물었다. 순식간에 입 안 가득 전복향이 퍼졌다.

"우와, 와아, 전복장이 진짜 맛있어요! 어디서 샀지? 나도 사다 먹어야겠다!"

그녀가 특유의 솔톤 보이스로 말했다.

구미호가 손톱을 물어뜯으며 노려보는 게 보였다.

은지는 그 모습을 보니 통쾌한 기분이 들었다.

'어디 원조 앞에서 한 번 보여줘 볼까?'

은지는 구미호의 여우짓 스킬에 시동을 걸었다. 그녀는 꺄르르 웃으며 지욱의 팔을 툭 치더니, 그쪽으로 상체를 깊숙이 숙였다.

"어머, 죄송해요. 본부장님. 음식이 진짜 맛있어서 저도 모르게."

지욱은 전혀 눈치 채지 못했다. 그녀의 행동이 조금 어색했지만 밝아 보여 좋았다.

건우는 뒤통수에서 들려오는 은지의 웃음소리가 거슬리는지 자리를 박차고 일어났다. 그리고는 홀연히 그곳을 떠났다.

은지는 공용 화장실 거울 앞에서 콧노래를 흥얼거렸다.

"지지배, 아주 신났네, 신났어."

경란이 화장실 칸에서 나오며 말했다.

"경란아!"

"나도 얼마나 통쾌했는지 속이 다 풀리더라. 어휴, 그 여우!"

"다시 한 번 우리 지욱 씨한테 꼬리치기만 해봐. 내가 가만 안 둘 거니까."

"우리 지욱 씨? 아, 오그라들어."

경란이 질색하며 말했다.

"됐고. 야, 가자. 두 시 다 됐어. 프로그램 시작하겠다."

"벌써?"

은지와 경란은 팔짱을 끼고 후다닥 화장실을 나갔다.

두 사람이 나가고 텅 빈 화장실 안, 유일하게 닫혀 있던 문 하나가 열렸다. 그리고 그 안에서 나오는 여자.

긴 생머리에 청순한 얼굴, 때 묻지 않은 순수함이 가득한 얼굴이었다. 그녀가 세면대 거울을 보며 혼잣말을 했다.

"지킬 수 있으면 어디 한번 지켜봐. 양은지…!"

***

"스트레스가 쌓일 때마다 놀이공원이나 카레이싱 경주장을 찾을 순 없죠. 하지만 가상현실이라면 충분히 가능합니다. 바로 앞에 보이는 VR 기술 덕분입니다."

은지는 프리젠터의 설명에 집중했다.

"재밌겠다."

옆에서 경란이 말했다.

"자, 그럼 본격적인 VR 게임 체험에 앞서 시연을 한 번 해봤으면 하는데, 요즘 좀비 게임의 성장세가 무섭습니다. 여기 직접 해 보실 분 있으신가요?"

좀비라는 말에 상담원들은 서로 눈치만 볼 뿐, 선뜻 나서는 이가 없었다.

귀신? 유령? 좀비? 진짜 무서운 게 있다면 그건 귀신도, 유령도, 좀비도 아니다. 바로 사람이지! 은지가 오른손을 번쩍 들었다.

"저요. 제가 해볼게요."

경란이 놀란 듯 그녀의 팔뚝을 툭 쳤다.

"야, 양은지…!"

은지는 대수롭지 않다는 듯 앞으로 나왔다.

프리젠터가 은지에게 VR 헤드셋을 씌워주었다. 고글을 쓰니 완전히 다른 세상이 펼쳐졌다. 어두컴컴하고 음침한 창고가 하나 보였다. 묘한 분위기의 사운드는 마치 공포 영화의 한 장면에 들어와 있는 기분이 들게 했다. 은지는 금세 등골이 서늘해졌다.

'게임이라고 너무 만만하게 봤나?'

화려한 그래픽과 리얼한 3D기술로 태어난 좀비는 소름이 끼칠 만큼 실감났다. 잠깐 방심한 사이 흉측한 좀비가 그녀의 눈앞으로 획 튀어나왔다.

"아아아악!"

은지는 까무러치게 놀라서 비명을 질렀다. 좀비 특유의 징그러운 사운드가 그녀의 귓가를 어지럽혔다. 온몸의 털이 삐죽 서는 느낌이었다.

그때 다리 아래에서 이상한 느낌이 들었다. 은지가 그쪽으로 고개를 숙인 순간, 좀비 하나가 그녀의 다리로 찰싹 달라붙었다.

"엄마야!"

도저히 못 참겠다는 듯 헤드셋을 집어던지고 막무가내로 달음박질 쳤다. 그녀의 몸은 VR의 세계를 떠나 현실 속 워크숍 장소를 내달리고 있었다.

정신없이 도망치던 은지는 무언가에 부딪혀 강제로 멈춰 섰다.

타악.

누군가가 벽처럼 그녀를 막아섰다.

은지는 고개를 벌떡 치켜들었다. 눈앞에 있던 남자의 얼굴이 갑자기 VR 화면 속 좀비로 겹쳐 보이기 시작했다. 은지는 저도 모르게 또 한 번 비명을 내질렀다.

"아아악!"

은지가 두 눈을 질끈 감고 뒷걸음치려 할 때, 눈앞의 남자가 그녀의 팔목을 세게 붙잡았다.

"양은지, 그만 정신 차리지?"

'어?'

좀비의 목소리가 어딘지 모르게 굉장히 귀에 익었다. 그제야 정신이 들었다. 지욱이 그녀를 걱정스럽게 보고 있었다.

"아, 지욱 씨⋯. 아, 아니, 본부장님. 제가 너무 놀라서 저도 모르게⋯!"

최대한 정중하게 인사를 했다. 하지만 지욱은 무심히 그녀를 지나쳐갔다. 나름대로 은지가 난처하지 않도록 배려한 행동이었다.

프리젠터가 형식적인 웃음을 흘리고는 말했다.

"네. 이렇게 VR 게임이 아주 생동감 넘치고 실감납니다. 모두 마음의 준비를 하시고, 도우미의 안내에 따라 게임을 즐겨주시면 되겠습니다."

공중을 날아 빙글빙글 회전하며 수직 낙하하는 VR 롤러코스터는 놀이공원을 뛰어넘는 스케일이었다.

VR 게임을 둘러보던 건우가 누군가를 찾는지 연신 고개를 두리번거렸다. 저 멀리서 프리젠터와 대화 중인 지욱이 보였다.

"로얄카드 워크숍에 이렇게 저희 기술을 소개하게 되어 영광입니다."

프리젠터가 형식적인 멘트를 날렸다.

"갑작스러운 요청이었는데 흔쾌히 와주셔서 감사합니다."

지욱도 비즈니스 멘트를 건네고는 자리를 옮겼다.

건우가 다가왔다.

"도지욱 본부장님."

회사에서는 모른 척하라고 했는데!

"저거 말이에요."

건우가 검지로 카레이싱 VR 게임을 가리켰다.

"어릴 때, 우리 형이랑 종종 하던 게임인데, 한 판 하실래요?"

지욱은 속을 알 수 없는 동생의 제안에 잠시 머뭇거렸다. 대답 대신 그쪽으로 먼저 걸어갔다.

두 사람은 도우미의 안내대로 VR 고글을 쓰고, 경주 의자에 앉왔다. 게임이 로딩 되는 동안, 건우가 의미심장하게 말했다.

"형은 늘 저한테 져주더라고요. 매번 이기다 보니, 점점 게임이 재미없고. 어차피 이길 거라는 걸 아니까. 그리고 정말 내 힘으로 이긴 게 아니니까. 언젠간 말예요, 형이 져주지 않는 진짜 게임을 하고 싶더라고."

"져줄 생각 없어."

지욱이 가차 없이 말했다.

"그래, 이제 져주지 마. 너무 쉽게 얻으면 재미없으니까… 형."

도심 속 분노의 질주가 시작되었다.

스타트는 엇비슷했지만 지욱이 먼저 선두로 나섰다. 질세라 건우가 바짝 추격해왔다.

두 사람의 쫓고 쫓기는 질주는 진짜 카레이싱만큼이나 박진감이 넘쳤다. 건우가 코앞까지 압박해 와도 결코 지욱은 선두를 내어주지 않았다.

마음이 급해진 건우는 무리하게 속력을 내다 그만 결승점을 눈앞에 두고 가드레일을 들이받았다. 그 순간 지욱이 결승점을 통과했다.

지욱은 제자리를 빙글빙글 돌고 있는 건우의 카를 보며 말했다.

"방황은 이제 그만하지 그래…!"

지욱은 그 말을 던지고는 고글을 벗고 자리를 떠났다.

혼자 남겨진 건우는 두 주먹을 움켜쥐었다. 그의 머릿속에 어젯밤 형과의 대화가 되살아났다.

'방황을 하든, 사랑을 하든 네 자유지만…'

'자유지만?'

'…양은지는 안 돼!'

"대박, 패러글라이딩도 할 수 있어!"

경란이 흥분한 듯 소리쳤다.

"너, 내 버킷리스트 일순위가 뭔지 아니?"

"뭔데?"

은지가 무덤덤하게 물었다.

"스위스 인터라켄에서 남자친구랑 패러글라이딩 하는 거."

그러고는 냉큼 VR 패러글라이딩 코너로 갔다. 도우미에게 한참 설명을 듣던 경란이 호들갑스럽게 은지를 불렀다.

"야, 양은지 여기로 와봐. 대박! 이걸로 장소 설정도 할 수 있대."

"정말? 그럼 스위스도 되는 건가?"

"말해 뭐해."

도우미가 VR 설정을 조정하는 사이, 경란은 주변을 살폈다.

"남자친구는 아니라도, 누구 대타해줄 만한 남자 없을까? 이 멋진 스위스 하늘을 나 혼자 날아서야 되겠어?"

"글쎄…. 우리 팀에 남자가… 송 팀장님?"

"야!"

경란이 말을 뚝 끊으며 윽박을 질렀다.

한참 두리번거리던 경란의 안색이 순식간에 화사해졌다.

"저기 있다…! 내 남자!"

경란이 무언가에 홀린 듯 급하게 뛰어갔다. 그녀가 달려간 곳에 훤칠한 기럭지의 훈훈한 남자가 서 있었다.

'어? 유 비서님?'

지욱의 개인 비서인 유 비서였다. 그러고 보니 포장마차에서 거나하게 취했던 밤, 유 비서가 경란을 집까지 데려다줬다고 했다.

손사래를 치던 유 비서는 결국 경란의 손에 이끌려 패러글라이딩 코너로 들어왔다. 정확히 말하자면 끌려왔다.

"안녕하세요."

은지가 유 비서를 향해 먼저 인사를 했다. 유 비서는 웃는지 우는지 모를 얼굴로 고개를 끄덕였다.

"저기요! 남녀 두 명요. 함께 탈 거고요. 스위스 인터라켄으로 보내주세요."

경란이 도우미를 향해 수줍음 섞인 목소리로 말했다. 유 비서는 아직까지 어안이 벙벙한지 쭈뼛거리고 있었다.

"은지야, 난 유 비서님이랑 스위스 하늘 좀 구경하고 올게. 넌 다른 데 좀 둘러보고 있을래?"

경란이 은지에게 빨리 사라지라는 듯 눈치를 주었다.

'남자 때문에 친구 버린다고 뭐라고 하던 게 누구였지?'

속으로 투덜대며 나오는데, 휴대폰 진동이 느껴졌다. 화면을 확인하자, 지역번호 02로 시작되는 모르는 번호가 보였다. 일단 조용한 곳으로 나왔다.

통화 버튼을 누르려다 말고 은지는 그 자리에 얼어붙었다.

"허허, 이게 누구야?"

땅딸막한 체구의 남자가 과장된 미소를 지으며 서 있었다.

'도정남 회장이 여긴 어쩐 일로….'

"그동안 스트레스 많았을 텐데, 모두 풀고 가세요."

정남이 제법 자상한 척 말했지만, 은지의 귀엔 그저 허울 좋은 소리로 들렸다.

"너무 무리하지 마요. 분수에 맞게 살면 스트레스도 안 받거든."

정남은 그 말을 남기고는 유유히 그녀의 옆을 지나쳐갔다.

"연극을 활용해 마음의 응어리를 푸는 심리치료 방법인 심리극 치료와 연극 치료인데요…."

연극 테라피 전문강사의 설명이 이어졌다.

은지는 정남과 마주친 후 왠지 기분이 우울했다. 강사의 설명도 귀에 들어오지 않았다.

"…연극 테라피를 통해 조금이나마 마음의 상처를 회복하시길 바랍니다."

강사는 연극에 참여할 대상을 찾아 눈을 굴렸다. 그의 눈에 맨 앞자리에 앉아 멍 때리고 있는 한사람이 보였다.

"여기, 많이 힘들어 보이는 분이 계시네요."

강사의 시선이 멈춘 곳으로 사람들의 눈이 움직였다. 은지는 자신이 지목된 줄도 모른 채 딴 생각에 빠져 있었다.

"맨 앞자리, 머리를 올백으로 시원하게 넘겨 묶으신 분?"

뒤늦게 은지는 정신이 번뜩 들었다. 그리고는 '저요?' 하는 눈빛으로 강사를 바라보았다.

"네, 맞습니다. 이마 미인님, 앞으로 나와주시겠어요?"

은지는 얼떨결에 떠밀리듯 무대 위로 올라갔다.

"자, 이제 상담원이라는 직업은 잠시 내려두고, 고객 역할을 맡아주시면 되겠습니다. 상담원 역할은 본래 상담 업무를 하지 않는 분이 해주셨으면 좋겠는데. 저기, 저 뒤에 양복을 입고 계신 남자 분?"

강사가 지목한 사람은 지욱이었다.

"뭐야, 도 본부장님이잖아."

"어떻게 도 본부장님이 상담원 역할을 하냐?"

강사는 자신이 지목한 사람이 누구인지도 모른 채 계속 진행을 이어갔다.

"혹시 상담 업무 담당자가 아니시면, 좀 도와주시겠습니까?"

사람들의 시선이 모두 지욱에게 쏠렸다. '설마 도 본부장님이 상담을?' 그런 표정이었다.

지욱의 눈에 다른 사람은 보이지 않았다. 그는 오로지 한 사람만 봤다. 무대 위에서 쭈뼛대고 있는 저 여자. 지욱은 대답 대신 긴 다리로 터벅터벅 걸어 나갔다. 마음이 이끄는 곳, 그녀가 있는 곳으로 가고 있었다.

은지는 무대로 올라오는 지욱에게서 눈을 떼지 못했다.

"자, 이제 여자 분은 고객이고요, 남자 분은 상담원입니다."

은지는 어안이 벙벙했다. 도지욱이 상담원이라는 것도 어색했지만, 더 어색한 건 누군가에게 상담을 받는 입장이 되었다는 사실이었다.

은지는 누군가에게 상담을 받아본 적이 없었다. 늘 누군가의 이야기를 들어주는 입장이었고, 답변을 해주는 위치였다. 집에서도 일터에서도 늘 그랬다. 그래서인지 정작 자신의 마음을 그 누구에게 속 시원히 털어놓은 적이 없었다. 그런데 막상 상담을 받으려고 하니, 무슨 말을 해야 할지 몰랐다.

"저… 근데 뭘 상담하면 되죠? 카드 정보 이런 걸 물어봐야 하나요?"

"뭐든 좋습니다. 너무 머리로 고민하지 말고, 마음의 소리를 내보세요. 연극 심리극에서는 그게 중요하니까요."

'마음의 소리?'

은지는 눈앞이 막막해졌다. 그때 지욱이 첫마디를 건넸다.

"안녕하십니까. 무엇을 상담해드릴까요?"

은지는 여전히 입을 떼지 못했다. 심연의 말을 끌어올리는 데 시간이 필요했다.

"무엇이든 말씀해보세요."

지욱이 다시 한 번 물었다. 그제야 은지가 겨우 입을 뗐다.

"제 직업이 상담원인데, 다른 사람에게 상담을 받으라니, 무슨 말을 해야 할지 모르겠네요."

강사는 잘하고 있다는 듯 계속 말을 이어가라고 손짓했다.

"여기 계신 분들 다들 아시겠지만, 상담원이라는 일 정말 힘들어요. 그뿐인가요, 인간관계도 힘들고요. 사랑하는 것도 힘들고요.

왜 저만 이렇게 힘든지 모르겠어요."

말이란 게 참 희한했다. 주섬주섬 말하다 보니 자신도 모르게
그 감정에 취했다.

애써 상담할 거리를 생각하다 문득 도정남의 얼굴이 떠올랐다.
그가 자신에게 했던 협박 아닌 협박들….

"어쩌면 사람들이 저를 만만하게 보는 걸지도 모르겠네요. 맞아
요, 그거 같아요."

도정남이 떠오르자 은지는 더없이 침울했다. 멋쩍은 듯 다시 말
을 이었다.

"상담은 됐어요. 저도 제가 무슨 소리를 하고 있는지 모르겠네
요."

은지가 내려오려는 순간, 지욱이 갑자기 웃음을 빵 터뜨렸다.

"푸하하하!"

모두가 의아하게 그를 쳐다봤다. 은지도 어처구니가 없었다. 기
껏 진심을 담아 역할극에 몰입했더니, 저렇게 비웃어버리다니….

"양은지 씨 당신의 문제를 알았습니다."

"저기요, 상담을 해주셔야 하는데…."

당황한 강사가 끼어들었다.

"상담을 하려면 상대가 자신의 문제를 먼저 직시하게 만들어야
하는 거 아닙니까?"

"예, 뭐…. 그렇긴 하지만…."

강사가 물러나자 지욱은 다시 은지를 쏘아봤다.

"양은지 씨, 당신의 가장 큰 문제는… 기억력이 나쁘다는 겁

니다."

은지는 지욱이 대체 무슨 소리를 하나 싶었다.

"기억 안 납니까? 갑질하는 고객에게 쏘아줬던 상담원 막말 사건!"

순간 좌중들의 폭소가 터져 나왔다. 강사도 '그때 그 상담원이 이 사람이었어?' 하는 얼굴로 미소를 지었다. 시간이 지나 이제 사람들은 편하게 웃으며 그 사건을 이야기했다. 하지만 딱 한 사람, 은지만 웃지 못했다.

"그때 가장 히트는 당신이 그 고객에게 했던 마지막 말이었지. …저 말이죠, 동네북 아니거든요?"

지욱은 심지어 은지의 성대모사를 하듯 말했다. 모두의 웃음이 터져 나왔다. 심지어 은지마저 웃었다.

"결론은 양은지 씨 당신은 전혀 만만하지 않습니다. 무엇보다 당신은 저의 소중한…."

지욱은 은지의 말똥말똥한 눈빛을 뒤로하고 문득 사람들을 둘러봤다.

"…직원이니까요."

객석 여기저기에서 헛웃음이 터져 나왔다.

"그러니까 양은지 상담원! 자신감을 갖고, 스스로를 소중히 생각해주세요. 그게 상사로서 제가 당신께 드리는 부탁입니다."

은지는 눈시울이 뜨거워지고 있었다. 상대의 진심어린 답변이 듣는 이에게 주는 파장은 상상 이상이었다. 은지는 늘 답변을 주기만 하는 입장이어서 한 번도 느껴보지 못한 감정이었다. 누군가 자신의 마음을 헤아려 줄 때 전해져오는 커다란 위안.

　짝짝짝.

　누군가 박수를 치기 시작했다. 강사였다. 그러자 모든 직원들이 따라서 박수를 치기 시작했다.

3
깨진 단추(Split Button)

정남은 리조트 내 커피숍에 앉아 있었다. 맞은편에는 긴 생머리에 유난히 하얀 피부, 오밀조밀한 이목구비를 가진 젊은 여자가 앉았다.

"보내준 그림은 잘 받았다. 장이한 화백님 신작을 선물 받다니…."

"저번에 회장님께서 직접 전시회 찾아주셔서 아버지가 정말 기뻐하셨어요."

"그나저나 시은 양, 들었겠지만 지욱이한테…."

"네! 알고 있어요. 아까 화장실에서 스치듯 봤고요."

"그래, 그건 그렇고, 우리 지욱이랑은 몇 년 만이지?"

"…10년, 어느덧 10년이 흘렀네요."

젊은 여자는 애수에 잠긴 얼굴로 말했다.

"10년이라고 해봤자 녀석은 그대로야. 여전히 까칠하고 냉정하고, 철두철미하고."

"그렇겠죠? 지욱 씨… 많이 안 변했으면 좋겠어요."

시은은 정남의 또 다른 며느리 후보였다. 대한민국 대표 화백 장이한의 외동딸이자, 아버지의 재능을 물려받은 유능한 신예 화가였다.

그때 누군가 시은의 옆으로 다가왔다.

"곧, 미술 테라피 시간입니다."

정남이 잘 부탁한다는 듯 그녀를 향해 고개를 끄덕였다. 시은은 그에게 정중히 인사를 하고는 자리를 떴다.

둥근 테이블이 여러 개 놓인 세미나실.

은지와 경란은 테이블 위에 놓인 팔레트와 물감을 보며 초등학생들처럼 흥분했다.

"난 처음 들었어. 미술 테라피라는 거."

은지가 천진난만한 목소리로 말했다.

"이 언니가 설명해줄까? 언니가 미술에 조예가 좀 깊니?"

"하긴, 너 완전 색칠공부 광이지."

"야, 색칠 공부 아니라니까. 어른들을 위한 컬러링, 컬러링 북 몰라?"

세미나실 문이 열리고 누군가 안으로 들어왔다. 긴 생머리에 하얀 피부를 가진 여자, 시은이었다. 은지와 경란은 그녀를 보고 누가 먼저랄 것도 없이 동시에 입을 다물지 못했다.

"진짜 예쁘다. 무슨 그림 같아."

은지가 먼저 감탄하듯 말했다.

여자들도 남자들만큼이나 예쁜 여자를 좋아했다. 은지와 경란은 시은에게서 눈을 떼지 못했다.

시은이 마이크를 들었다.

"안녕하세요. 미술 테라피를 담당하게 된 장시은입니다."

지욱은 왠지 귀에 익은 목소리에 반응했다.

'장시은… 장시은?'

지욱이 소스라치게 놀라며 정면을 응시했다.

긴 생머리에 유난히 흰 피부, 가녀린 턱 선과 큼지막한 두 눈, 입가에 살며시 머금은 미소가 오래전 기억을 되살려놓았다. 시은도 저만치 떨어진 곳에 서 있는 지욱을 발견하고는 얼음이 되었다. 둘은 하염없이 서로를 보고 있었다.

***

10년 전.

펜실베니아대학교 캠퍼스 중앙, 블랑시 레비 공원.

학교 설립자인 벤자민 플랭클린 동상 앞에 있는 깨진 단추(Split Button)상은 만남의 장소였다. 지욱은 거기에서 누군가를 기다렸다.

"저기요, 한국 분 맞죠?"

지욱은 고개를 돌렸다. 긴 머리를 댕강 묶은 채 모자를 눌러 쓴 여자가 보였다. 모자가 큰 건지, 머리가 작은 건지, 여자의 얼굴이 반쯤 가려져 있었다.

"그런데요?"

여자는 모자를 살짝 올려 썼다. 그 순간 두 눈이 드러났다. 지욱은 그날 본 그녀의 눈빛을 오랫동안 잊지 못했다. 사람의 눈이 호수 같을 수도 있단 걸 처음 알았다.

"장시은이라고 해요. 잠깐 시간 좀 내줄래요? 제가 그쪽한테… 관심이 있거든요."

지욱은 조금 당황스러웠다. 작업 멘트가 너무도 당당했기 때문이다.

"모르는 사람의 관심은 내가 관심이 없는데."

"모르는 사이 아닌데? 그쪽 지나다니는 거 자주 봤어요. 눈 감고도 그릴 수 있어요. 그쪽 얼굴."

그녀의 말에 지욱은 알 수 없는 감정들이 휘몰아쳤다. 설렘이라는 감정이 물감처럼 번지기 시작했다.

"잠깐이면 돼요. 한 20분? 아니, 딱 10분."

매사에 철두철미한 그였지만, 사정하는 그녀를 뿌리칠 수 없었다.

시은은 다짜고짜 그의 손목을 붙잡고 어딘가로 뛰어갔다. 블랑시 레비 공원에서도 가장 인적이 드문 곳이었다.

잔디밭 한가운데 도화지와 화판 같은 미술 도구가 널브러져 있었다.

도화지 위에 그리다 만 인물 스케치가 보였다. 지욱은 익숙한 얼굴선을 발견하고 두 눈이 휘둥그레졌다.

"펜실베니아 아카데미 오브 파인 아츠에 재학 중이에요. 근데 그쪽 이름은 뭐예요? 그쪽이라고 부르니까 너무 정 없어 보이잖아요."

시은이 지욱에게 바짝 고개를 들이밀며 물었다.

"도지욱. 그런데 날 눈감고도 그릴 수 있다니, 대체 무슨 소립니까?"

"아, 좀 움직이지 말고, 가만히 있어 봐요. 스케치 중이잖아요. 시간도 10분뿐인데."

지욱은 저도 모르게 몸을 꼿꼿이 고정시켰다.

"한국 사람이라서 그런지 눈에 띄더라고요. 때마침 한국인 모델을 찾고 있기도 했고요."

지욱의 머릿속에 그녀와의 첫 만남, 기억들이 하나 둘 피어올랐다. 그날 이후 지욱은 줄곧 시은의 모델이 되었다.

함께 보내는 시간이 늘어갈수록 마음도 조금씩 그녀를 향해 움직였다. 그림이 아닌 현실에서도, 그녀의 마음속 주인공이 되고 싶다는 생각이 자라났다.

그렇게 연인이 된 두 사람은 교정 곳곳에 추억을 남겼다.

"지욱 씨 그거 알아? 여기 이 깨진 단추상 말야. 대학으로부터 구조물을 만들어달라는 요청을 받은 미술가가 어떤 것을 만들까 고민하던 중에 설립자 벤자민 플랭클린 동상을 봤대. 근데 그 사람 동상에 윗 단추가 없는 걸 발견한 거야."

"그래서?"

"그래서 그 이유에 대해 알아보기 시작했대. 벤자민 플랭클린이 평소 음주가무를 즐겼다는 걸 알아냈고… 그가 먹고 즐기다 살이 쪄서 단추가 튕겨 나간 것은 아닐까 상상해 본 거지. 그러다 그 단추가 튕겨 나가다 깨져버린 모양을 구조물로 만들게 된 거래."

"일 리가 있긴 한데… 별 의미는 없군."

"그럼 이참에 우리가 의미를 하나 만들어볼까?"

시은이 그 말과 동시에 지욱의 품으로 팔을 길게 뻗었다. 그리고는 지욱의 상의에서 단추 하나를 툭 잡아당겼다.

그 다음에는 자신의 상의에서 단추를 떼어서 지욱의 손에 올려놓았다.

"혹시 만약 우리가 헤어지게 되더라도… 정말 인연이라면, 이 단추 구멍 사이로 보이지 않는 인연의 실이 우릴 다시 만나게 해 줄 거야. 그러니까 내 단추는 지욱 씨가, 지욱 씨 단추는 내가 보관하는 거야. 어때?"

그때의 시은은 아마도 이별을 직감하고 있었던 것일까. 그녀는 그 말을 하고 일주일도 지나지 않아 돌연 모습을 감췄다.

늘 함께 걷던 블랑시 레비 공원에도, 두 사람이 자주 가던 카페, 식당, 서점…. 그 어디에서도 시은을 볼 수 없었다. 두 사람은 6개월도 채 안 돼 끝나버린 인연이었다. 타오르기도 전에 꺼져버린 사랑은 지욱에게 긴 여운과 아쉬움을 남겼다.

그랬던 그녀가 이렇게 다시 나타나다니! 지욱은 도저히 믿을 수 없었다.

지욱과 시은, 두 사람은 시공간이 멈춰버린 것처럼 서로를 바라보며 멍하니 서 있었다.

은지는 두 사람 사이의 묘한 기류를 감지했다.

'초면이 아닌가?'

두 사람 중 먼저 입을 연 건 시은이었다.

"미스터 도…!"

'미스터 도?'

은지는 귀를 의심했다. 이제껏 누구도 지욱을 그렇게 부른 적이 없었다. 그때 지욱의 중저음 목소리가 들려왔다.

"장시은, 시은아…."

은지는 괜히 마음이 쓰였다. 지욱이 누군가를 저렇게 부른다는 건 이례적인 일이었기 때문이다. 지욱의 얼굴에는 여전히 알 수 없는 파장이 흐르고 있었다.

시은은 마이크를 보조 강사에게 넘기고 지욱이 있는 곳으로 다가갔다.

***

"역시 난 타고난 화가인가 봐."

시은이 커피잔을 탁자에 내려놓으며 첫마디를 던졌다.

"…."

지욱이 침묵으로 일관하자 시은이 다시 말을 이었다.

"무슨 뜻인지 안 궁금해?"

"말해."

"예전에 지욱 씨 그림 보면서, 10년 후에는 어떤 모습일지… 혼자 상상하며 스케치해봤거든. 근데 내가 예상한 그대로야. 아주 훌륭해."

"장시은…."

지욱이 애써 목소리를 꾹 눌렀다.

"어떤 것부터 듣고 싶어? 여기에 왜 와 있는지? 아니면…."

지욱이 시은의 말허리를 뚝 끊었다.

"그때…."

"그땐 나도 어쩔 수 없었어."

시은이 천천히 고개를 떨궜다.

"사람들은 원래 자신이 가지 않은 길을 상상하며, 후회하고 아쉬워한다잖아. 나도 그랬어. 그때 그렇게 한국으로 돌아오지 않았더라면, 지욱 씨와 더 함께 했더라면 어땠을까…. 참 많이 생각했던 것 같아. 블랑시 레비 공원도 그립고, 함께 했던 미스터 도도 그립고."

"무슨 일이 있었던 거야?"

"장이한 화백…."

시은이 동문서답을 하듯 툭 뱉었다.

"…."

"우리 아버지야."

지욱은 제법 놀랐는지 저도 모르게 두 눈썹을 치켜세웠다.

"지금이야 온 국민의 칭송을 받는 화백이지만, 10년 전엔… 지금과 정반대 상황이었어. 그림 대작 사건으로, 세상으로부터 매장당하고 있었으니까."

"…!"

"근데 난 그림 그리는 사람으로 아빠 마음도 이해돼. 슬럼프라는 것은 늘 찾아오는 거고. 옹호하는 건 아냐. 인간적으로 그 마음을 이해하는 것뿐이야. 그 행위를 지지한다는 뜻은 절대 아니고."

"그래서 떠난 거라고…?"

"나한테 가족은 세상에서 아빠 한 분뿐이야. 근데 아빠가 죽을지도 모른다고 하니까… 그때 내가 할 수 있는 거라고는 그것밖에 없었어. 아빠 옆에 있어 주는 거."

"다른 사람은 몰라도 나는 알았어야지!"

지욱이 끓어오르는 감정을 애써 가라앉히며 말했다.

"무서웠어. 지욱 씨도… 우리 아빠를 욕할까 봐. 다른 사람들처럼 똑같이 손가락질할까 봐. 나 그땐 그게 정말 무서웠나 봐. 미안해."

"…."

지욱은 아무 말도 할 수가 없었다. 시은은 애써 분위기를 전환하려고 밝게 말을 이었다.

"이미 지나간 이야긴 이쯤 해두자. 맞다! 나 꼭 물어보고 싶은 게 있었는데…."

"뭐?"

지욱이 차분히 가라앉은 목소리로 물었다.

"우리 서로 첫사랑이야? 난 지욱 씨가 첫사랑인데. 지욱 씨도 아마 그렇지 않을까 생각하며 살아왔거든. 물어봐도 돼?"

"…."

시은은 갑자기 가방을 열어 무언가를 꺼냈다. 작은 보석함이었다. 함을 열자 그 안에 단추 하나가 보였다.

"이거, 기억 나? 지욱 씨 단추. 내가 말했지? 우리가 인연이라면, 이 단추 구멍 사이로 보이지 않는 인연의 실이 우릴 다시 만나게 해줄 거라고. 봐, 우리 이렇게 다시 만났잖아. 나 10년 동안 매일 가지고 다녔는데… 부질없진 않았네. 이렇게 다시 만났으니까."

기둥 뒤에 숨어 두 사람의 대화를 엿듣던 은지는 온몸이 굳어버리는 것 같았다. 여자의 직감은 무서웠다. 아무리 외면하려 해도 자꾸만 마음에 걸리는 이상한 느낌에 은지는 카페까지 따라왔다.

그녀는 기둥 사이로 보이는 지욱의 표정을 살폈다. 어떤 경우에도 평정심을 잃은 적 없던 그의 얼굴에 복잡한 감정의 그림자가 드리워져 있었다.

"왜 이제야…."

그의 말에 두 여자의 얼굴이 극과 극으로 바뀌었다.

시은이 기대와 희망에 찬 얼굴이 되었다면, 은지는 낙심과 충격으로 물들었다. 은지는 '왜 이제야…' 라는 말 뒤에 따라올 이야기들을 상상했다.

'왜 이제야 나타났니? 기다렸어, 보고 싶었어.'

생각이 꼬리에 꼬리를 물수록 절망적이었다. 더 이상 그곳에 서 있을 수도 없었다. 은지는 떨어지지 않는 발걸음을 가까스로 옮겼다.

***

"애인이 첫사랑과 재회한 장면을 목격한 비련의 여주인공. 캬아! 가엾기도 해라."

정남이 선글라스를 벗으며 말했다. 그는 이 상황을 모두 지켜보고 있었다.

시은을 바라보는 그의 표정이 흐뭇해 보였다. 시은은 며느리 후보 중 가장 유력한 후보였다. 세계적인 명성을 얻은 장이한 화백의 외동딸이자, 장래가 촉망되는 신진 화가. 게다가 지욱의 첫사랑이라는 것까지. 삼박자가 두루 맞는 아가씨였다.

정남은 1년 전 시은과의 첫 만남을 떠올렸다.

화랑이 밀집한 청담동의 한 경매장. 그날은 특별히 장이한 화백의 그림이 경매에 올랐다. 재계에서 소문난 미술품 콜렉터인 정남이 빠질 수 없었다.

그는 경매가 시작되기 전 지하에 마련된 갤러리에 잠시 머물렀다. 그때 예사롭지 않은 작품 하나가 그의 눈길을 사로잡았다. 'Split Button'이라는 이름의 작품이었다.

"이사벨라 장? 처음 듣는 이름인데?"

정남이 큐레이터에게 물었다.

"역시 안목이 출중하세요. 요즘 미국을 비롯해 유럽에서도 주목하는 한국의 신예 작가입니다."

큐레이터의 설명에 정남은 고개를 끄덕였다. 큐레이터가 귓속말을 전했다.

"회장님께만 살짝 말씀드리는 건데, 이사벨라 양이 장이한 화백의 외동 따님이에요. 미술계에서 이미 알 만한 사람은 다 알고 있죠."

"장 화백의 외동딸?"

그때였다. 젊은 여자의 목소리가 들려왔다.

"안녕하세요. 이사벨라 장입니다."

정남은 미모의 아가씨를 보고 깜짝 놀랐다. 그리고는 그녀가 그린 그림에 다시 시선을 돌렸다.

"이렇게 아리따운 분이 그린 작품인 줄 몰랐네요."

정남이 그녀와 그녀의 작품을 향해 찬사를 날렸다.

"깨진 단추."

시은이 불쑥 그 말을 던졌다.

"어?"

정남은 그녀의 말에 얼른 자기 양복 단추를 확인했다. 다행히 멀쩡했다.

"이 작품 이름이요."

"아하…. 그렇지 않아도 그림 보며 궁금한 게 있었어요. 이 살짝 깨진 원형이 단추모양 같은데 그 틈으로 나온 이 오묘한 선들은 그럼 실을 상징하는 건가?"

시은은 가만히 고개를 끄덕이고는 말을 이었다.

"펜실베니아대학교 캠퍼스 중앙에 블랑시 레비 공원이 있어요. 거기에 깨진 단추상이 있는데, 학생들 사이에서는 만남의 장소로 유명했죠. 그곳을 생각하며 그렸어요. 깨진 단추와 만남…"

"오호, 우리 아들도 와튼 스쿨 출신이에요."

와튼 스쿨이라는 말에 시은은 안면이 굳어버렸다. 누군가를 떠올리기에 충분한 이름이었다.

"한인 유학생들끼리 서로 교류가 있지 않나?"

정남이 어떻게든 학연으로 인연을 엮어보려는 듯 캐물었다.

"아드님 이름이…"

"우리 아들 녀석은 워낙 사교성 제로라… 도지욱이에요. 도. 지. 욱."

시은은 심장이 땅 아래로 떨어지는 느낌이었다. 잊으려, 잊으려고 해도 잊히지 않던 그 이름. 언젠가는 인연의 실이 다시 묶어주길 바라던 그 사람.

시은에겐 지욱의 모든 것을 알고 싶었던 때가 있었다. 그를 세상에 있게 해준 가족에 대한 궁금증도 그 중 하나였지만, 가족 얘기는 그가 오히려 피했었다.

그런데 그의 아버지를 이렇게 만나게 되다니! 시은은 장난 같은 운명에 저도 모르게 피식 웃음이 터져 나왔다.

"맞지?"

정남이 다짜고짜 물었다.

"우리 아들 아는 거 같은데."

"…네."

정남은 갑자기 호들갑을 떨었다.

"잘됐네. 다음에 그럼 우리 아들 녀석이랑 셋이 보면 되겠어. 이 사벨라 양 작품에 대한 이야기도 그때 더 심도 있게…"

"그건 안 돼요!"

시은이 당황한 듯 그의 말을 뚝 끊었다.

"응?"

정남도 당황한 건 마찬가지였지만 이내 무슨 뜻인지 알겠다는 듯 고개를 끄덕였다.

"회장님 경매장으로 입장하실 시간입니다."

큐레이터가 다가와 경매 임박을 알렸다.

"그럼 또 봐요."

정남은 경매장으로 향하다 그녀를 돌아보았다. 뭔가 이상한 느 낌이 들었다. 지욱의 이름을 들었을 때의 표정, 함께 만나자는 제 안에 황급히 안 된다고 말하던 모습까지.

둘 사이에 뭔가가 있다는 직감이 들었다.

정남은 최 비서에게 지욱이 펜실베니아 재학시절 한인 유학생 들과의 관계가 어땠는지 조사해보라고 지시했다. 그리고 얼마 후 충격적인 소식을 전해 들었다.

"잠시 만나던 여자가 있었다고 합니다. 이사벨라 장, 한국 이름 장시은 양입니다."

"뭐? 둘이 친한 사이였어?"

"그냥 친구가 아니라, 연인으로까지 발전했던 것 같습니다. 그런데 시은 양이 돌연 사라지는 바람에."

"사라지다니!"

"알아보니, 그때가 장이한 화백이 대작 논란에 휘말려 자살 기도를 한 때더라고요. 시은 양은 아버지 곁을 지키려 귀국했고, 지욱 도련님은 영문도 모른 채 한동안 괴로워했다고…"

정남은 처음 듣는 아들의 연애사에 충격을 받았다.

찔러도 피 한 방울 나올 것 같지 않던 지욱에게 이런 러브 스토리가 있었다니! 그제야 '도지욱'이란 이름에 시은의 얼굴이 사색이 되었던 게 이해가 됐다.

정남은 이미 여러 예비 며느리 후보들을 거느리고 있었지만, 시은이라는 아가씨에게 더 관심이 갔다. 그래서 그림 이야기를 핑계로 시은을 만나왔다. 그게 벌써 1년 전 일이었다.

정남의 설득에도 시은은 겁이 나는지 지욱 앞에 서길 꺼려했다. 아직 마음의 준비가 되지 않았다고 했다. 그녀가 돌연 마음을 고쳐먹은 건, 은지의 존재를 알게 된 후였다.

정남은 확신했다. 지욱이 지금은 은지에게 빠져 있지만, 시은이 나타난 이상 큰 이변이 생길 거라고.

시은을 보던 정남이 이번에는 아들에게로 시선을 옮겼다. 그의 예상만큼 지욱은 혼란스러운 표정이었다.

***

은지는 숙소 벽에 기댄 채 생각에 빠져 있었다. 남녀 주인공이 행복할 만하면 첫사랑이 나타나 그들을 흔들어놓는 것! 은지는 그런 드라마 같은 일이 자신에게도 일어났다는 게 믿기지 않았다. TV에서 그런 장면이 나올 때, 은지는 빨래를 개키며 혼잣말처럼 말했다.

"저 불여우는 왜 이 시점에 나타나서 난리래!"

근데 그보다 더 못마땅한 건 여자 주인공의 반응이었다.

꼭 그녀들은 고구마 백만 개를 먹은 것처럼 답답하게 굴었다.

"또야, 또? 울면서 뛰쳐나가는 거! 자기가 도망치긴 왜 도망쳐! 잘못한 것도 없는데!"

말은 참 쉬웠는데….

"양은지! 야, 양은지!"

경란이 그녀를 흔들었다.

"어, 어? 왜?"

"너 무슨 생각을 그렇게 하냐? 사람이 불러도 모르고."

"그냥…."

사실 은지는 누구에게라도 물어보고 싶은 심정이었다.

이런 상황에서 어떻게 하면 좋을지. 너라면 어떻게 하겠느냐고. 하지만 말이 쉽게 떨어지지 않았다.

"좋은 말로 할 때 말해라, 양은지."

"아까 인터넷 게시판에서 어떤 여자 사연을 봤는데…."

"오지랖도 넓다. 남의 사연까지 다 걱정해주고."

"남자친구한테 갑자기 첫사랑이 나타났대. 그걸 목격한 거야. 글쓴이가."

"그래서?"

"남자가 첫사랑한테 '왜 이제야…' 라고 말하다 말았다는데…."

"남자의 반응은 중요하지 않아!"

경란이 단호하게 말했다.

"뭐? 왜 안 중요해?"

"남자들은 원래 첫사랑을 가슴에 묻고 산대잖아. 어느 날 갑자기 첫사랑이 나타났는데 안 흔들릴 사람이 어디 있겠냐? 그건 어쩔 수 없는 거라고. 그런데 그 상황에서 제일 중요한 사람이 누군지 알아?"

"누군데?"

은지가 솔깃한 표정으로 물었다.

"그 남자의 현재 애인… 그 여자가 어떻게 하느냐가 관건이야. 때론 남자도 여자의 보살핌이 필요해. 여자가 남자를 지켜주고, 붙잡아줘야 할 때가 있다고!"

은지는 도통 이해가 되지 않았다.

"지금 부는 바람이 그저 지나가는 잔바람일 뿐이란 걸 확인시켜주란 소리지. 내 남자를 지켜내는 거, 그게 여자의 진짜 능력 아니겠냐. 살다 보면 지나간 인연을 마주칠 수도 있는 거고, 그러다 보면 잠깐 추억에 잠길 수도 있는 거지. 그럴 때 추억에서 건져줄 수 있는 건 현재의 연인밖엔 없어. 안 그래?"

은지는 사이다를 마신 것처럼 속이 시원해졌다.

사실 눈부시게 아름다운 여자가 지욱의 첫사랑이라니, 은지는 한없이 작아지는 기분을 느꼈다. 하지만 그녀가 어떤 사람이건, 어떤 모습이건, 지욱이 지금 사랑하는 사람은 그녀이지 않은가! 적어도 지금은.

은지는 쪼그라들었던 마음을 펴고 자리에서 일어났다.

"경란아, 나 잠깐 나갔다 올게."

경란은 말없이 고개를 끄덕였다. 그리고 말했다.

"양은지, 너 막 피해자 코스프레… 그런 거 하지 마라. 그럼 니 친구 안 할 거니까. 너 그런 컨셉 안 어울려! 친구니까 내가 말해 주는 거야. 당당하게!"

"무슨 소리야. 나 아니래도. 그거 인터넷 게시판에…."

"야, 그 뺑을 나보고 믿으라고? 됐고, 얼른 가기나 해."

경란이 다가와 직접 방문을 열어주었다. 그리고는 은지의 어깨를 토닥거렸다.

은지는 무언가를 결심한 듯 비장한 눈빛으로 방문을 나섰다.

지욱은 생각에 잠긴 채 테이블 모서리를 노려봤다. 생각의 시계는 그를 10년 전의 어느 날로 되돌려놓았다.

지욱은 이른 아침부터 해질녘까지 블랑시 레비 공원을 서성였다. 아무리 기다려도 그녀는 나타나지 않았다.

그는 시은이 남기고 간 작은 단추를 손으로 더듬으며, 한동안 깨진 단추상을 바라보았다.

그녀의 말대로 정말 인연의 실이란 게 존재할까? 있다면 왜 이
토록 자신에게만 가혹하게 구는지 묻고 싶었다.

늘 그랬다. 그에게서 소중한 존재는 늘 깨진 단추처럼 어딘가로
튕겨져 나가 돌아오지 않았다. 마치 무서운 저주라도 걸린 것처
럼. 사랑하는 엄마 그리고 첫사랑 시은도.

한동안 날마다 깨진 단추상 앞에서 그녀를 기다렸다. 하지만 인
연의 실이란 것은 한쪽이 온 힘을 다해 당긴다고 해서 움직이는
게 아니었다. 그녀와 함께 보낸 시간보다 훨씬 많은 시간을 앓은
후에야 지욱은 조금씩 마음을 추스를 수 있었다.

"지욱 씨, 무슨 생각을 그렇게 해?"

맞은편에서 시은의 목소리가 들려왔다.

시은은 주저하다 다시 입을 열었다.

"혹시 가지고 있어? 내 단추…."

지욱은 쉽사리 입을 열지 않았다. 시은은 괜히 멋쩍어 괜찮은
척했다.

"그냥 물어본 거야. 10년이나 지났는데, 뭐. 우리 그때 참 귀여
웠지? 참 순수했던 것 같아."

그때였다.

"없어."

시은의 입술이 딱딱하게 굳어버렸다. 어느 정도 예상은 하고 있
었지만, 이렇게 직접 들으니 서글퍼지는 건 어쩔 수 없었다.

"…버린 거야? 아니면 잃어버렸나?"

시은이 자신 없는 투로 말했다.

"묻었어."

시은은 예상치 못했던 대답에 입을 다물지 못했다.

와튼 스쿨을 졸업하던 날, 지욱은 마지막으로 깨진 단추상을 찾았다. 더 이상 떠나버린 그녀를 원망하기 싫었고, 끊어진 인연의 실을 탓하고 싶지 않았다. 그저 자유로이 놓아주고 싶었다. 추억이 깃든 단추도, 지욱의 마음속에 살았던 그녀도.

지욱은 시은이 가장 좋아하던 소설의 한 구절을 쪽지에 적어 단추와 함께 묻었다.

'너의 하늘이 청명하기를, 너의 사랑스러운 미소가 밝고 평화롭기를, 행복과 기쁨의 순간에 축복이 너와 함께하기를! …오, 하느님! 한순간 동안이나마 지속되었던 지극한 행복이여! 인간의 일생이 그것이면 족하지 않겠는가!'

"지욱 씨, 미안해. 내가…."

시은은 말로 이루 다 표현할 수 없을, 그런 눈빛으로 지욱을 바라봤다.

"시은아, 나 부탁이 하나 있어."

"…응?"

"그림 그려줄래? 그때처럼."

지욱이 애써 미소를 지으며 말했다. 시은은 그토록 보고 싶었던 그의 미소 앞에서, 가슴이 무너질 것 같은 것을 간신히 꾹 참았다.

***

'추억에서 건져줄 수 있는 건 현재의 연인밖엔 없어.'

은지는 경란의 말을 떠올리며 얼른 커피숍으로 향했다. 그녀가 엘리베이터에서 내리는 순간, 카페에서 나오는 남녀가 보였다. 지욱과 시은이었다.

은지는 심장이 철렁 내려앉았다. 조금 전까지 치솟던 용기는 어디 갔는지 또다시 움츠러들었다. 그녀는 저도 모르게 얼른 기둥 뒤로 가 숨었다.

두 사람은 다정하게 엘리베이터에 올랐다.

1-2-3-4-5-6-7-8-9-10.

쭉쭉 올라가던 숫자가 10층에서 멈췄다. 그 순간 정신이 아득해졌다. 10층은 지욱의 숙소가 있는 층이 아닌가!

'말도 안 돼…. 두 사람이 함께 객실로 가다니.'

은지는 어금니를 꽉 깨물고 엘리베이터에 올랐다. 그리고는 비장하게 10층 버튼을 눌렀다.

지욱은 티 테이블 의자에 앉아 반듯이 자세를 잡았다.

맞은편에서 시은이 흰 종이에 스케치를 하고 있었다. 어렴풋이 사람의 윤곽이 보였다.

"지금이라도 누굴 시켜서 그림 도구 좀 가져오게 하는 게 나을 것 같은데…."

"아니, 그럴 필요 없어. 그냥 간단하게 스케치만 해줘."

지욱이 단호하게 말했다.

"궁금해. 갑자기 그림은 왜…?"

시은이 오른손을 바쁘게 움직이며 말했다.

"보여주고 싶어서."

시은은 고개를 갸웃거렸다.

"집중력이 많이 떨어진 건가? 예전엔 곧잘 그렸던 것 같은데."

지욱이 그녀를 나무라듯 말했다.

시은은 다시 스케치에 집중했다. 객실 안은 아무도 없는 것처럼 조용했다. 시계 초침소리와 사각사각 연필 소리만 간신히 들렸다.

얼마나 지났을까. 시은이 연필을 내려놓았다. 그녀의 눈치를 살피던 지욱이 입을 열었다.

"어떠니? 그림 속의 나?

"예전보다 많이 핼쑥해진 것 같아. 그리고…."

"그리고?"

"웃음기도 사라진 것 같고."

"나 원래 잘 안 웃잖아."

"아닌데, 기억 안 나? 지욱 씨 내 모델 해줄 때만 해도 얼마나 잘 웃었다고. 평소엔 무표정하다가도 내가 캔버스 앞에만 앉으면, 그 때부터 자긴 웃었어. 그래서 내 그림 속 지욱 씬 늘 웃는 얼굴이었는데."

"…그래."

지욱이 담담한 표정으로 고개를 끄덕였다.

"근데 갑자기 왜 그림을…?"

시은이 더는 궁금해서 못 참겠다는 듯 물었다.

"그림 속의 나를 보는 게 넌 더 익숙할 것 같아서. 네가 직접 그리면서 느낄 수 있을 것 같아서."

정곡이라도 찔린 듯 시은의 눈빛이 흔들렸다. 그녀도 느꼈다. 처음 보는 낯선 사람을 그리고 있는 기분을. 하지만 애써 그 마음을 감추고 싶었다. 너무 오랜만이라, 어색해서 그런 것이라 넘기고 싶었다.

"그래, 얼굴 살도 빠지고, 웃지도 않고."

"그거 말고!"

지욱이 단호하게 말했다.

"난 누군가를 그리면, 그 사람의 영혼까지 그리는 것 같아. 얼굴이나 몸집만 그리는 게 아니라 그 사람의 마음까지. 그 말이 아직 기억 나."

"지욱 씨!"

시은이 그의 말을 막으려는 듯 외쳤다. 하지만 소용없었다.

시은은 이 모든 상황을 외면하고 싶다는 듯 고개를 떨어뜨렸다.

"뭐? 그 녀석이 정말이야!"

최 비서의 보고를 듣던 정남이 자리에서 벌떡 일어나 환호했다.

"네, 로비 카페에서 함께 객실로 이동하셨다고 합니다."

"첫사랑의 힘이란 실로 위대하군!"

"네, 근데 조금 의외이기도 합니다. 양은지가 같은 건물 안에 버 젓이 있는데…"

최 비서가 조심스럽게 생각을 내비쳤다.

정남이 버럭 큰 소리를 냈다.

"첫사랑과 자그마치 10년 만의 재회야. 그런데 눈에 뵈는 게 있 겠어? 이 리조트에 양은지가 있든 말든 그게 대수가 아니라 이 말 이야! 하하하"

정남이 모처럼 경쾌한 웃음을 터뜨렸다.

"그동안의 해후를 풀려면 시간이 필요할 거야. 그러니 아무도 그 방 근처에 얼씬 못하게 조치해두게나!"

"네, 알겠습니다. 회장님."

하지만 정남의 지시보다 발 빠르게 누군가 지욱의 방 앞에 도착 했다.

은지는 한껏 가빠진 숨을 골랐다.

'침착하자, 침착해.'

막상 벨을 누르려니 겁이 났다. 얼마 전 호텔방 앞에서 도망쳤 던 일도 불쑥 떠올랐다.

'또 도망칠 수야 없지. 오해든 진실이든 부딪히는 수밖에…!'

은지는 팔을 뻗어 벨을 누르려다 말고, 주먹으로 문을 쿵쿵 두 드리기 시작했다.

"안에 있는 거 다 알아요. 문 열어요!"

은지의 목소리가 허공에 울리다 흩어졌다. 객실 쪽에서는 여전히 아무 소리도 나지 않았다.

'대체 뭘 하길래 소리를 지르는데도 못 듣는 거야? 아, 안 돼!'

은지는 고개를 저으며 급한 마음에 손잡이를 잡아당겼다. 어떻게 된 일인지 손잡이가 너무나도 가볍게 돌아갔다. 문이 스르륵 열렸다.

은지는 눈앞에 드러난 객실을 멍하니 바라보았다. 다행인지 불행인지 아무도 보이지 않았다. 대신 욕실 앞에 다다르자 허물처럼 벗어 던져진 옷가지가 보였다.

아무렇게나 벗어던져진 옷을 보는 은지의 마음 또한 엉망진창으로 발가벗겨졌다.

치욕스러운 가운데 그녀는 또 한 번 선택의 갈림길 위에 섰다. 이대로 돌아가느냐, 아니면 문을 열고 들어가느냐.

더 크게 상처받더라도, 다신 일어설 수 없더라도 두 눈으로 꼭 확인하고 싶었다. 은지는 어금니를 꽉 깨물었다. 욕실 손잡이를 향해 손을 뻗는 순간, 안에서 손잡이를 휙 잡아당겼다.

욕실 안과 밖에서 두 사람의 놀란 비명이 동시에 터져 나왔다.

"나, 나 못 봤어. 아무것도!"

뒷걸음질 치다 대책 없이 넘어지는 그녀의 허리를 남자의 단단한 팔이 붙잡아 세웠다. 복부 아래만 급히 수건으로 가린 남자는 은지를 자기 품으로 강하게 끌어당겼다.

은지는 그의 빨래판 같은 복부로 안겨 들어갔다. 방금 막 샤워를 마친 그의 품에서 시원한 바디 워시 향이 났다.

"괜찮아요, 선배?"

은지는 정신이 번쩍 들었다. 퍼뜩 건우의 품에서 떨어져 나왔다.

"미, 미안해."

"어떻게 된 일이에요?"

"그, 그게… 저기, 여기 본부장님 방 아니었어?"

"아, 예약이 잘못돼서…. 방을 바꿨어요. 형, 아니 본부장님은 저기 7호실이고요."

"그럼 이만 가볼게. 미안해, 대니얼. 그리고 정말 아무것도 못 봤어. 진짜야."

은지가 문 쪽으로 몸을 틀며 소리쳤다. 갑자기 건우가 그녀의 손목을 획 잡아 당겼다. 은지는 다시 그의 품으로 훅 끌려 들어왔다.

"책임지세요!"

"뭐?"

"다 큰 남자 알몸을 마음대로 감상했으면 책임을 지셔야죠."

"아냐, 나 못 봤어. 정말이야, 별로 못 봤어!"

'별로? 엇, 이게 아닌데.'

잘못된 어휘 선택이었다. 이럴 땐 '별로'가 아니라 '아무것도'라는 말이 나와야 하는데.

"그럼 어디 더 보고 싶은 데라도 있었단 거예요?"

그가 짓궂게 물었다.

"야!"

"그러니까 책임지세요."

"그럼 어떡하라고? 알몸 한 번 봤다고 평생 데리고 살기라도 할까?"

은지가 답답하다는 듯 내질렀다.

건우가 기다렸다는 듯 고개를 끄덕이며 말했다.

"…네."

'애가 지금 뭐라는 거야!'

그 순간 잊고 있던 지욱과 미모의 첫사랑이 떠올랐다. 더 이상 타잔 차림의 녀석과 농담 따먹기나 하고 있을 수는 없었다.

"데리고 살아주라고요."

건우가 다시 한 번 정색을 하고 말했다.

"장난 그만해라. 너, 진짜 나랑 살고 싶어?"

"네!"

"…."

그녀의 표정이 점점 심각해지자, 건우는 그제야 반달 눈웃음을 지었다.

"농담이에요, 농담."

"야, 깜짝 놀랐잖아."

은지는 후다닥 객실을 빠져나왔다.

혼자 남겨진 건우는 그녀가 나간 문 쪽을 멍하니 바라봤다.

은지는 지욱의 객실을 향해 돌진했다.

1007호.

건우가 알려준 객실 문 앞으로 다가서는데 까만 정장을 입은 덩치들이 불쑥 튀어나왔다. 그리고는 그녀의 앞을 순식간에 가로막았다.

은지는 시간이 없었다.

"저, 좀 비켜주실래요?"

은지가 카랑카랑한 목소리로 말했다. 하지만 덩치들은 비켜줄 생각이 눈곱만큼도 없다는 듯 떡하니 버티고 섰다.

"안 됩니다. 돌아가십시오."

"중요한 문제예요. 본부장님과 상의가 시급합니다."

"아무도 들여보내지 말라고 하셨습니다."

"대체 저 안에서 뭘 하는데요?"

"…중요한 회의 중이십니다."

'첫사랑과 무슨 회의?'

"그 회의에 저도 참석하기로 했거든요."

은지가 덩치들 사이를 파고들며 호기롭게 말했다. 하지만 덩치들이 만든 벽은 틈을 주지 않았다.

"안 됩니다. 그만 돌아가시죠!"

"정 그러시다면…."

은지가 갑자기 풀 죽은 얼굴로 덩치들에게 90도 폴더 인사를 했다. 그리고는 휙 돌아서 왔던 길을 되돌아가기 시작했다.

덩치들은 서로 쳐다보며 고개를 갸웃거렸다. 그 순간이었다. 저만치 멀어진 은지가 돌연 전력질주로 다시 달려오는 게 아닌가!

타악.

둔탁한 소음이 복도에 울려 퍼졌다. 덩치 하나가 바닥에 나자빠진 은지 앞으로 터벅터벅 걸어왔다.

"그만하고 돌아가십시오. 다쳐도 저희는 책임을 못 지니까요."

은지는 갑자기 억울한 마음이 솟구쳤다. 목구멍 끝에서 누군가의 이름이 꿈틀꿈틀 기어 올라오기 시작했다. 부르지 않고는 못 견딜 것 같은 그 이름이.

"도… 도지욱! 도지욱! 야, 도지욱!"

놀란 덩치들이 재빠르게 다가와 은지의 입을 억지로 틀어막기 시작했다.

***

"한 번만 기회를 줘, 지욱 씨."

"기회? 난 이미…."

"그거 말고. 지욱 씨 근사하게 그려주고 싶어. 이렇게 대충 끄적거린 거 말고. 제대로 그려주고 싶어. 마지막으로."

시은이 진심어린 부탁에 지욱은 긍정도 부정도 하지 않았다.

그녀는 급히 어딘가로 전화를 걸었다. 그리고 얼마 뒤 조수가 전문가용 미술도구를 가지고 왔다.

시은은 캔버스 위에 어쩌면 마지막이 될지도 모를 지욱의 모습을 그려나가기 시작했다. 지욱도 말없이 그 시간을 허락해주었다. 그리면 그릴수록 시은은 기분이 이상했다. 그녀는 몇 차례나 눈을 꾹 감고 작업을 멈췄다. 눈치 없이 차오르는 눈물 때문이었다.

지욱도 그 모습을 보니 마음이 쓰였다. 이미 어긋나버린 인연이란, 바라보면 바라볼수록 안타까움만 스며들 뿐 어찌할 도리가 없었다.

"울지 마, 시은아."

지욱이 나직이 말했다. 시은은 그 말이 더 슬펐다.

"이제 네가 울어도, 난 네 눈물을 닦아줄 수 없어. 시간이 우릴 이렇게 만든 거야."

지욱의 말이 그녀의 심장에 차갑게 박혔다. 시은은 색을 입히던 그림 위로 기대 눈물을 떨궜다. 그림 속 지욱도 그녀와 함께 울고 있었다.

한참을 그렇게 있던 시은이 얼마 후 고개를 들었다.

"궁금하다, 그 여자. 지욱 씨가 이제 눈물을 닦아줄 여자. 궁금해. 어떤 사람인지…. 얼마나 행복한 사람일지."

그때였다. 객실 밖에서 악다구니 쓰는 소리가 들려왔다. 성량도 좋고, 발음도 정확한 그래서 더 귀에 쏙 박히는 목소리였다. 그 소리가 점점 더 선명하게 전해졌다.

"도… 도지욱! 도지욱! 야, 도지욱!"

'양은지?'

흠칫 놀란 지욱이 자리를 박차고 일어섰다.

"도… 도…지욱! 도지욱! 야, 도지욱! 읍, 으으읍…."

덩치들은 은지의 양 팔을 낚아챈 뒤 손으로 그녀의 입을 틀어막왔다. 은지의 악다구니를 겨우 막아내자 이번에는 다른 곳에서 소리가 났다.

"양은지!"

지욱이 그녀를 부르며 뛰어왔다. 놀란 덩치들이 순간 동작을 멈췄다.

"도, 도련님!"

"그 여자 두고… 당장 꺼져."

지욱이 나지막하지만 위엄 있는 목소리로 말했다.

그래도 덩치들은 쉽게 비켜설 수 없었다. 정남에게 어떤 화를 당하게 될지 몰랐기 때문이다.

"꺼지라고 분명 말했을 텐데…!"

하지만 덩치들은 꿈쩍도 않고 여전히 복도에 서 있었다.

"저, 도련님…."

그의 눈빛은 불같이 뜨겁고도 얼음처럼 차가웠다. 덩치들은 어쩔 수 없다는 듯 고개를 숙이고는 사라졌다.

지욱은 그제야 은지를 돌아봤다. 헌데 그녀의 눈빛이 심상치 않았다.

"나쁜 놈."

뜻밖의 말이었다.

"이렇게 구해준다고 내가 감동이라도 받을 줄 알았어요?"

지욱은 몹시 당황스러웠다.

"뭐?"

"병 주고 약 주고…. 지금 대체 뭐하자는 거예요! 한 가지만 하세요, 한 가지만!"

은지는 어처구니가 없었다. 첫사랑과 한 방에 들어간 것도 모자라, 무슨 중요한 용건인지 몰라도 경호원까지 대동하더니… 이제 와서 구해주는 척 선심이라도 쓰시겠다? 아무리 생각해도 그의 행동을 납득할 수 없었다.

"양은지, 너 대체…?"

"내 이름 함부로 부르지 마요!"

그녀의 행동이 납득이 안 되는 건 지욱도 마찬가지였다.

"…먼저 내 이름을 고래고래 외친 건 당신일 텐데?"

그래, 그랬다. 지욱의 외도 현장을 코앞에 두고 장정들에게 가로막히니 소리라도 질러야 할 것 같았다.

"지금 누가 누굴 추궁하는 거예요?"

"뭐?"

"끝까지 오리발 내미시겠다? 좋아요!"

은지는 더 이상 참을 수 없었다. 행동으로 보여주는 수밖에!

성큼 다가가서는 객실 문을 확 밀어젖혔다.

지욱은 그제야 은지의 이상한 행동이 무엇을 뜻하는지 조금은 알 것 같았다.

"또 혼자 소설을 썼군."

지욱은 못 말린다는 듯 고개를 가로저었다.

은지는 막상 객실에 들어오니 심장이 쿵쾅거렸다. 그녀의 눈에 가장 먼저 들어온 건 하얀 캔버스였다. 그리고 그 위에 누군가의 극세사 팔목이 어렴풋이 보였다.

조금 더 안으로 들어가니, 태평히 앉아 그림을 그리고 있는 여자가 보였다.

은지는 괜스레 숙연해졌다. 방 안에서 이렇게 건전하고 신성한 장면이 펼쳐지고 있을 줄이야! 그때였다.

"인사해. 이쪽은 내 첫사랑… 장시은."

지욱이 안으로 들어오며 도도하게 말했다.

그의 말에 두 여자는 모두 얼음이 되어버렸다.

은지는 지욱의 당당함에 할 말을 잃었다.

'보통 남자들은 첫사랑을 숨기려고 한다던데…'

은지가 발끈하려던 순간, 지욱의 입에서 그 다음 말이 흘러나왔다.

"그리고 여긴… 내가 지금 사랑하는 여자, 양은지."

두 여자의 얼굴에 각기 다른 파장이 일었다.

은지는 목구멍까지 차올랐던 원망의 말을 꿀꺽 삼켜버렸다.

시은은 표정 관리가 하나도 안 됐다. 눈가가 이상하리만큼 파르르 떨렸고, 입꼬리는 고정된 듯 아무리 애를 써도 올라가지 않았다.

지욱이 말했다.

"은지도 시은이 너처럼 아티스트야."

은지의 두 눈이 휘둥그레졌다.

"아티스트라면… 어떤?"

은지에 대해 알고 있던 시은이 그 말을 놓치지 않고 받아쳤다.

"…소설가."

지욱이 피식 웃음을 삼키며 말했다.

은지는 어리둥절했다. 소설가라니! 무슨 뚱딴지같은 소리인가 싶었다.

"오늘 보니, 뛰어난 상상력을 바탕으로 판타지 소설을 써보는 게 좋을 것 같던데? 아, 아닌가…? 19금 소설이 더 잘 맞으려나?"

은지는 그제야 지욱이 던진 말의 의도를 알아 차렸다. 괜히 속이 뜨끔해져 얼굴이 달아올랐다.

그때 지욱의 휴대폰 벨이 울리기 시작했다.

"네, 말씀하십시오."

지욱이 전화를 받으며 잠시 객실을 나갔다.

한 사람이 나간 것뿐인데 그 안은 이루 말할 수 없는 어색함으로 가득 찼다. 남자의 첫사랑과 현재 진행형 사랑이 한 공간에서 할 수 있는 게 뭐가 있을까.

은지는 멋쩍은지 눈을 돌리다 캔버스 위 그림에 시선을 고정했다.

시은이 먼저 입을 열었다.

"멋지게 그려주고 싶었는데… 그만 번져버렸네요. 제가 그린 인물화 중 90프로는 지욱 씨일 거예요."

그 말을 하고 보니 시은은 지난날이 더 아련해졌다. 더 이상 제 힘으로는 지욱의 마음을 되돌릴 수 없다는 걸 잘 알았다. 그게 현실이었으니까. 하지만 은지를 보니 다시 한 번 승부욕이 치솟았다.

'겨우 이런 여자에게 그를 보내야 하다니…'

시은의 눈에 은지는 예쁘지도, 똑똑하지도, 특별하지도 않았다. 그저 투박하고 촌스러웠다. 길거리를 걷다 보면 치일 듯 만나게 되는 여자들 중 하나 같았다.

도저히 인정할 수 없었다. 차라리 자신보다 훨씬 뛰어나고, 대단한 여자였다면 지금보단 조금 덜 억울했을지도 모른다. 하지만 은지를 알아버린 이상 지욱에 대한 미련도 쉽게 떨쳐낼 수 없었다.

은지는 시은의 말 속에 묘한 신경전이 녹아 있다는 걸 느꼈다. 그래도 대수롭지 않다는 듯 말했다.

"지욱 씨 별명이 살아 움직이는 조각상이잖아요. 그만한 모델을 찾기 힘들 테니까요."

시은은 태연한 은지의 반응에 조금 당황했다. 더 이상 돌려 말하는 건 그녀에게 먹히지 않을 것 같았다.

"은지 씨, 단도직입적으로 말할게요."

"뭘 말이죠?"

은지는 시은의 얼굴을 똑바로 응시했다.

"지욱 씨랑 은지 씨, 어울리지 않는다는 거 본인도 알죠?"

"뭘 보고 그렇게 말씀하시는 거죠?"

"혹시… 돈 때문인가요? 지욱 씨 호락호락한 성격이 아닌 거 알면서도 접근했으면, 목적이 뚜렷했을 것 같아서요."

시은의 말에 은지는 기가 찼다.

"은지 씨, 우리 솔직해져요. 돈이라면 나도 줄 수 있어요. 자신도 어느 정도 짐작하고 있겠지만 은지 씨는 절대 지욱 씨랑 결혼할 수 없어요. 회장님을 비롯해 모두 가만 두고 보지 않을 테니까요. 돈을 원하는 거라면 이쯤에서 깔끔하게 저랑 거래하시죠."

"그만하세요! 순수했던 첫사랑이 이렇게 변했다는 거 알면, 지욱 씨가 얼마나 슬프겠어요. 적어도 그땐, 사랑을… 그리고 사람을 돈으로 거래할 수 있다고 생각하진 않았을 테니까…!"

"너 따위가 뭘 안다고! 너만 없어지면, 너만 사라지면, 지욱 씨랑 나 다시…."

"장시은, 네가 알던 도지욱은 이제 어디에도 없어. 네 그림 속엔 있을지 몰라도."

언제 돌아왔는지 지욱이 매서운 눈빛으로 캔버스 위 그림을 노려보았다. 그리고는 종이를 들어 시은의 눈앞에서 갈기갈기 찢어 버렸다.

"지욱 씨…."

시은이 곧 눈물이 쏟아질 것 같은 눈망울로 지욱을 바라보았다. 하지만 지욱은 냉담히 외면하며 말했다.

"이제 내 인생에 여자는… 여기 이 여자, 양은지뿐이니까."

지욱이 긴 팔을 뻗어 은지를 감아 안았다.

***

"이제 내 인생에 여자는… 여기, 이 여자, 양은지뿐이니까."

은지는 거울 앞에 서서 지욱의 말을 따라하고 있었다.

성우 지망생답게 목소리의 포인트를 잘 살린 솜씨였다.

은지는 아직도 그날의 일이 잊히지 않았다. 다시 돌아온 첫사랑과 현재의 연인. 두 여자 앞에 선 지욱의 뜨거운 고백…!

시은이 방을 뛰쳐나갔고, 객실 안에는 지욱과 은지 두 사람만이 남았다.

은지는 어안이 벙벙한 얼굴로 그를 바라봤다.

"방금 뭐라고 했어요?"

은지는 믿을 수 없었다. 도도하고 무뚝뚝한 지욱이 다른 사람 앞에서, 아니 그것도 첫사랑 앞에서 자신의 사랑을 선언하다니…!

"다시 한 번 말해줄래요?"

"뭐?"

"빨리요. 다시 한 번 말해줘 봐요."

"대체 뭘?"

"있잖아요, 방금 전에… 그 말."

회상에 잠겼던 은지가 이내 지욱의 말을 따라 했다.

"이제 내 인생의 여자는… 여기, 이 여자, 양은지뿐이니까."

그녀가 감정을 실어 말을 내뱉는 순간이었다.

"누나!"

은구가 방문을 휙 열고 들어왔다.

"나 다음 주에 기말고사라고! 대체 아까부터 무슨 혼잣말을 그렇게 해? 시끄러워서 공부를 할 수가 없잖아."

"어… 미안."

은지는 민망해서 시선을 이리저리 피했다.

그날 이후, 은지는 좀처럼 들뜬 마음을 감출 수가 없었다. 한 남자의 남은 인생에 있어 유일한 여자가 되는 것. 그런 존재임을 인정받은 것만큼 가슴 벅찬 일은 없을 것이다.

은지는 달뜬 얼굴로 휴대폰을 열었다. 자꾸 생각하다 보니 지욱의 목소리가 듣고 싶어졌다. 그런데 먼저 전화가 걸려왔다. 은지는 얼른 화면을 확인했다.

건우는 할리 데이비슨 오토바이를 타고 도로를 질주했다.

꽉 막혀 있던 가슴이 조금은 뚫리는 느낌이었다. 하지만 그것도 오래가지 못했다. 며칠 전 일이 자꾸 떠올라 그의 머릿속을 어지럽혔다.

은지가 객실로 들이닥쳤던 그날, 건우도 그녀를 뒤따라 지욱의 객실 앞까지 갔다. 반쯤 열린 문 틈 사이로 두 여자의 목소리가 들려왔다.

"도둑고양이처럼 거기 숨어 뭐 하는 거지?"

뒤에서 들리는 지욱의 목소리.

"형…."

건우가 놀란 눈으로 지욱을 응시했다.

"보기보다 비겁한 구석이 있군."

지욱이 차가운 말투로 말했다.

"비겁?"

"그래, 내가 아는 도건우답지 않아서."

"형!"

"다음부턴 누군가를 좋아하게 되면, 지금처럼 비겁해지지 마. 뒤에 숨어 있지 말고, 네 자신을 숨기지도 마. 그리고 처음부터 남의 여자를 좋아하게 되는 실수도 저지르지 말고."

지욱의 말처럼 차가운 바람이 살결을 파고들었다.

건우는 급히 브레이크 레버를 잡아당겼다. 그리고는 갓길에 오토바이를 세운 후 전화를 걸었다. 긴 신호음 끝에 전화가 연결되었다.

"여보세요."

수화기 너머로 여자의 낭랑한 목소리가 들려왔다.

"선배, 책임지셔야죠."

***

VVIP만을 대상으로 운영하는 청담동 B 헤어숍.

"오셨네요."

수석 헤어디자이너가 건우를 보고는 반갑게 다가왔다.

"늘 하시던 대로 스핀 펌 스타일을 해드릴까요?"

"아뇨."

"그럼? 작년처럼 펑키 펌 스타일?"

"커트로 해주세요."

"네?"

건우의 말에 디자이너의 눈이 튀어나올 듯 커졌다.

"하라면 할 수야 있지만 그럼… 펌이 제대로 안 나올 텐데요."

"펌은 안 할 겁니다. 그냥 깔끔하게 잘라주세요."

디자이너는 또 한 번 놀랐다. 자유분방한 컬의 느낌을 좋아하던 건우가 하루아침에 스타일을 바꾼다니 믿을 수 없었다.

"진짜죠? 정말 커트해 드려요?"

디자이너는 아리송한 얼굴로 가위를 들었다. 그는 거울 속 변해 가는 낯선 모습을 한동안 바라보았다.

한 시간 뒤 집에 도착한 건우는 옷 방으로 들어갔다.

입고 있던 헤진 보헤미안 스타일의 옷을 벗어 던졌다. 그리고는 탄탄한 상체 위로 하얀 셔츠를 걸쳤다. 체사레 알톨로니를 입은 건우는 새로 태어난 것 같은 모습이었다.

부스스하던 머리를 자르고, 깔끔하게 넘긴 헤어까지 수트와 제법 잘 어울렸다. 큰 키와 널찍한 어깨 덕분인지 수트 핏도 모델에 버금가는 수준이었다.

건우는 마지막으로 남자의 완성인 롤렉스 손목시계를 찼다. 마지막으로 거울에 비친 모습을 확인했다. 홍대 인디밴드의 리더라 해도 손색 없을 정도로 자유분방한 스타일의 남자는 더 이상 거기 없었다. 깔끔하고 댄디한 신사가 여심을 홀리려는 듯 도도하게 서 있었다.

그는 모든 준비를 마치고 주차장으로 향했다. 할리 데이비슨 옆에 세워 둔 슈퍼카 앞으로 다가갔다.

운전대를 잡은 건우는 금세 다시 생각에 잠겼다.

'그래. 더 이상 뒤에 숨어 있지도, 내 자신을 숨기지도 않을 거야. 내가 누구인지 있는 그대로 보여줄 거라고. 하지만… 미안해, 형. 세 번째는 지키지 못할 거 같아. 남의 여자, 아니 형의 여자라도 어쩔 수가 없어. 이미 많이 좋아하게 되어버렸으니까.'

잠시 후 건우의 슈퍼카가 은지네 다세대 연립 근처로 들어섰다. 건우는 얼른 은지에게 전화를 걸었다.

"선배, 집 앞에 다 도착했어요."

전화를 끊자마자 그의 심장이 요동치기 시작했다. 누군가에게 자신의 진짜 모습을 보여준다는 게 이렇게 두렵고도, 긴장되는 일인 줄 몰랐다.

연립 입구로 걸어 나오는 은지의 모습이 보였다.

건우는 옷매무새를 다잡은 뒤 슈퍼카에서 내렸다.

멀리서 은지도 힐끔 보는 게 느껴졌다. 하지만 그녀는 이내 시선을 거두었다. 건우를 알아보지 못한 것이다.

"얘는 다 왔다더니, 어딜 간 거야?"

은지의 투덜거리는 소리가 건우의 귀에까지 들려왔다.

"선배!"

"어? 대니얼 목소린데."

은지는 소리가 난 곳으로 얼른 고개를 돌렸다. 순간, 그녀의 동공이 지진을 일으켰다.

"마, 말도 안 돼…. 대, 대니얼 맞아?"

"맞죠! 그럼."

"야, 너 혹시…."

은지가 말을 더듬거렸다.

"구 여친 결혼식에라도 다녀온 거야? 아니면 이게 다 무슨 일이야?"

은지가 놀라며 호들갑스럽게 말했다.

"야, 너 설마!"

"또 왜요⋯!"

"너 설마⋯."

은지의 얼굴이 일순간 어두워지다 못해 죽상으로 변했다. 그리고는 손바닥으로 건우의 어깨를 찰싹찰싹 때리기 시작했다.

"아, 아, 왜 그래요. 선배."

"너 진짜 그렇게 안 봤는데⋯. 책임지라던 게 이거였냐? 무슨 사고를 쳐도 이렇게 대형 사고를 쳐!"

건우가 황당하다는 얼굴로 은지를 바라보았다. 그의 입가에서 피식 웃음이 새어나왔다.

"뭐요?"

"나 돈 없다고!"

은지는 아무것도 모른 채 목청껏 소리를 내질렀다.

"어? 돈 없으면 안 되는데⋯?"

건우가 능청스럽게 대답했다.

"너 그럼 진짜 이게 다⋯."

은지는 걷잡을 수 없는 충격에 입을 다물지 못했다.

"이 정도 책임도 못 질 거면서, 남의 벗은 몸을 함부로 보면 되나. 내 몸값이 이 정도도 안 될 것 같았어요?"

건우가 웃음기 싹 가신 얼굴로 말했다.

"내가 보려고 본 게 아니잖…."

"걱정 마요. 선배가 책임져야 할 건 이게 아니니까."

"뭐? 그럼, 이건 다 뭔데?"

은지가 슈퍼카에서 눈을 떼지 못했다.

"내가 말 안 했어요? 나 금수저라고!"

은지는 또 한 번 당황했다. 이건 또 무슨 소리? 생각지도 못한 금수저 커밍아웃이라니!

'금수저 주제에 콜센터 아르바이트는 대체 왜…?'

은지의 머릿속에 물음표가 찍혔다.

건우는 그녀의 속마음을 읽기라도 한 듯 말했다.

"금수저가 왜 콜센터에서 알바를 하냐, 이 말이 묻고 싶었죠? 버킷리스트였어요. 한 번뿐인 인생인데 하고 싶은 건 다 해보고 죽어야지 않겠어요? 그래서 지금도 여기에 온 거고."

"뭐?"

"됐고, 어서 가요!"

건우가 그녀의 손목을 와락 잡아당겼다. 그 순간 좁은 골목 사이로 자동차 한 대가 헤드라이트를 비추며 나타났다.

딱 봐도 은지네 동네서는 쉽게 볼 수 없는 차종이었다.

은지는 건우가 끌고 온 차와 눈앞의 은색 슈퍼카를 번갈아보며 생각했다.

'누가 보면 이 동네서 슈퍼카 동호회라도 하는 줄 알겠네.'

은색 슈퍼카가 낡은 연립 앞에서 멈춰 섰다. 이윽고 그 안에서 범상치 않은 실루엣의 남자가 내렸다.

"지, 지욱 씨…."

지욱은 은지의 나머지 한쪽 손을 휙 낚아채며 말했다.

"가자."

하지만 건우에게 한쪽 손을 붙잡힌 탓에 은지는 옴짝달싹 할 수가 없었다.

"뭐해, 가자고!"

은지는 난처하다는 듯 두 사람을 번갈아 바라볼 뿐이었다. 두 남자 사이에 보이지 않는 팽팽한 신경전이 흘렀다.

"그만 놓지?"

지욱이 건우를 쏘아보며 말했다. 건우는 은지의 손을 더 세게 움켜쥐었다.

"싫어…."

'야, 대니얼! 본부장님한테 반말하면 어떡해! 아무리 네가 금수 저라지만.'

은지는 건우를 걱정스런 눈빛으로 바라보았다.

"분명 말했을 텐데? 비겁한 짓은 이제 그만하라고."

은지는 그제야 뭔가 이상하다는 것을 깨달았다.

'두 사람이 아는 사이?'

건우는 또 한 번 그녀의 속마음을 읽었는지 짧게 소리쳤다.

"형!"

"좀 설명해봐요."

은지의 재촉에도 지욱은 운전에만 열중했다.

"아무리 봐도 닮은 구석은 하나도 없어… 친형제는 아닌 게 확실하고. 그럼 사촌?"

"…"

"아니면, 부자들끼리 서로 알음알음 지낸다던데… 혹시 그런 거예요?"

침묵으로 일관하던 지욱이 겨우 입을 뗐다.

"틀렸어."

"그럼요?"

"도건우."

지욱이 짧게 그 말을 내뱉었다. 은지는 그 이름이 무엇을 뜻하는지 바로 알지는 못했다. 하지만 머릿속으로 몇 번을 되뇌고 나니 그제야 알 것 같았다.

'도지욱, 도건우… 그럼!'

그 순간 오래 전 건우와 단둘이 나눴던 대화가 떠올랐다.

'형이… 한 명 있긴 한데. 우리 형은 좀 어려운 사람이에요.'

'아버지한테 비교도 많이 당했죠. 너희 형은 뭘 하든 척척 해내는데, 넌 왜 그 모양 그 꼴이니, 하면서.'

건우의 말을 다시 떠올려보니, 지욱과 싱크로율이 딱 맞아 떨어졌다.

'대니얼, 아니 건우가 지욱의 동생이었다니!'

지욱은 놀랍다는 표정을 짓는 은지를 향해 말했다.

"둔한 건가?"

"…알 턱이 없죠. 이름도 가명이었고, 생긴 것도 완전 다른 데다…"

"그것 말고."

그가 말을 뚝 끊었다.

"건우 녀석이 어떤 마음으로 널 대하고 있는지…"

"어떤 마음은 어떤 마음이겠어요. 그거야 좋은 선…!"

그 순간 건우가 남긴 의미심장한 말들이 둔기가 되어 그녀의 머리를 때렸다.

무의미하게 지나쳤던 말들이 하나 둘 새롭게 느껴졌다. 그리고 평소 자신을 바라보던 건우의 눈빛이 생각났다.

"다 장난인 줄 알았는데…"

은지가 조용히 혼잣말처럼 내뱉었다.

"녀석이 상처받는 걸 원치 않아."

지욱이 시선을 앞에 고정한 채 말했다. 은지도 가만히 고개를 끄덕였다.

"이제 어떡하면 좋죠?"

"방법은 없어. 누군가의 마음을 억지로 접게 만들 수는 없으니까. 그저 우리는 우리 사랑에 충실하면 돼. 그 사랑이 얼마나 견고한지 안다면, 그 누구도 함부로 끼어들 생각은 못할 테니."

지욱은 그 말과 동시에 차를 세웠다. 은지는 차가 한참을 달려

어딘가로 가고 있다는 것은 알았지만, 목적지가 어디인지는 미처 알지 못했다.

차창 밖으로 공항 셔틀버스가 여러 대 지나가는 게 보였다.

"여긴 왜…?"

"우리 사랑을 더 견고하게 만들려면, 이 지긋지긋한 서울을 먼저 떠나야 할 것 같아서."

4
제주도 푸른 밤

"승객 여러분, 우리 비행기는 곧 착륙할 예정입니다. 창문 덮개를 열어주시고 좌석 등받이와 테이블은 원래 위치로 되돌려주시기 바랍니다."

은지는 침대 모드로 변경한 좌석에서 스르륵 눈을 떴다.

"제 집 안방처럼 잘도 자는군."

은지는 멋쩍은 듯 크흠, 목을 가다듬었다.

주말이라 그런지 제주공항은 인파로 발 디딜 틈이 없었다. 짐 가방 하나 없는 사람은 지욱과 은지 두 사람이 유일했다.

"그러니까 미리 말해줬으면 여행 가방이라도…."

"도련님!"

화려한 알로하셔츠를 입은 중년 남자가 지욱을 향해 손을 흔들어댔다.

지욱은 그가 있는 곳으로 걸음을 재촉했다.

중년 남자는 감격스런 얼굴로 지욱을 위아래로 훑었다.

"기사에 나온 사진으로 봐서 망정이지, 도련님이 옆에 지나가도 몰랐을 거예요. 도련님, 정말 이게 얼마만입니까."

"그동안 무탈하셨죠?"

지욱도 중년 남자의 손을 부여잡으며 반가워했다.

중년 남자의 시선이 지욱의 옆에 있는 은지에게로 향했다.

"제가 만나는 사람입니다."

"안녕하세요. 양은지라고 합니다."

"정말 세월이 빠르긴 빠르네요. 요만했던 꼬마 도련님이 애인을 데리고 오시다니! 반갑습니다."

"얼른 보고 싶네요."

지욱이 어린아이로 돌아간 듯 말했다.

"그러실 줄 알았습니다. 우선 차로 가시죠."

운전대를 잡은 중년 남자가 룸미러를 보며 말했다.

"전 그래도 도련님이 한 번쯤은 찾아오지 않을까 했습니다."

"선뜻 용기가 안 났어요."

가만히 두 사람의 이야기를 듣던 은지가 고개를 갸웃거렸다.

'용기? 대체 어디를 가길래… 용기까지 필요한 거지?'

중년 남자는 지욱의 마음을 이해한다는 듯 깊이 고개를 끄덕였다.

"제주도가 많이 변했다는 건 아시죠? 그래도 그곳은 여전합니다. 도련님 기억 속 모습 그대로일 거예요. 그때 그대로 유지시키려고 저도 무진장 애를 먹었죠."

중년 남자가 넉살 좋게 웃으며 말했다.

"고맙습니다, 아저씨."

차창에 고개를 박고 보던 지욱이 감탄사를 내뱉었다.

"여기… 어렴풋이 기억나는군요."

"협재 해수욕장요. 어릴 때도 참 좋아하셨죠. 도련님이 물놀이 가자고 한번 고집 부리면 당해낼 사람이 없었는데… 허허허."

지욱은 차창 밖으로 보이는 해수욕장에서 눈을 떼지 못했다.

은지도 그의 시선이 향한 곳으로 고개를 돌렸다. 목적지가 어디 인지는 몰라도 정확히 하나는 알 수 있었다. 지욱에게 소중한 추억이 깃든 곳!

아련하게 반짝이는 지욱의 눈빛이 은지는 어딘가 모르게 서글퍼 보였다.

넓은 대로를 달리던 자동차가 오솔길로 접어들었다.

얼마 지나지 않아 차가 서서히 멈춰 섰다. 중년 남자가 룸미러 로 지욱을 보며 말했다.

"도련님, 도착했습니다."

지욱의 눈빛이 보일 듯 말 듯 미세하게 떨리기 시작했다.

은지는 지욱을 따라 차에서 내렸다. 근처에 해안이 있어서인지 바람에서도 짠내가 났다. 그리고 광활하게 펼쳐진 녹지 위로 그림 같은 별장이 보였다. 잡지에서나 나올 법한 아름다운 집이었다.

알로하셔츠 중년 남자가 별장의 출입문을 해제하자, 커다란 대 나무 대문이 스르륵 열렸다.

지욱의 머릿속 시계는 아주 오래전, 그가 여섯 살이던 무렵으로 돌아갔다.

사시사철 꽃향기와 나무 향이 가득한 곳. 외부와 단절된 생활을 하느라 지욱은 또래 아이들처럼 친구를 사귈 수도 없었다. 하지만 이곳에서 단 한 번도 외로움을 느낀 적이 없었다. 그에게 별장은 살아있는 놀이터였다.

정원 한편에는 하귤과 구아바, 무화과 같은 열대과일이 주렁주렁 열렸고, 작은 연못에서는 민물고기들이 힘차게 헤엄을 쳤다.

그리고 그의 옆에는 '엄마'라는 단짝이 매일 함께 했다.

"도련님!"

감회에 젖었던 지욱이 다시 현실로 돌아왔다.

"너무 갑작스레 연락을 받아서 별장 안에 먹을 것을 하나도 채워두지 못했어요. 두 분이 조금 둘러보고 계시면, 제가 얼른 장을 봐오겠습니다."

알로하셔츠는 꾸벅 인사를 하고는 후다닥 대문을 나섰다.

은지는 별장 정원을 구경하느라 정신이 없었다. 작은 연못을 발견하고는 가까이 다가갔다.

"어, 물고기도 있네? 지욱 씨, 이거 봐요. 비단잉어가 있어요!"

은지는 무릎을 굽혀 그 안을 자세히 들여다봤다. 지욱도 그쪽으로 다가갔다.

"비단잉어 중에서도 홍백이지."

연못 안에서 노니는 붉은 무늬 잉어가 보였다.

"어릴 때 여기에서 살았으면 정말 좋았겠다. 이렇게 그림 같은 집에서… 그것도 제주도라니! 근데 아까 그 말은 뭐예요?"

"무슨 말?"

"선뜻 용기가 안 났다고 그랬잖아요. 어린 시절을 보낸 곳에 오는데, 무슨 용기가 필요할까 싶어서요."

지욱은 어색한 표정만 지을 뿐 말이 없었다. 그의 얼굴에 어딘가 모를 공허함이 느껴졌다. 은지는 괜한 걸 물었다 싶었다.

"이유가 뭐 중요한가? 이렇게 왔음 됐지! 얼른 안으로 들어가봐요. 밖이 이 정도면 안은 얼마나 좋을지 기대된다!"

*　*　*

"그 녀석이 거길 어떻게 간 거냐고…!"

"저도 처음엔 적잖게 놀랐습니다. 헌데 혼자 간 건 아닌 것 같더라고요."

"그럼?"

최 비서는 잠깐 뜸을 들인 후 말했다.

"…양은지와 함께 간 것 같습니다."

정남은 뒷목을 짚고 신음을 내뱉었다.

"어떻게… 명월리에 갈 생각을 했지? 명월리는 커녕 제주도 이야기만 나와도 못 견디던 녀석이!"

"왜 이런 말이 있잖습니까. 사람에게 받은 상처는 사람으로 치유된다는 말. 도련님도 새로운 사랑을 만나 비로소 엄마에 대한 상처를 바로 볼 수 있게 된 건 아닌지…."

"그래서 지금 그 여자애 덕분에 지욱이 녀석 상처가 치유됐다는 거야, 뭐야!"

정남이 듣기 싫다는 듯 빽 소리쳤다.

"아닙니다, 회장님. 그냥 제 추측일 뿐…."

"어쨌거나 녀석, 지 애미가 생각난 모양이군. 거기까지 간 걸 보면."

"회장님, 기억하실지 모르지만…!"

"또, 뭘!"

"남은 두 아가씨 중… 구한나 양 말입니다."

최 비서는 정남 쪽으로 바짝 다가가 조심스럽게 귓속말을 건넸다.

줄곧 심통 난 표정이던 정남의 얼굴에 서서히 서광이 비치기 시작했다.

**

은지는 거실 통유리로 푸르른 녹지를 감상했다. 사랑하는 사람이 어린 시절을 보낸 곳이라고 하니 더욱 정감이 갔다.

"정말 잘 관리해주셨군."

실내를 둘러보던 지욱이 나직하게 말했다.

"아, 그럼 아까 그분이 별장 관리인이세요?"

"그래, 내가 꼬마아이일 적부터 이 집을 관리해주셨지."

그녀의 눈에 익숙한 기계 하나가 들어왔다.

"와, 이거 진짜 오래된 모델인데. 파나소닉 녹음기!"

은지가 원목 선반 위에 전시품처럼 놓인 녹음기를 가리키며 말했다.

"저, 예전에 성우 시험 준비할 때 있잖아요. 그때 녹음기를 하나 사려고 했는데, 그것도 가격이 만만치 않더라고요. 그래서 중고로 찾아보다가… 파나소닉 녹음기, 이 기계보다 몇 년 뒤에 나온 다음 시리즈로 샀는데, 얼마나 무거운지. 진짜 벽돌을 들고 다니는 줄 알았다니까요."

은지는 신이 나서 재잘대며 녹음기를 이리저리 살폈다.

"어? 근데 여기 깨졌잖아!"

은지가 아무 생각 없이 그 말을 툭 뱉었다. 순간 지욱의 머릿속에 잊고 있던 한 장면이 번갯불처럼 떨어졌다.

그날도 평소와 다를 바 없는 하루였다. 엄마는 구아바 열매를 따고 있었고, 지욱은 연못 안 비단잉어와 대화를 나누고 있었다. 그 무엇도 그들의 평화에 끼어들지 못할 것만 같은 시간이었다. 하지만 뜻밖의 불청객이 찾아 와 모든 것을 바꿔버렸다.

"나, 알죠? 로얄상사 도정남 사장 아내, 김라혜."

여섯 살 지욱이 처음 본 라혜는 짙은 화장에 독한 향수 냄새를 풍기는 아줌마였다.

엄마는 지욱에게 작은 방에 들어가 꼭꼭 숨어 있으라고 말했다. 엄마가 부르기 전엔 절대 나와선 안 된다고. 하지만 거실에서 들려오는 소란스러운 소리에 지욱은 몰래 방문을 열었다.

"숨어서 조용히 살았잖아요. 저도 제가 죄인인 거 알지만, 이 말만은 드리고 싶어요. 다 가져가셔도 좋아요. 애초에 제 것도 아닌 것들이었으니까… 하지만 이 아이, 이 아이만은 데려가지 마세요. 아무리 큰 죄를 지었어도, 부모 자식 사이를 갈라놓을 순 없어요."

"아이를 정말로 생각한다면, 이럼 안 될 텐데? 저 아이, 언제까지 이렇게 숨어서 키울 생각이죠? 나도 많이 고민하고 내린 결정이에요. 밖에서 낳아온 아이를 제 식구로 들이는 게 어디 쉬운 일인 줄 아나."

그날 이후 엄마는 구아바 열매를 따지 않았다. 무슨 생각에 잠겼는지 하늘만 하루 종일 올려다보았다.

그러다 밤이 되면 녹음기를 켜고 지욱과 자신의 목소리를 녹음했다.

"지금 이 순간을 기록하는 거야. 우리 아들 쌔근쌔근 자는 소리, 잠꼬대 소리, 웃음소리, 방귀 소리 모조리 다 이 안에 담기거든."

"그걸 왜 기록해야 하는데?"

"행복한 순간은 꿈결처럼 지나가버리거든."

그때 지욱은 알지 못했다. 엄마가 왜 그리 흔적을 남기기 위해 애를 썼는지. 왜 그리도 혼자서 많은 눈물을 삼켰는지.

며칠 후, 검은 정장을 입은 남자들이 찾아왔다. 그리고 지욱을 납치하듯 데려갔다. 엄마는 마지막 순간까지도 아이의 손을 잡으려고 허공을 허우적댔다.

"어? 고장 난 줄 알았는데… 이거 작동되겠는걸!"

회상에 잠겼던 지욱이 은지의 목소리를 듣고 정신을 차렸다.

은지는 녹음기를 만지작거리다 무심코 재생 버튼을 눌렀다. 오래된 녹음기 속에서 익숙한 두 사람의 목소리가 흘러나오기 시작했다.

"지욱아…. 넌 어두운 음지가 아니라 볕이 잘 드는 양지에 살아. 누구보다 당당하게. 너는 그래야 돼."

"엄마, 어디 가?"

"엄마는 저 바다 건너 멀리로 갈 거야."

예고도 없이 흘러나온 소리에, 은지는 온몸이 굳어버리는 것 같았다.

지욱도 마찬가지였다. 녹음기 속 대화는 그게 끝이었다.

은지는 그 사실이 더 슬펐다. 두 사람의 대화가 좀 더 이어졌더라면, 그랬더라면 마음이 지금처럼 이상하지는 않았을 것 같았다.

전후 사정이야 알 수 없지만, 말하지 않아도 알 수 있는 게 있었다. 그가 많이 아팠을 거라는 것, 외로운 시간을 홀로 힘겹게 버텨왔을 거라는 것.

은지는 지욱에게 다가가 그를 와락 끌어안았다. 왠지 그래야만 할 것 같았다. 그녀는 자신보다 키가 20센티미터나 더 큰 남자가 아닌, 그의 마음속 여섯 살 먹은 작은 꼬마를 꼭 안아주었다.

지욱은 말없이 그녀에게 기댔다. 엄마 이후로 여자의 품에 기댄 건 오늘이 처음이었다. 작고 가녀린 품이 왜 이리도 크고 따뜻하게 느껴지는지 알 수 없었다.

지욱은 누구에게도 자신의 얘기를 하고 싶지 않았다. 하지만 그녀에게 언제까지 숨길 수는 없었다. 투명하리만치 마음을 훤히 보여주는 은지에게 더 이상 무언가를 감춘다는 것은 못할 짓처럼 느껴졌다.

제주도에 온 것은 그런 이유였다. 엄마와의 추억이 가득한 이곳에서 그녀에게 진짜 자신을 보여주고 싶었다.

"목소리가 참 예뻐요, 지욱 씨 어머니… 상담을 많이 하다 보니까 이젠 목소리만 들어도 그 사람 얼굴이 그려지거든요. 아마 미인이셨을 것 같아요. 얼굴도, 마음도."

은지가 그 말과 동시에 지욱의 등을 쓸어내렸다.

"내 말이 맞죠?"

은지가 자신 있는 목소리로 물었다.

"…이제 보니 닮았어."

줄곧 아무 말도 않던 그가 조심스레 말했다.

"뭐가요?"

"…목소리."

지욱의 말에 은지는 살짝 그를 품에서 놓으며 맞장구치듯 말했다.

"맞아요, 이제 알았구나! 난 딱 처음 듣는 순간 느꼈는데. 목소리가 옥구슬 굴러가듯 아름다운 게… 어딘가 익숙하다 하고 말예요. 아마 얼굴도 닮았을 걸요!"

은지가 확신에 차 말했다.

"그걸 어떻게…!"

"맞죠? 이게 굉장히 과학적인 거거든요. 사람 얼굴에는 다양한 공기 주머니들이 있는데, 이 공기 주머니가 발성기관으로 앰프 역할을 해요. 그래서 이마와 미간의 돌출정도, 광대뼈의 발달 정도에 따라 목소리가 공명되는 정도도 달라져요. 그러니까 얼굴이 비슷하다면 목소리도 비슷하게 울리게 되는 거죠."

은지가 물 만난 고기마냥 떠들어댔다.

"그래, 그렇다고 해두지."

"그렇다고 해두는 게 아니라, 이건 진짜예요. 과학적 사실!"

꼬르륵.

그 순간 은지의 배에서 요란한 알람이 울렸다.

"그러고 보면 우리 양은지 배도 참 과학적이야. 때 맞춰 척척 알람이 울리는 걸 보면."

지욱은 배를 움켜쥐는 은지를 놀려주었다.

***

라혜는 현관으로 들어서는 건우를 보고 화들짝 놀랐다.

"도, 도건우!"

정작 건우는 자신의 변화를 대수롭지 않게 여기는 듯했다.

"아니, 대체 이게 무슨…."

"왜요, 엄마가 이렇게 변하라고 노래를 부르셨잖아요."

"그러니까! 갑자기 무슨 일로 네가?"

라혜는 제 눈으로 보고도 믿지 못하겠다는 듯 고개를 저었다.

"지겨워졌어요. 이제 질릴 때도 됐잖아요. 저 드릴 말씀이 있어요."

라혜는 아들에게 무슨 꿍꿍이가 있는 게 분명하다고 생각했다.

하지만 애써 마음을 감추고 태연히 말했다.

"그래. 스페인 산티아고 순례길 걷기, 아프리카 초원 여행, 콜센터 아르바이트, 또 그 다음은 어떤 걸로 나를 놀라게 할지 참 궁금하구나."

"한번 도전해보려고요."

"미리 통보까지 하는 걸 보면, 이전과는 다른 차원의 일인가 보지?"

"맞아요. 하지만 이번에는 혼자 힘으로는 어려울 것 같아서요."

"이제 그 지긋지긋한 버킷리스트 지우기에 가족까지 끌어들이려고? 싫다!"

라혜가 냉큼 소리쳤다. 그 어느 때보다 단호한 모습이었다.

"후계자 승계에 도전하려고 합니다."

라혜는 생각지도 못했던 말이라 소파에 기대고 있던 몸을 바로 세웠다.

"뭐? 뭘 하겠다고!"

"오래전부터, 아니 제가 태어날 때부터 바라셨던 거잖아요."

그의 말이 맞았다. 하지만 그녀의 앞에 도지욱이라는 큰 산이 버티고 있었고, 그보다 더 큰 산인 건우가 떡 하니 서 있었다.

후계자 자리에 대한 일말의 욕심도 없고, 그저 인생을 즐겁게 살다 가겠다는 소박한 의지가 전부인 아이. 그랬던 건우가 후계자 자리에 도전하겠다니!

좋아만 하기는 일렀다.

'내 배에서 나온 아이인데 내가 모를까…. 건우는 쉽게 변할 아이

가 아니야. 그렇담 무엇이 저 아이를 하루아침에 바꿔놓은 걸까.'

라혜는 어렵지 않게 그 답을 찾아냈다.

'그 상담원… 양은지.'

그렇다면 버럭 화부터 내야 할까? 아니다! 우선 후계자 승계가 먼저였다. 그 아이는 그 후에 처리해도 충분하다고 생각했다. 라혜는 그리 어렵지 않게 처리해버릴 방법도 가지고 있었다.

"그래, 네 이야기는 내가 회장님께 말씀드릴까?"

"아뇨, 제가 직접 찾아뵙고 말씀드릴 거예요."

"그래, 올라가 쉬렴."

라혜는 건우가 2층 계단을 올라가는 모습을 보고, 바로 전화를 걸었다. 신호음이 울리고 곧 숨찬 목소리가 들려왔다.

〔서울에서 제일 빠른 퀵, 양철수입니다〕

"이태원이에요, 30분 내로 와주시겠어요?"

                              ***

지욱은 허름한 식당 내부를 빙 둘러봤다.

좋은 레스토랑을 모두 마다하고 은지가 고심 끝에 고른 곳이었다.

"근데 이 식당은 어떻게 알게 된 거지?"

지욱이 하필 여길 고른 이유가 궁금했다.

"잊었어요? 저 전직 수산코너 판매원이었던 거."

앞치마와 두건, 고무장갑과 남색 장화를 장착한 은지가 열심히 장사를 하던 모습이 떠올라 지욱은 저도 모르게 피식 웃었다.

"뭐가 좋아서 실실 웃어요? 아무튼 그때 제주도 은갈치 납품하던 상인분이 알려주신 꿀정보라고요. 제주도민이 인정하는 진짜 맛집이라면서."

은지의 말이 끝나기 무섭게 허리가 구부정한 노파가 음식을 들고 왔다. 제주의 향토음식인 갈치국과 옥돔구이였다. 은지는 침이 고이는지 입을 다셨다.

"맛있게 잡숩써."

노파의 말 한마디에서도 제주 내음이 물씬 풍기는 것 같았다.

지욱은 뽀얀 국물에 은색 갈치가 풍덩 빠져 있는 갈치국을 신기하다는 듯 바라보았다. 하지만 선뜻 손이 가지는 않았다.

"뭐해요? 얼른 먹지 않고."

"왠지 비릴 것 같은데…."

은지가 깜짝 놀라며 말했다.

"전혀요! 이게 얼마나 맛있는데. 그리고 우리 몸에 이 갈치만큼 좋은 게 없다구요. 단백질, 비타민이 풍부한 데다, 지방까지 알맞게 들어 있고. 감칠맛이 풍부해 입맛이 없을 때 구미를 돋워주는 데도 최고예요. 특히 이 제주 갈치는 신선도가 다른 지역 거랑은 비교할 수 없이 좋다고요!"

은지는 다시 수산코너 판매원이 된 듯 열성적으로 갈치 홍보에 나섰다.

맛깔스런 설명 덕분인지, 아니면 진짜 갈치국의 맛 덕분인지 지욱은 눈 깜짝할 사이에 한 그릇을 뚝딱 비웠다.

은지가 결심했다는 듯 수저를 탁 올려놓고는 말했다.

"저, 제주도 오면 꼭 한 번 가보고 싶은 데가 있었는데."

"그게 어딘데?"

지욱이 호기심 어린 얼굴로 그녀의 입술을 바라봤다.

"그게···."

'낙천리?'

지욱은 어리둥절한 얼굴로 마을 표지석을 들여다보았다. 아무리 둘러봐도 관광지 같은 분위기는 없었다. 그저 작고 고즈넉한 시골 마을이었다.

"에게게··· 이게 뭐야, 그냥 시골 마을이잖아! 방금 그렇게 생각했죠?"

은지가 지욱에게 빼꼼 고개를 들이밀며 말했다.

"이제 독심술까지 연마한 건가?"

"조심해요. 다 읽고 있으니까."

얼마 가지 않아 눈앞에 놀라운 광경이 펼쳐졌다.

"어때요? 아직도 평범한 마을 같아요?"

은지가 의기양양하게 물었다. 지욱은 의자를 첩첩이 쌓아 만든 거대한 설치미술품에서 눈을 떼지 못했다. 그 뒤로 모양도 크기도 각양각색인 의자가 곳곳에 놓여 있었다.

"의자 마을이래요. 재밌지 않아요?"

지욱은 천여 개에 달하는 의자가 설치된 공원 안으로 걸어갔다.

"제주도에서도 중산간 지역에 있는 마을이라, 오름과 올레길이 가까워요. 그렇다 보니 여행에 지친 사람들이 쉬었다 가기에 딱이죠. 그래서 마을의 상징도 이렇게 의자가 된 거고요."

지욱은 고개를 끄덕이며 그녀의 설명에 귀 기울였다. 헌데 듣다 보니 이상한 게 있었다.

"수산 코너 아르바이트 하기 전에 제주도 관광 가이드라도 한 건가?"

"그냥 블로그에서 본 거예요, 블로그!"

은지는 어처구니없다는 듯 말하며 시선을 옮겼다. 그때 그녀의 눈에 낯익은 무언가가 꽂혔다.

"우와, 저거! 원피스에 나오는 해골 모양 의자잖아!"

은지는 어린아이처럼 천진난만하게 해골 의자로 달려갔다.

생전 처음 보는 의자들이 눈을 즐겁게 했다. 은지가 또 무언가를 발견했는지 종종걸음을 치며 다가갔다.

'서 있는 사람은 오시오.'

나무로 된 벤치 등받이에 익살스런 글씨가 적혀 있었다.

"그새 좀 걸었다고 또 앉고 싶어지네."

은지가 푸념을 하며 의자에 털석 앉았다.

"앉아요. 지욱 씨도."

은지가 벤치 빈자리를 두드리며 말했다.

"난 이게 편해."

"앉아요, 쫌! 여기 등받이에 적혀 있잖아요. 서 있는 사람 오시오, 라고."

"괜찮대도."

"지욱 씨가 좀 편하게 앉아 쉬었으면 좋겠어요."

은지가 사뭇 진지한 목소리로 말했다.

"얼마나 걸었다고."

지욱은 대수롭지 않다는 듯 받아쳤다.

"그것 말고요. 이제 좀 쉬어가요. 의자에 앉아서 나처럼 흐트러져도 보고, 퍼져 있기도 하고… 그랬으면 좋겠는데. 지욱 씨는 늘 지금처럼 꼿꼿이 서 있잖아요. 우두커니…. 이제 괜찮으니까 좀 앉아요. 앉아서 한숨 돌리라고요, 네?"

지욱은 허를 찔린 듯 아무 말도 할 수 없었다.

그러고 보니 여섯 살 무렵, 제주도를 떠나 서울 아버지 집에 들어간 후부터 줄곧 그랬다. 낯선 집, 낯선 가족들 속에서 인정받기 위해서는 완벽해지는 수밖에 없었다.

자신을 위해 머나먼 이국땅으로 떠난 엄마를 위해 그는 꼿꼿이 서 있어야만 했다. 하지만 그도 주저앉고 싶은 순간이 있었다. 길바닥에라도 주저앉아 모든 것을 내려놓고 쉬고 싶었다. 하지만 아무도 그에게 말해주지 않았다.

'이제 쉬어가도 좋다고. 넌 충분히 쉬어갈 자격이 있다고.'

처음이었다. 누군가에게 이제 괜찮으니 한숨 돌리라는 말을 듣게 된 건.

"사실 여기 오자고 한 건, 지욱 씨한테 이 의자가 필요해 보였거든요. 몸만 앉는 게 아니라, 마음까지도 편히 앉을 수 있는 의자."

지욱은 말없이 그녀의 옆자리로 갔다. 고개를 돌려 그녀의 얼굴을 바라봤다.

"뭘 그렇게 봐요…."

은지가 부끄러운 듯 눈을 피했다.

"신기해서."

"뭐가요?"

"이렇게 누군가와 나란히 앉아 있다는 게. 몸뿐만 아니라, 마음까지 나란히 앉아 있는 것 같아서."

그의 달콤한 고백에 은지는 쑥스러운지 애써 말을 돌렸다.

"…이렇게 나란히 벤치에 앉아 있으니까, 꼭 그 영화 같다!"

"영화?"

"포레스트 검프. 거기에 이런 대사가 나오잖아요. 인생은 초콜릿 상자와 같은 거란다. 다음에 어떤 모양의 초콜릿이 잡힐지 알 수가 없거든."

은지가 대사에 감정을 실어 더빙하듯 읊었다.

"이 다음에 어떤 모양이 잡힐지 모르지만, 내가 지금 잡은 초콜릿 모양은 알 것 같군."

지욱이 덤덤한 목소리로 말했다.

"무슨 모양인데요?"

은지가 궁금하다는 듯 물었다.

"…내 심장 모양."

생각지도 못한 대답에 은지는 얼굴에 홍조가 떴다.

그녀는 그 모습을 들키지 않으려고 얼른 고개를 돌렸다. 저만치 떨어진 곳에서 하얀 드레스를 입은 신부와 턱시도 차림의 신랑이 보였다.

"웨딩 촬영하나 보다!"

예비 신랑신부는 '내 아를 낳아도'라는 글자가 적힌 의자 앞에서 우스꽝스런 포즈를 짓고 있었다. 은지는 그 모습을 부러움 가득한 눈으로 바라보았다.

"우리도 할까?"

지욱이 아무렇지 않게 툭 던졌다. 그 말이 뭐라고 은지는 입가에 경련이 일었다.

"뭐, 뭐요?"

"우리도 하자고!"

지욱은 역시나 대수롭지 않다는 듯 말했다.

"지금 저한테 프로포즈 한 거예요? 이렇게 성의 없이!"

은지의 말에 이번에는 지욱의 얼굴에서 경련이 일었다.

"네, 알아요. 제가 드라마를 너무 많이 봤다는 거. 그래도 여자들은 로망이란 게 있잖아요. 이런 식으로 남의 웨딩촬영 구경하다가 불쑥 청혼 하는 건…."

더 이상 못 들어주겠다는 듯 지욱이 끼어들었다.

"정신 차리지, 양은지! 누가 프로포즈를 해?"

지욱이 명쾌하게 선을 긋자 은지는 허탈한 듯 입만 쩝쩝 다셨다.

"…누가 뭐래요? 혹시나! 혹시나 싶어서 그런 거지. 그럼 방금 그 말은 뭔데요? 뭘 하자면서요."

"사진. 함께 찍은 사진이 하나도 없잖아."

은지는 조금 놀란 듯 그의 얼굴을 빤히 쳐다봤다. 먼저 사진을 찍자고 하다니! 한 번도 사진으로 그와 추억을 남긴다는 생각은 해본 적이 없었다.

"괘, 괜찮아요? 사진 찍어도?"

"왜, 뭐 문제라도 있나?"

지욱이 도리어 의아한 듯 물었다.

"그건 아니고, 그런 거 안 좋아할 거 같은 사람이 먼저 하자니까…."

"그래, 난 사진 같은 거 딱 질색이야."

"근데 왜…?"

"모두 양은지 너를 만나 내가 이렇게 유치하고 뻔뻔해졌다는 거지. 내 기준에선 절대 할 수 없는 일을 하게 됐으니까."

지욱의 말에 은지는 감동 아닌 감동을 받았다. 그래도 첫 번째 커플 사진인데 아무렇게나 찍을 수는 없었다.

"뭐해? 마음 바뀌기 전에 어서 찍자고."

"잠깐만요. 필터 카메라 어플 좀 켜고요!"

***

〔그래, 난 한나 양만 믿을게요. 녀석이 지 애미 소식 들으면, 그깟 여자 따윈 눈에 들어오지도 않을 거예요.〕

수화기 너머로 정남의 목소리가 흘러나왔다.

"네, 아버님. 걱정 마세요. 제가 잘 해결하고 올라갈 테니까요."

한나는 커다란 의자 설치미술품 사이로 보이는 남녀를 응시했다. 누가 봐도 행복한 한때를 보내는 연인의 모습이었다. 한나는 어금니를 꽉 깨물었다. 얼마나 세게 물었는지 얼굴까지 파르르 떨렸다.

'더는 못 참겠군요. 나도 이렇게까지 하고 싶진 않았어요.'

한나는 속으로 흐느끼듯 말했다. 그때 멀리서 은지의 카랑카랑한 목소리가 들렸다.

"내 폰이 이상한가 봐. 지욱 씨 걸로 한번 찍어봐요. 최신 폰이잖아요."

"왜? 사실대로 나왔는데."

"그게 문제란 거예요! 필터를 써도 필터링이 전혀 안 된다는 게 말이 돼요? 폰이 이상한 거지!"

지욱이 못 말린다는 듯 주머니에서 휴대폰을 꺼냈다. 한나는 이때를 놓치지 않았다. 얼른 휴대폰 단축번호 1번을 터치했다. 그러자 화면에 '지욱 씨♥'라는 글자가 뜨며 신호음이 갔다.

저만치 떨어진 곳에서 휴대폰을 만지작거리던 지욱이 잠시 멈칫하는 게 보였다. 이윽고 한나의 휴대폰 스피커로 지욱의 목소리가 흘러나왔다.

〔네, 도지욱입니다.〕

"안녕하세요…."

한나의 목소리가 가늘게 떨렸다.

〔여보세요. 말씀하십시오.〕

얼마나 기다려왔던 통화인가. 한나는 목소리를 가다듬고 말을 이어나갔다.

"국제이민 대행업체 JS컨설팅, 구한나 팀장입니다. 도지욱 씨 되시죠?"

그가 이민 대행업체의 전화를 받을 일은 딱 하나뿐이었다.

지욱은 성인이 된 이후 줄곧 엄마의 행방을 수소문했다. 단서는 딱 하나였다. 오래전 어느 날 국제전화로 걸려온 한 통의 전화. 미국에서 걸려온 전화였다.

지욱이 '여보세요'를 여러 번 되묻자 이내 뚝 끊겨버렸다. 지욱은 그 전화가 계속 마음에 걸렸다. 잠깐이었지만 그 짧은 통화에서 엄마를 느꼈다. 때론 침묵이 그 어떤 말보다 강한 힘을 지니고 있으니까.

미국 유학 시절, 지욱은 이민을 온 한인 친구들을 보면서 엄마를 생각했다. 어쩌면 엄마도 그들과 비슷한 과정을 거쳤을지 모른다는 생각이 들었다. 한국에 돌아온 후 그는 가장 오래된 이민업체부터 찾아다녔다.

그러나 26년 전 미국으로 이민 간 최선주라는 사람을 찾는다는 말에 다들 난색을 표했다.

'26년 전 기록을 언제 뒤져봅니까? 그리고 설령 가능하더라도, 고객 개인정보 보호 때문에 안 돼요.'

접근 방식을 바꿔 다른 업체를 알아보기도 했다.

'저희 부모님께서 노후를 미국에서 보내고 싶어 하셔서요. 어머니 친구 분께서도 26년 전에 혼자 투자이민을 가셨다는데. 그 후로 연락이 끊겨서… 어머니께서 죽기 전에 그 친구를 다시 만나는 게 소원이시거든요.'

나이 지긋한 사장이 들어오며 중얼거렸다.

'어머니 친구 분이 무슨 사연으로 이민을 갔는지는 모르시고?'

'좋은 이유는 아니었던 것 같습니다.'

지욱이 나지막이 말했다.

'그 당시만 해도 음지에서 암암리에 이민을 대행해주는 곳이 있었지. 회사 말고 개인이 건수를 물어다가 하곤 했어.'

'이민이 범죄도 아닌데 왜 음지에서 그랬을까요?'

직원이 호기심 가득한 얼굴로 물었다.

'평범한 여자들이 미국 투자이민을 갈 수 있었겠어? 회장님 새끼손가락 정도는 되어야 가는 거지.'

사장의 말에 지욱의 눈빛이 흔들렸다.

'그 일 하던 분… 소식을 아시나요?'

'지금은 돈 좀 벌어서 아주 번지르르한 간판을 걸었는데… 뭐였더라, JS컨설팅이었나? 그 일 하던 녀석 이름이 구진석이라고, 우리 업계에선 아주 유명한 놈이야.'

구진석 대표라는 사람을 찾는 일은 그리 어렵지 않았다. 지욱은 수소문 끝에 구 대표가 직접 진행하는 세미나에 참석했다.

코엑스 컨벤션홀.

미국 투자이민 세미나 / 주최 JS컨설팅.

컨벤션홀 입구에 커다란 현수막이 보였다.

입구 문을 당기자 쩌렁쩌렁한 목소리가 마이크에 울리고 있었다. 사진으로 봤던 구진석 대표가 분명했다.

"미국에서 제안하는 투자 내용을 기반으로 10명 이상의 고용

창출 효과가 있는 경우 투자자는 물론, 가족 모두에게 영주권을 확보할 수 있는 기회가 생기게 됩니다. 투자금은 보통 50만 불에서 100만 불 이상의 합법적인 자금만으로 영주권을 취득할 수 있습니다."

구 대표가 레이저포인터를 누르자 프레젠테이션 화면이 넘어갔다.

"현재 진행 중인 프로그램을 몇 개 보여드리겠습니다. 미국 캘리포니아 샌디에이고에서 진행 중인 건으로, 개발자는 홈페드 코퍼레이션, 캘리포니아 주 칼즈배드를 기반으로 하는 상장된 부동산 회사입니다. 해당 기업은 20년이 넘는 기간 동안 다수의 상을 수상한 바가 있으며, 종합계획 지역 단지를 개발해 샌디에이고 카운티의 최대 규모 주거용 부지를 소유하고 있습니다."

예비 투자자들이 눈에 불을 켜고 그의 설명을 받아 적었다.

그는 맨 뒷자리에 앉아 행사가 얼른 끝나기만을 기다렸다.

한참 뒤 구 대표가 무대에서 내려오는 게 보였다. 지욱은 기다렸다는 듯 그의 앞에 가 섰다.

"구진석 대표님, 잠깐 시간을 좀 내주시겠습니까?"

두 남자는 커피숍으로 자리를 옮겼다. 지욱의 명함을 보던 구 대표의 눈이 커졌다.

"로얄카드 도 본부장님이라면… 회장님의?"

"단도직입적으로 말씀드리겠습니다. 사람을 찾고 있습니다. 최선주 씨라는 여자분, 아시죠?"

지욱의 말에 구 대표의 안색은 백짓장처럼 하얘졌다. 지욱은 그의 표정을 단숨에 읽어버렸다.

"우연히 들었습니다. 구 대표님께서 오래전, 암암리에 미국 이민을 대행하는 일을 하셨다고요. 여자 혼자 투자이민을 가는 경우가 그리 많지는 않았을 것 같아서요. 그리고 우리 로얄카드와 관련된 사람이라면… 더 기억에 남지 않을까 싶은데요."

구 대표는 단호하게 딱 잘라 말했다.

"모릅니다, 저는."

"대표님!"

"모른다니까요. 26년 전이요? 그걸 어떻게 기억합니까? 제가 대행한 건만 해도 수만 건이 넘는데."

"제 어머니입니다, 그분. 어디로 가신 건지만 알려주십시오."

"…죄송하게 됐습니다만, 전 정말 모르는 일입니다."

구 대표는 자리를 박차고 일어났다.

지욱은 포기할 수 없었다. 그날 이후 지욱은 매일같이 JS컨설팅 사무실에 찾아갔다. 하지만 구 대표는 의도적으로 그를 피해 도망 다녔다. 첫 만남 이후 지욱은 두 번 다시 구 대표를 만날 수 없었다.

벌써 오래전 일이었다. 그렇게 지욱의 기억 속에서 JS컨설팅이라는 이름은 희미해져 가고 있었다.

〔여보세요? 들리세요?〕

"네, 말씀하십시오."

지욱의 심장이 두방망이질을 했다.

〔전에 구진석 대표님과 만나신 적 있으시죠? 그때 사람을 찾고 있다고 들었습니다. 관련하여 드릴 이야기가 있어서요. 그래서 도 본부장님 비서 분에게 연락드렸는데, 지금 제주에 있다고 하더라고요.〕

"네, 그렇습니다."

지욱은 떨리는 마음을 애써 다잡으며 대답했다.

〔잘됐네요. 저도 마침 제주 출장 중이거든요. 괜찮으시면 뵙고 이야기 나누는 게 어떨까요?〕

"그렇게 하시죠."

〔그럼 제가 장소 문자로 남기겠습니다.〕

지욱은 통화 종료 버튼을 누를 때까지도 믿을 수 없었다. 자신이 잘못 들은 건 아닐까 싶었다.

"무슨 전환데 그렇게 심각하게 받아요?"

옆에 있던 은지가 지욱의 얼굴을 빤히 들여다보며 물었다.

"저녁에 잠깐 누굴 만나고 와야겠어."

"누군데요?"

"…."

"뭐예요. 수상하게?"

"…어쩌면, 정말 어쩌면 말야. 어머니를 다시 만나게 될지 모르겠어."

제주 H 호텔 내 헤어&메이크업 숍.

메이크업 아티스트가 한나의 볼에 살굿빛 블러셔를 두드리며 말했다.

"좋은 곳 가시나 봐요."

"네, 예쁘게 해주세요."

"내추럴 메이크업을 원하시는 걸 보니 웨딩 촬영은 아닐 테고… 혹시 소개팅이나 상견례?"

"아닌데…."

"그럼 어디에 가시는데 이렇게 꽃단장하시나?"

한나가 눈앞의 거울을 보며 싱긋 웃었다.

"애인이요. 애인을 만나기로 했거든요."

"와, 정말요? 애인 분은 참 좋으시겠다. 이렇게 여자친구가 예쁘게 하고 만나러 오면…"

화장대 앞에 놓아둔 한나의 폰이 진동음과 함께 울렸다. 메이크업 아티스트가 휴대폰을 건네주며 한마디 했다.

"어머, 애인 분 전화 같은데요?"

"조금 이따 볼 건데, 그새를 못 참고…."

한나는 부러 볼멘소리를 하며 휴대폰 화면을 응시했다.

'지욱 씨♥'

화면에 뜬 이름을 보는 한나의 눈망울이 의미심장하게 빛났다.

제주 H 호텔 커피숍.

약속 시간이 10분이나 지났는데 여자는 나타나지 않았다. 지욱은 초조한 듯 연신 물을 들이켰다.

지욱은 휴대폰을 꺼내 최근 통화목록에 찍힌 번호를 눌렀다.

〔여보세요.〕

여자의 말랑말랑한 목소리가 들려왔다.

"저, 도지욱입니다."

〔아, 죄송해요. 지금 차가 너무 막혀서. 조금만 더 기다려주시겠어요?〕

"네, 알겠습니다."

지욱은 그제야 한시름 놓았다. 혹시 이 모든 게 누군가의 장난은 아닐까 조마조마하던 터였다.

전화를 끊은 지 15분 정도 지났을 때였다. 누군가의 구둣발 소리가 그를 향해 다가왔다.

"안녕하세요. 전화 드렸던 구한나라고 합니다."

화사한 풀 메이크업에 여성스러운 트위드 원피스를 입은 한나가 건치를 보이며 밝게 웃었다.

"도지욱입니다."

지욱은 이상하다는 듯 고개를 갸웃거렸다. 한나의 얼굴이 왠지 모르게 낯익었다. 하지만 아무리 생각해도 '구한나'라는 이름은 그의 머릿속에 저장돼 있지 않았다.

"혹시…."

지욱이 나지막이 내뱉었다.

"네?"

"혹시 저희 구면입니까?"

한나는 대답 대신 고개를 가로저었다.

"그런 말 자주 들어요. 친근한 인상이란 거니까… 칭찬으로 받아들여도 되겠죠?

"그렇군요. 왠지 낯이 익어서… JS컨설팅 사무실에서 뵌 줄 알았습니다."

그의 말에 한나가 급히 끼어들었다.

"그, 그건 아닐 거예요! 전 미국 지사에 있었거든요!"

지욱은 짧은 순간에 그녀의 흔들리는 눈빛을 읽었다. 지욱은 더 이상 파고들지 않기로 했다. 지금 중요한 것은 그게 아니었으니까.

"그분 소식을 아신다고요?"

지욱의 물음에 한나는 모든 걸 알고 있다는 듯 천천히 고개를 끄덕였다. 그의 시선이 그녀의 입술로 쏠렸다. 한나는 잠시 동안 그의 시선을 즐기듯 뜸을 들였다.

"우선… 뭐 좀 마실까요?"

"도련님!"

장을 보러 갔던 알로하셔츠 아저씨의 목소리였다. 은지는 서둘러 현관으로 달려갔다. 아저씨는 양 손 가득 짐 꾸러미를 들고 있었다.

"뭘 이렇게 많이…!"

은지가 입을 쩍 벌리고 말했다.

"다른 분도 아니고 우리 도련님이 오셨는데 이정도는 기본이죠! 근데 도련님은 안 보이네요? 주무시나?"

아저씨가 주변을 두리번거리며 물었다.

"누굴 좀 만나러 갔어요."

"예?"

아저씨는 의외라는 듯 눈썹을 치켜들었다.

"이곳에 아는 사람 없을 텐데…."

"아, 이곳 분은 아니고요. 때마침 이곳에 출장 오셨다가 타이밍이 맞았나 봐요."

"아아, 그런 거구나. 그래도 그렇지. 아가씨를 이 큰 별장에 혼자 두고… 도련님이 너무 하셨네. 서울 가서 보면 안 될 사람이래요?"

아저씨가 은지의 편을 들 듯 말했다.

"아, 아니에요. 저는 괜찮아요. 지욱 씨가 엄마 소식을…."

괜찮다고 말하려던 게 생각지도 못했던 말까지 툭 뱉어버리고 말았다.

"네? 그게 무슨…?"

알로하 셔츠 아저씨가 짐 꾸러미를 한곳에 내려놓았다.

"아, 아니에요. 아무것도."

"방금 엄마 소식이라고…?"

은지는 쥐구멍에라도 숨고 싶은 심정이었다. 아는 대로 알려주는 게 그녀의 직업이었지만, 이런 상황에 쓸데없이 직업정신을 발휘하다니!

자신의 부주의함을 탓해봤자 이미 엎질러진 물이었다.

"괜찮습니다. 말씀해주세요. 지욱 도련님, 제게 자식만큼이나 소중한 분입니다. 그분에 관한 일이라면 저도 알아야 하니까요."

"그게… 아저씨도 짐작하고 있겠지만, 지욱 씨가 어머니를 찾고 있었어요."

"네, 충분히 예상했습니다."

"정말 많이 노력했더라고요. 국내에 있는 이민 대행업체에 모조리 찾아가 수소문했대요. 하지만 별다른 수확이 없었는데… 오늘 뜻밖의 연락을 한 통 받았어요. 아마 지욱 씨 어머니가 미국으로 갈 때 대행해줬던 업체인가 봐요."

"네?"

아저씨의 눈이 튀어나올 듯 커졌다.

"놀라셨죠? 지욱 씨도 똑같은 반응이었어요. 지금쯤 그 회사 분을 만났을 텐데… 제발 좋은 소식이었으면 좋겠어요."

"사모님이 미국으로 가셨다 그랬다고요?"

"네, 미국 이민 대행업체라고."

아저씨는 말도 안 된다는 듯 고개를 가로저었다. 은지는 그 모습을 의아한 듯 바라봤다.

"괜찮으세요?"

"내가 죽일 놈입니다. 내가…."

아저씨가 고개를 푹 숙이고는 나지막이 말했다.

"왜 그러세요, 아저씨?"

"이삼 년 전까지만 해도 사모님과 연락이 종종 닿았어요."

"네? 지욱 씨 어머니랑요?"

은지가 놀란 토끼 눈으로 그의 얼굴을 쳐다봤다.

"지욱 도련님 소식을 많이 궁금해하셨거든요. 오죽하겠어요, 엄마 마음이. 혹여나 도련님 장래에 피해가 되지 않을까 직접 연락해보는 건 생각도 않으셨죠. 그래서 저한테 간혹 물으셨는데…."

"그럼 아저씨는 지욱 씨 어머님이 어디 계시는지 알고 있던 거네요?"

그는 대답 대신 고개를 끄덕였다.

"사모님은 오클랜드에 계십니다. 뉴질랜드요."

은지는 머릿속에서 여러 가지 정보가 마구 뒤엉켰다.

"오클랜드… 뉴질랜드라면, 그럼 미국은요?"

"26년 전 사모님은 오클랜드로 가셨어요. 제가 잘 알고 있습니다."

"그럼, 지금 지욱 씨가 받은 그 전화는 뭐죠? 분명 미국이라고 했단 말이에요."

무언가 잘못된 게 분명했다. 은지는 모든 사고가 정지된 것처럼 머릿속이 새하얘졌다.

***

한나는 머그컵 안에 담긴 재스민 티를 한 모금 머금으며 말했다.

"지욱씨, 재스민 티 좋아하세요?"

"본론으로 들어가시죠."

지욱은 더 이상 기다릴 수 없다는 듯 딱딱하게 대답했다. 한나는 고집스럽게 시시껄렁한 이야기를 이어나갔다.

"재스민이란 단어의 뜻은 신의 선물이래요. 꽃말도 참 예쁜데."

"……"

한나는 잠시 뜸을 들이다 천천히 입을 뗐다.

"당신은, 나의 것…!"

그 말을 할 때 한나의 눈빛은 이전과 달리 번쩍였다. 그 모습이 섬뜩하기까지 했다.

"제가 진짜 궁금한 건!"

지욱이 도저히 못 참겠다는 듯 끼어드는 순간이었다.

"릴렉스! 저도 알아요. 그쪽이 궁금해하는 소식. 먼저 긴장 좀 푸시고요."

"됐습니다. 당신, 정말 우리 어머니 소식을 알긴 한 겁니까?"

"목소리가 참 예쁘셨어요!"

한나가 무심한 듯 툭 던진 말에 지욱은 순간 정신이 멍해졌다.

"이민이란 게 아시다시피 보통 일이 아니거든요. 그래서인지 일을 하다 보면 고객 분이랑 깊이 친해지는 경우가 많죠. 한 번은 올랜도로 이민 간 고객 분 집에 초대받아 간 적이 있었어요. 그분은 원래 한국에서 방송국 PD로 일하셨는데… 이민을 가신 후엔 소소하게 교민방송을 운영하고 계시죠."

지욱은 그 어느 때보다 집중력 있게 그녀의 이야기를 들었다.

"그분 집에서 어떤 한인 여성 분을 만났죠. 목소리가 정말 아름다운 분이셨는데… 간혹 교민방송 라디오에 목소리로 출연한다고 하시더라고요. 근데 그분은 이상하리만치 한국 이야기를 꺼리셨죠. 무슨 일을 했는지, 어디에 살았는지, 가족은 없는지. 아무 말도 하지 않았어요. 무슨 사연인지 몰라도 분명 대단한 사연이 있겠구나 싶었고요."

그녀의 말을 가만히 듣던 지욱이 나지막이 물었다.

"그분이 제 어머니라고 어떻게 장담합니까?"

"그 후에도 몇 번 마주쳤어요. 한 번은 그분이 한국 경제면 기사를 보고 있는 걸 봤어요. 한국에 관해서 이야기 하는 걸 꺼려 하길래, 관심이 아예 없을 거라 생각했는데 그건 또 아니었나 봐요. 그때 그분이 보고 있던 게 바로 로얄카드 기사였어요. 거기에 그쪽 사진이 실려 있었고요."

"그래서요."

지욱이 애써 마음을 꾹 누르며 말했다.

"그 눈빛을 본 사람이라면 알 거예요. 그런 눈빛은 아무에게나 나오는 게 아니라는 걸. 아련하다는 말로도 충분하지 않을 거예요. 자식을 보는 엄마의 눈빛. 누가 그걸 흉내 낼 수 있겠어요."

"…"

"그리고 얼마 후였어요. 우연히 그분 지갑에 담긴 아이 사진을 보게 됐죠. 어릴 때 모습도 지금과 별반 다를 게 없더군요. 이목구비는 그대로고 키만 훌쩍 자랐다고 할까? 도지욱 씨, 그런 소리를 좀 듣지 않나요?"

한나가 그에게 질문을 던지듯 말을 맺었다.

"구진석 대표도 알고 있습니까?"

"아마도요. 하지만 아버진 이런 복잡한 일에 얽히고 싶지 않아하셨죠. 이렇게 연락을 한 건, 순전히 저 혼자 내린 결정이에요. 아버진 상상도 못할걸요."

"따님이셨군."

"제가 아버지래도 그랬을 거예요. 하지만 제가 이렇게 나선 건 순전히 그분의 눈빛을 잊을 수 없어서예요. 사무치게 그리워한다는 말을 처음 실감했어요. 그 눈빛에서."

"그럼 어머니는 지금 어디에…?"

지욱이 지금껏 가장 묻고 싶었던 그 말을 꺼냈다.

"지금은 미국에 안 계세요."

그 순간 지욱의 휴대폰이 요란하게 울기 시작했다.

지욱은 화면을 들여다봤다. 은지에게서 온 전화였다. 한나도 화면에 뜬 이름을 곁눈질로 노려봤다.

"한국에 들어와 계세요."

화면을 보던 지욱의 시선이 다시 그녀에게 옮겨갔다.

"…."

지욱은 허탈한 마음이었다. 이렇게 같은 나라, 같은 하늘 아래 살면서도 볼 수 없었다고 생각하니 가슴이 터질 것만 같았다.

"그보다 더 놀라운 건 말이죠."

"뭡니까!"

한나가 의미심장한 미소를 씩 지었다.

"지욱 씨 어머니… 지금 제주에 계세요."

제주라는 말에 지욱은 숨이 턱 막혔다.

"처음에는 잘 몰랐어요. 왜 그렇게 이곳을 고집하시는지. 한참 지나 알았죠. 아주머니에게 가장 소중한 추억이 있는 곳이란 걸."

"그래서 지금 어디에 계십니까?"

"…저 죄송한데 휴대폰 좀 잠깐 빌려주시겠어요? 제 폰이 꺼져서요."

한나는 지욱의 핸드폰을 들고 커피숍 밖으로 나갔다. 투명 유리 너머로 지욱이 그쪽을 보고 있는 게 보였다. 그녀는 전화를 거는 시늉을 하며 그의 시선이 닿지 않는 사각지대로 걸음을 옮겼다. 그리고는 재빨리 휴대폰 종료버튼을 누른 뒤, 청소 카트 쓰레기통에 집어넣었다.

한나는 아무 일도 없었다는 듯 다시 커피숍으로 들어갔다. 그리고는 다급한 목소리로 말했다.

"어서 출발해야겠어요. 벌써 배 시간이 다 됐네요!"

"배 시간?"

"어머니를 만나고 싶다면서요?"

그 한마디에 지욱은 벌떡 자리에서 일어났다.

"제 차로 가시죠. 마을이 협소해서 차를 여러 대 가지고 가면 주민 분들이 불편해하실 거예요."

그곳 사정을 잘 아는 듯한 한나의 말에 지욱은 고개를 끄덕였다.

"좋습니다. 근데 어디로 가는 겁니까?"

"비양도라는 섬마을이에요."

'고객의 전원이 꺼져 있습니다. 음성사서함으로 연결 시 통화료가 부과됩니다.'

은지가 고개를 가로젓자, 알로하셔츠 아저씨는 미간을 찌푸렸다.

"조금 전엔 그래도 신호음이 들렸는데. 이번엔 아예 전원이 꺼졌다고 나와요. 지욱 씨한테 무슨 일이 생긴 건 아니겠죠?"

은지가 울상을 지으며 말했다.

"아무래도 안 되겠어요. 제가 약속 장소로 가볼게요."

은지가 비장하게 말했다.

"어디에서 만나기로 했는지 아세요?"

"네, H 호텔 커피숍이요."

"제가 모시겠습니다."

은지와 아저씨는 서둘러 별장을 나섰다.

5
오렌지 재스민

"펄낭이라고 불러요."

한나는 차창 밖으로 시선을 고정한 지욱에게 말했다.

"이곳 비양도에서 제일 유명한 소금 호수죠. 섬이 워낙 작아서 어디서든 볼 수 있대요. 아주머니도 이 호수를 참 좋아하시는데…."

그 말을 뱉고서 제 멋대로 차를 세웠다.

"지욱 씨, 잠깐만 내려봐요. 보여주고 싶은 게 있으니까."

지욱이 순순히 따라 내렸다.

"저기 보이죠? 기다란 용암 말이에요. 여기 사람들은 저걸 '애기업은 돌'이라고 불러요. 자세히 보면 갓난아이를 등에 업고 바닷가를 응시하는 여인의 형상 같거든요. 아주머니가 이걸 자주 보러 오세요."

지욱은 말없이 애기 업은 돌을 바라보았다. 그 돌을 애잔하게 바라보는 엄마의 모습이 눈앞에 선연히 그려졌다.

"이제 갈까요? 거의 다 왔어요."

비양도는 사람이 백 명도 채 안 되는 작은 마을이었다. 한나의 차는 그곳에서도 가장 외진 곳으로 향하고 있었다.

사철나무 숲 사이 좁게 난 길목으로 차가 들어섰다. 굽이굽이 좁은 길을 따라가다 보니 아담한 통나무 집 하나가 보였다.

차에서 내린 한나는 가방 안에서 익숙하게 열쇠꾸러미를 꺼냈다. 지욱이 의아하다는 듯 말했다.

"어머니 집 열쇠까지 가지고 다니나요?"

그의 말에 한나의 눈빛이 싸늘하게 바뀌었다.

"아주머니께서 그만큼 저를 신뢰한단 뜻 아니겠어요? 먼 친척보다 가까운 이웃이 낫다는 말처럼요."

'가까운 이웃?'

지욱의 머릿속에 또 하나의 물음표가 생겼다.

"제주에 잠깐 출장 온 거라고 하지 않았습니까? 가까운 이웃이란 건 뭐죠?"

그녀의 손에 들린 열쇠가 자꾸만 열쇠 구멍을 빗나가고 있었다. 지욱은 그 모습을 미심쩍게 바라보았다.

문이 열리고 두 사람이 현관을 들어서는 순간, 뒤에서 출입문이 저절로 잠기는 소리가 들려왔다. 지욱은 왠지 모를 불길한 기운이 느껴졌다.

한나가 스위치를 눌렀다. 순식간에 환한 조명이 안을 밝혔다.

그리고 누군가의 손길이 묻은 정갈하고 소박한 살림살이들이 드러났다. 식탁 위에 젊은 시절 엄마의 모습이 담긴 액자도 놓여 있었다.

그는 사진에서 눈을 떼지 못했다. 어린 시절 그가 올려다보던 그 고운 얼굴이 분명했다.

"잠깐 산책 나가셨나 봐요. 지욱 씨가 온 걸 알면 깜짝 놀라실 텐데."

부엌에 들어간 한나가 전기포트에 물을 끓이며 말했다.

"아주머니는 제가 오면 꼭 이 매실차를 주셨어요. 직접 담근 매실청이라면서."

한나는 매실차를 한 컵 담아 지욱에게 건넸다.

"향이 참 좋아요."

찻잔을 받아든 지욱도 향을 은미했다. 그리고 엄마의 정성이 담긴 그것을 조금씩 들이켜기 시작했다.

한나는 그의 목젖이 움직이는 것을 의미심장한 눈빛으로 바라보았다. 얼마나 지났을까. 지욱의 손이 힘없이 찻잔을 놓치며 떨어졌다. 이윽고 지욱도 함께 바닥으로 쿵 쓰러졌다.

제주 H 호텔 커피숍.

어디에도 지욱의 모습은 보이지 않았다. 은지가 웨이터에게 지욱의 인상착의에 대해 설명했지만, 그는 난처한 기색을 보이며 고개를 저었다. 그때 호텔 청소 도우미 아줌마가 걸어오며 말했다.

"아까 요 앞에 잠깐 카트를 두고 밥 먹고 왔는데, 이게 버려져 있네요. 멀쩡해 보이는데."

아줌마가 스마트폰 하나를 흔들어 보였다. 은지는 두 눈이 휘둥그레졌다. 지욱이 사용하던 것과 똑같은 모델이었다.

"잠깐만요!"

은지는 얼른 휴대폰을 낚아채 전원 버튼을 눌렀다. 그리고는 자기 휴대폰을 꺼내 지욱의 번호로 전화를 걸었다. 신호가 가기 시작했다. 그리고 이내 그녀의 다른 손에 있던 휴대폰이 진동하기 시작했다.

"지욱 씨 폰이 맞아요!"

은지가 뒤에 서 있던 아저씨를 향해 말했다.

"아니, 이게 다 어떻게 된 일이지? 왜 도련님 휴대폰이 쓰레기통에…!"

설마 했던 불행이 점점 현실이 되어가고 있었다.

은지는 서둘러 호텔 CCTV 관제실로 달려갔다.

그녀의 요청대로 오늘자 CCTV 화면을 돌려보던 직원 하나가 손가락으로 가리켰다.

"이분들 아닙니까?"

은지는 정지 화면 속 남녀의 모습을 확인했다. 단발머리에 트위드 원피스를 착용한 낯선 여자가 보였다. 그리고 그의 옆에 지욱과 똑 닮은 남자가 서 있었다.

"맞아요!"

"어? 이 여자 분은 헤어숍에서 곧장 커피숍으로 들어가네요. 그리고 나갈 땐 여자 분 차만 나가는 장면이 있고, 남자 분 차는 나가는 영상이 없어요. 아마 함께 타고 나간 게 아닌지…"

직원이 분할된 화면을 가리키며 말했다.

"아저씨, 경찰에 차량 번호로 좀 알아봐 주세요. 저는 여자가 들렀다는 헤어숍에 한 번 가볼게요."

은지는 부리나케 호텔 1층 헤어 메이크업 숍으로 달려갔다.

"고객님, 예약하셨나요?"

"아, 아뇨."

은지는 숨 찬 목소리로 말했다.

"죄송합니다만, 저희 숍은 예약제로만 운영되고 있습니다."

'예약제'라는 말에 은지의 눈이 번쩍 뜨였다.

"다행이네요!"

"네? 방금 예약을 안 하셨다고."

그때 수석매니저가 그쪽으로 다가왔다.

"무슨 일인가요?"

"혹시 오늘 숍에 온 손님 중에 단발머리에 트위드 원피스 차림의 여자, 기억나세요?"

"아, 그분요! 기억하죠. 애인 분 만나러 가신다고… 근데 무슨 일이신지?"

'애인?'

은지는 간담이 서늘해졌다. 뭔가 말도 안 되는 일이 벌어지고 있는 게 분명했다.

"아, 맞다! 저희 숍에서 명함 이벤트를 진행 중이거든요. 아까 그분도 넣었던 것 같은데. 얘들아, 저기 가서 가지고 와봐."

명함을 받아든 은지의 손이 바쁘게 움직였다. 그때 익숙한 글자가 그녀의 눈길을 붙잡았다.

국제이민 대행업체 JS컨설팅 구한나 팀장.

은지는 얼른 명함에 적힌 번호로 전화를 걸기 위해 휴대폰을 꺼냈다. 010까지 입력하고 그녀의 손가락이 멈췄다.

'안 돼. 우리가 찾고 있단 걸 알면 오히려 지욱 씨가 위험해질지도 몰라.'

은지는 바로 전화를 거는 대신, JS컨설팅이라는 회사를 검색했다. 그리고 그곳으로 전화를 시도했다.

〔미국 이민의 첫걸음 JS컨설팅입니다.〕

"구한나 팀장님 계시나요?"

은지가 떨리는 목소리로 말했다.

〔누구요?〕

"구. 한. 나. 팀장님이요."

〔아, 그분요? 퇴사한 지 꽤 됐는데.〕

은지가 허탈한 듯 귀에서 휴대폰을 뗐다. 그 순간 그녀의 폰이 다시금 진동하기 시작했다.

"여보세요?"

〔접니다. 별장 관리하는.〕

아저씨의 목소리였다.

"경찰에서 CCTV 확인 결과, 차량이 비양도라는 섬으로 갔다

네요."

"어디요?"

***

딴 딴따단 딴 딴따딴.

지욱은 흥얼거리는 소리에 깼다. 눈앞에는 믿을 수 없는 광경이
펼쳐졌다.

턱시도를 입은 마네킹이 왜?

그보다 더 소름 돋는 건 벽면 가득 수놓은 사진들이었다. 그의
일거수일투족을 따라다니며 찍은 파파라치 컷들.

하이라이트는 거대한 암막커튼이었다. 깔끔한 정장차림의 지욱
옆에 드레스를 입은 한나의 사진이 합성된 듯 나란히 있었다.

"일어났어요?"

순백의 웨딩드레스를 입은 한나가 이 괴이한 장면에 정점을 찍
었다.

지욱이 일어나려 움찔 거렸지만 소용없었다. 그의 팔과 다리는
의자에 꽁꽁 묶여 있는 상태였다.

"너 누구야!"

한나는 그의 외침에도 아랑곳하지 않았다. 그녀는 하얀 장갑을
낀 손으로 찻잔을 들어 한동안 향을 음미했다.

"재스민의 꽃말 기억해요? 당신은 나의… 것!"

한나는 연극배우처럼 독백을 한 뒤 미친 여자마냥 웃었다.

영화 미저리의 한 장면이 자연스럽게 떠올랐다.

남자 주인공 폴의 다리가 회복될 기미를 보이자 망치로 때려 다시 부러뜨리던 광기어린 애니의 모습이. 망치를 든 애니의 얼굴이 한나로 겹쳐졌다.

"대체 누구냐고!"

지욱은 안색이 잿빛으로 변한 채 숨을 몰아쉬며 소리쳤다.

"어떻게 나를 몰라 볼 수 있어요?"

한나가 무릎을 구부리며 말했다.

"난 아직도 그날이 선명한데…. 당신은 어떻게 하나도 기억 못 할 수 있죠?"

한나의 얼굴이 납덩이처럼 가라앉았다. 그녀의 투명한 눈망울 사이로 오래전 어느 날의 일이 되살아났다.

코엑스 컨벤션홀.

미국 투자이민 세미나 / 주최 JS컨설팅.

한나는 아버지 회사에 들어와 준비한 첫 행사 때문에 초긴장 상태였다.

실수 없이 세미나를 치르기 위해 만반의 준비를 했는데, 그를 만난 순간 모든 게 수포로 돌아갔다.

"여기에서 구진석 대표님이 강연하는 것 맞습니까?"

한나는 행사 큐시트를 체크하다 무심코 고개를 들었다.

그와 눈이 마주친 순간 심장이 미친 듯 요동치기 시작했다.

꿈에 그리던 이상형이었다. 만화책을 찢고 나온 듯한 남자의 모습에 한나는 숨이 막혔다.

다른 직원 하나가 지욱을 발견하고 그를 홀 안으로 안내했다.

한나는 뒤늦게 가슴을 쓸어내렸다. 누군가 나타나 그를 데려가지 않았다면, 그녀는 그 자리에서 까무러치고 말았을지 몰랐다. 한나는 몰래 행사장 안으로 따라 들어갔다. 수많은 사람들 틈에서도 한눈에 그를 찾을 수 있었다.

한나는 아버지와 남자가 따로 만나는 커피숍까지 몰래 따라갔다. 그리고 멀리서 그들의 이야기를 엿듣기 시작했다.

간절하게 사정하는 지욱과 매몰차게 거절하는 아버지.

한나는 지욱의 쓸쓸한 눈망울이 잊히지 않았다. 마음 한곳이 쓰렸다. 그날이 시작이었다. 한나는 지욱에 대한 모든 것을 수집하기 시작했다.

로얄카드의 후계자인 그에 대한 정보는 포털 사이트에서도 심심찮게 찾을 수 있었다.

알면 알수록 완벽한 남자였다. 한나는 처음 만난 그날부터 지욱과의 재회를 꿈 꿨다. 매일 밤 일기장에 지욱에게 보내는 러브레터를 썼다. 그런 노력이 통했는지 정말 꿈만 같은 일이 벌어졌다. 지욱이 다시 나타난 것이다.

하루, 이틀, 일주일, 한 달⋯. 지욱은 지치지 않고 회사를 찾아왔다.

한나는 응접실에서 기다리는 지욱에게 음료를 내다주었다. '고맙습니다' 때론 '괜찮습니다'가 두 사람 사이에 오가는 유일한 대화였다. 하지만 한나는 그 말만으로도 가슴이 터질 것 같았다. 그러던 어느 날이었다.

지욱이 처음으로 그녀에게 질문을 던졌다.

"이 향기는 어디서 나는 겁니까?"

예상 밖의 질문에 한나는 마른입을 다셨다. 그리고는 작은 화분 하나를 들어 그의 앞으로 내밀었다.

"오렌지 재스민 꽃에서 나는 향기에요."

한나는 지욱의 관심에 들떠서 묻지도 않은 이야기를 떠들기 시작했다.

"한 여자를 짝사랑하는 소심한 남자가 있었대요. 하지만 그 여자는 너무나 차가운 분위기라 남자가 다가가지 못했죠. 남자는 상사병을 앓다가, 거울에 비친 모습을 보고 '이러다간 그녀의 얼굴도 못 보고 죽겠구나' 생각했대요."

"…"

"그날 밤 마지막 힘을 내 재스민 꽃을 한가득 꺾어 여자의 집까지 찾아갔어요. 하지만 용기가 나지 않아 망설이다 결국 그 여자 집 앞에서 쓰러져 죽고 말았대요. 다음 날 여인은 진한 꽃향기에 눈을 떴고, 재스민이 만발한 풍경 앞에 잠든 듯 죽은 그를 발견했어요. 여자는 뒤늦게 깨달은 사랑에 미쳐 재스민 꽃을 머리에 꽂고 떠돌다가 죽었다고 해요. 이 전설 때문인지 연인에게 재스민 꽃을 선물 받아 머리에 꽂으면 변함없는 사랑을 하게 된대요."

그게 마지막이었다. 재스민 꽃 남녀의 비극적인 사랑처럼, 지욱을 향한 그녀의 사랑도 비극이 되고 말았다. 지욱이 발길을 뚝 끊은 탓이었다. 그 이후로 그는 한 번도 나타나지 않았다.

그를 더 이상 볼 수 없게 되자 그를 향한 한나의 사랑은 집착이 되어갔다.

그녀는 직접 파파라치가 되어 지욱을 따라다녔다. 그는 그렇게 그녀의 카메라 앵글에서만 살게 되었고, 그녀는 그가 자신에게서 벗어나지 못하도록 액자 속에 영원히 가두고 싶었다.

그녀의 기행을 지욱보다 먼저 눈치 챈 사람이 있었다. 바로 지욱의 아버지 도정남 회장이었다.

정남의 비서에게 붙잡힌 한나는 정남을 직접 대면하게 됐다. 정남은 지욱과 사뭇 다른 이미지의 사람이었다.

"국제이민 대행업체 JS컨설팅 구진석 대표의 장녀, 국내 명문 E여대 국제학부 차석 졸업, 현재 JS컨설팅에서 사원으로 근무 중."

비서가 그녀의 신상정보를 탈탈 털어냈다.

"멀쩡한 아가씨가 우리 지욱이 주변을 맴맴 돌며 사진을 찍어댔다고?"

"죄송합니다."

"우리 아들 녀석을 좋아합니까?"

"…네."

"나는 나쁘게 생각하지 않아요. 그렇게 누군가를 따라다닐 만큼 순수한 열정이 흔치 않은 세상이니까. 난 우리 아들을 열렬히 사랑해줄 며느릿감을 찾고 있거든."

정남의 말에 한나는 처음으로 자신의 사랑을 인정받은 기분이었다. 시아버지가 될 사람이 든든한 조력자이니, 이제 기다리기만 하면 될 줄 알았다. 그래서 오랫동안 참고 기다렸다. 그의 옆에 나란히 설 날을.

하지만 그녀의 꿈은 최근에 무참히 무너져 내렸다. 그의 옆에 있는 낯선 여자.

그녀는 사진을 보며 치를 떨었다. 재스민 꽃 전설 속 남자처럼 이대로 있다간 죽겠구나 싶었다. 사랑하는 마음을 전하려 재스민 꽃을 꺾었듯, 한나도 그에게 줄 꽃을 찾았다. 그를 단숨에 무너뜨릴 가장 잔인한 향기가 나는. 그건 바로 '엄마'라는 꽃이었다. 그녀의 순수했던 사랑과 열정은 비극적인 사랑, 집요한 집착으로 변질되어 갔다.

지욱은 기억을 더듬고 더듬어 오래전 어디선가 들었던 오렌지 재스민의 전설이 기억났다. 그리고 그 이야기를 들려주던 수줍음 많은 여자도 떠올랐다.

"당신…!"

"이제야 기억난 거예요? 그때 지욱 씨가 그랬죠? 비극적인 사랑 이야기라고. 난 비극적인 사랑이래도 좋아요. 지금처럼 당신을 사랑할 거니까."

한나는 촉촉이 젖은 눈으로 허공을 바라봤다.

***

"하필 근방에서 상선 사고가 나서, 해양경찰 경비함정도 모두

지원을 나간 상황이라고 하네요. 비양도로 가는 배도 진작 끊겼다
는데… 이걸 어쩜 좋죠?"

아저씨가 은지에게 달려오며 말했다.

"어떡하지, 어떡…!"

그 순간 은지의 머릿속에 먼지 묻은 기억 하나가 번뜩 떠올랐
다. 그 언젠가 지욱과 낯선 섬에 갇힐 뻔했을 때의 일이었다.

검푸른 바다 저 멀리에서 웅장한 뱃고동 소리와 함께 모습을 드
러내던 거대한 요트!

그 요트를 정박하는 곳이 제주도라고 했었다.

'맞아! 그때 분명 제주도랬어!'

은지가 무릎을 치며 생각했다. 그리고는 다급히 말했다.

"아저씨, 혹시 숀 코네리… 아니 지욱 씨 요트 선장님을 아세
요?"

***

정남은 회장실 벽면에 설치된 거대한 유리 어항을 뚫어져라 보
고 있었다. 아쿠아리움에서나 볼 법한 희귀한 물고기들이 생동감
넘치게 헤엄쳐댔다.

"회장님, 제주에서 연락이 왔습니다."

최 비서가 정남의 뒤통수에 대고 말했다.

"김 실장 보고에 따르면 구한나 양이… 지욱 도련님을 비양도
라는 섬마을에 감금했다고 합니다."

정남은 놀란 듯 고개를 뒤로 젖혔다. 그리고는 이내 손가락을 퉁기며 흡족한 미소를 흘렸다.

"좋아! 아주 계획대로 척척 진행되고 있군."

정남의 알쏭달쏭한 말에 최 비서는 고개를 갸웃거렸다.

"도련님이 위험할 수도…."

"어쩔 수 없지!"

"예?"

최 비서는 영문을 모르겠다는 듯 반문했다.

"진내폭격이란 말이 있지. 적군이 아군 깊숙이 침투한 위기의 상황에선, 아군의 피해를 감수하고라도 우리 편의 진지에 폭탄을 퍼붓는 거야. 구한나가 바로 그 폭탄인 셈이지. 지욱이 녀석에게 깊숙이 침투한 양은지를 제거할 폭탄."

정남이 의미심장한 눈빛으로 말했다.

최 비서는 그제야 고개를 끄덕이며 말을 이었다.

"양은지도 도련님을 찾고 있는 중이라 합니다. 도련님이 비양도로 간 것까지 알아낸 모양인데, 마침 그쪽으로 들어가는 배가 모두 끊긴 시간이라… 고전하고 있는 것 같습니다."

"가련하게 됐군! 지욱이 녀석 요트 정비시설이 그 부근 아닌가?"

"네, 맞습니다."

"요트라도 불러주지 그래. 어서 비련의 두 주인공들을 만나게 해주어야지."

"두 주인공이라면, 도련님과 양은지 말씀이신가요?"

"아니지! 주제파악 못하고 오르지 못할 나무를 넘보는 천둥벌

거슴이 같은 여자와 광기 충만한 스토커의 만남 말일세."

"아, 네. 이번엔 정말 빅 매치가 되겠군요."

"양은지도 이번엔 확실하게 느끼겠지. 우리 지욱이 녀석 옆에
계속 있다간 무슨 꼴을 당할지 모른다는 걸. 사랑에 눈 먼 스토커
의 광기…! 당해보고 나면 정신이 번쩍 들 걸세."

정남은 만족스러워하며 다시 어항에 시선을 고정했다.

한나는 의자에 묶인 지욱에게 다가섰다.

비스듬히 몸을 숙인 지욱은 지친 기색이 역력했다. 입을 테이프
로 막아 숨쉬기도 버거워졌다.

"얌전히 있으니까 얼마나 좋아요. 자, 이제 턱시도를 입어볼까
요?"

한나는 하얀 면장갑을 낀 손으로 지욱의 셔츠 단추를 풀기 시작
했다. 그의 탄력 있는 복근이 드러났다. 한나는 조각상 같은 지욱
의 몸매에 잠시 넋을 놓았다.

"그냥 턱시도 갈아입지 말까 봐요. 이렇게 멋진데."

혼자 말하고도 수줍은지 그녀는 얼굴을 붉혔다. 그때 익숙한 벨
소리가 들려왔다. 월광 소나타 3악장. 언젠가 지욱이 한 여자를 향
해 터질 듯한 마음을 담아 연주했던 곡.

오늘따라 월광 소나타가 이전과 달리 낯설게 느껴졌다. 마치 빗
나간 사랑, 광적인 사랑의 멜로디처럼 들린 것이다.

방금 전까지만 해도 콧노래를 부르던 한나가 돌연 표정을 바꾸

고 말했다.

"그때 내가 얼마나 슬펐는지 지욱 씬 모를걸요! 연주를 마치고 지욱 씨가 피아노 의자에서 일어났을 때, 그때 당신의 시선이 향한 곳에 내가 있어야 했는데…!"

한나의 앙 다문 입술이 파르르 떨렸다.

***

부우우웅.

저 먼 바다에서 배가 힘찬 고동소리를 내며 다가오고 있었다.

"어? 저 배가 지금 왜…?"

아저씨도 두 눈을 가늘게 뜨고 검푸른 바다 쪽을 바라봤다.

"어? 저건 그냥 배가 아닌데?"

"…지욱 씨 요트예요!"

은지가 넋이 나간 얼굴로 말했다.

정박을 마친 요트에서 중후한 백발의 신사가 두 사람이 있는 곳으로 걸어왔다.

"오랜만입니다, 은지 양?"

숀 코네리 선장이 반갑게 인사를 건넸다.

"어서 타시죠. 급히 비양도로 가셔야 한다고 들었습니다."

"근데 그걸 어떻게…?"

은지가 의아한 듯 물었다.

"차차 말씀 드리죠."

선장이 어서 요트로 올라타라는 손짓을 했다. 은지는 주저하지 않았다. 지금은 어디서 무슨 일을 겪고 있을지 모를 지욱을 한시라도 빨리 찾는 게 먼저였다.

은지는 다시 이 요트에 타게 될 거라고는 상상도 하지 못했다.

요트의 작은 갤러리에 들어서자 익숙한 목소리가 들리는 것 같은 착각이 들었다.

'바다 위에서 좋은 작품을 보면 또 다른 영감을 얻을 수 있습니다. 같은 것도 그게 있는 자리에 따라 다른 느낌을 주곤 하니까요.'

작품만 그런 게 아니었다. 사람도 마찬가지였다. 그 사람이 어디 있느냐에 따라 많은 게 달라졌다.

가장 멀리 있을 때 도지욱은 그저 냉정한 사람일 뿐이었다. 가장 가까운 곳에서 본 도지욱은 세상에서 가장 따뜻한 사람, 은지를 가장 그녀답게 만들어주는 유일한 사람이었다.

'지욱 씨, 어디에 있는 거예요….'

은지는 검푸른 바다를 한동안 가만히 바라보았다.

이제 다 끝이구나 생각했던 순간, 그녀를 와락 끌어안았던 누군가의 체온. 차가운 심해에서 재회한 한 남자. 도지욱. 바닷바람이 그녀의 뺨을 스치고 지나갔다.

'지욱 씨, 이젠 내가 당신을 구해줄 차례예요.'

은지는 두 눈을 지그시 감고 생각했다.

"내가 직접 주문한 우리 언약식 케이크예요."

우아한 웨딩 클레이 케익에 지욱과 한나의 얼굴을 본 따 만든 캐릭터가 있었다.

"이건 신부 한나, 이건 신랑 지욱 씨. 어때요?"

한나가 만족스러운 듯 케이크를 바라보다 그의 입을 막고 있던 테이프를 떼어냈다.

"우리 좋은 말만 해요. 좋은 날이잖아요."

"…넌 미쳤어."

한나는 어린아이를 다그치듯 소리쳤다.

"좋은 말만 하라니까…!"

"이제 그만해. 이런다고 네 뜻대로 이루어지는 건 없어."

"난 나보다 지욱 씨를 더 원해요. 당신의 하루 24시간, 1년 365일 모두를 알고 싶어요. 이게 나의 사랑이에요."

"넌… 미친 거야."

"그래, 맞아. 나 미쳤어요. 근데, 날 이렇게 만든 건 당신이야…!"

한나는 테이블로 걸어가 재스민 향기를 맡기 위해 허리를 숙이는가 싶더니, 돌연 크리스털로 된 꽃병을 바닥에 내동댕이쳤다.

쨍그랑 쾅.

한나는 조각난 유리를 보며 몸을 파르르 떨었다. 그리고는 울먹이는 목소리로 소리쳤다.

"내 마음을… 이렇게 산산조각 낸 게 바로 당신이라고!"

그녀는 날카로운 유리 파편을 집어 들고 지욱에게로 비틀비틀 걸어왔다.

"산산조각이 난 나를 고쳐줄 수 있는 사람은, 지욱 씨뿐이에
요…."

한나가 턱과 입술을 덜덜 떨며 말했다.

이내 신음을 흘리며 울부짖기 시작했다. 지욱은 놀란 듯 그녀에
게서 시선을 떼지 못했다. 한참 동안 계속되던 울음소리는 한순간
뚝 그쳤다.

그리고 눈 깜짝할 사이에 그러쥐고 있던 유리 파편으로 자신의
손목을 그어버렸다. 날카로운 모서리에 여린 살갗이 베여 붉은 피
가 났다.

"그만둬!"

지욱의 목소리가 유리 조각보다 날카롭게 울려 퍼졌다.

한나의 이마에서 구슬 같은 식은땀이 쏟아져 내렸다. 그녀는 언
제 무슨 일이 있었냐는 듯 금세 헤벌쭉해졌다. 그리고는 목소리를
낮춰 혼잣말처럼 소곤거리기 시작했다.

"지욱 씨, 지욱 씨가… 날 걱정해줬어…."

이보다 더 좋을 수는 없었다. 한나는 지욱에게 마저 다가가 그
의 머리를 와락 끌어안았다.

"거봐요, 지욱 씨도 날 사랑하잖아. 그러니까 방금 날 걱정한 거
고!"

"…."

지욱은 대꾸할 힘조차 남아 있지 않았다.

"어서요, 어서 말해줘요. 날 사랑한다고."

한나는 혼자만의 망상 속에서 끝없이 사랑을 갈구했다.

"난 널 사랑하지 않아!"

대답은 차갑고도 단호했다.

한나의 한쪽 입꼬리가 파르르 떨렸다.

"너란 사람… 내게 아무 의미도 없는 존재라고."

"거짓말!"

지욱의 말이 끝나기 무섭게 한나가 빽 소리쳤다.

"어떻게 내가! 내가 널 얼마나… 얼마나 사랑했는데!"

그녀가 몸을 떨자, 손에 있던 유리 조각이 함께 부르르 떨렸다. 흔들리던 시선이 지욱의 목울대에 가 닿자 경련이 굳은 듯 멈추었다.

그리고 순식간에 일이 벌어졌다. 그녀가 뒤집힌 눈으로 그의 창백한 목을 향해 유리 조각을 휘저은 것이다. 자신이 무엇을 하는지도 모른 채 그저 휘둘러대는 것 같았다.

지욱은 온몸의 피가 거꾸로 솟는 느낌이었다. 아찔하고 섬뜩했다. 그가 할 수 있는 거라곤 온 힘을 다해 몸을 비트는 것뿐이었다. 불행인지 다행인지 유리 조각은 빗겨나가 얼굴에 기다란 상처를 남겼다. 지욱의 한쪽 뺨에서 붉은 피가 뚝뚝 흘러내렸다.

한나는 거친 숨을 몰아쉬며 천천히 고개를 들었다. 그리고는 그의 얼굴을 봤다.

그녀는 화들짝 놀라며 뒷걸음질 쳤다.

한나는 입을 틀어막고 고통스러운 듯 숨을 몰아쉬었다.

"어떡해…! 우리 지욱 씨 조각 같은 얼굴이 망가졌잖아."

한나는 두 손을 펴 제 얼굴을 쥐어뜯듯 부여잡았다.

"내가 우리 지욱 씨 잘생긴 얼굴에 왜…."

"지금이라도 날 풀어주고, 여기서 먼저 나가. 그럼 오늘 일, 그리고 그동안 당신이 해온 스토킹… 모두 없던 걸로 할 테니."

지욱의 말에 한나의 안색이 잿빛으로 변했다.

"어떻게 나를… 어떻게… 나를 스토커 취급 할 수 있지!"

그녀는 저도 모르게 손에 있던 유리 조각을 와락 움켜쥐었다. 한나의 작은 주먹 안에서 붉은 피가 흘러 나왔다.

"한때 내가 간절히 바랐던 소원이 뭐였는지 알아?"

"…."

지욱은 도저히 못 참겠다는 듯 가만히 눈을 감았다.

"당신, 당신과 함께 죽는 것."

살기어린 여자의 목소리에 지욱의 목덜미에 소름이 돋았다. 한나는 그의 목덜미 쪽으로 날카로운 유리 조각을 쓰윽 들이밀었다.

그 순간이었다. 카랑카랑한 목소리가 한나의 말을 비웃듯 불쑥 끼어들었다.

"그렇게는 안 되겠는데!"

익숙한 솔톤 보이스였다.

지하로 이어진 계단을 내려오고 있는 여자가 보였다. 지욱도 그녀의 목소리에 반응했다.

"양은지!"

"그 남자 죽고 싶어도 마음대로 못 죽어. 내가 가만 두고 보지 않을 거거든!"

은지가 씩씩하게 말하고는 눈앞에 여자를 노려봤다.

***

비가 추적추적 내리던 어느 밤이었다.

까만 하늘에서 우르르 쾅쾅 천둥소리가 났다.

가로등 하나 없는 달동네는 비만 오면 을씨년스러웠다. 겁 없기로는 둘째가라면 서러운 은지였지만, 그날따라 등골이 으스스한 게 이상했다. 마치 누군가 자신을 쫓아오고 있는 듯한 느낌이 들어 자꾸 뒤를 보게 됐다.

영화에서는 꼭 그렇게 비 내리는 밤, 모자를 눌러쓴 연쇄살인범이 미니스커트를 입은 여자를 따라오곤 했다.

그러다 여자가 이상한 낌새를 알아차리기라도 하면 범인은 전광석화처럼 달려와 그녀의 입을 틀어막고는…!

은지는 무서운 상상을 하다 제자리에 멈춰 섰다. 다행히 그녀는 미니스커트와는 무관했다. 삼선 슬리퍼에 아디다스 짝퉁 추리닝. 연쇄살인마의 표적이 되기엔 너무 아재스러운 모습이었다. 헌데 그녀가 걸음을 멈추자, 아까 전부터 뒤에서 들려오던 묵직한 발소리도 따라 멈췄다.

'어?'

은지는 이상한 듯 고개를 갸웃거렸다. 확인해봐야겠다는 생각이 들었다. 그래서 은지는 갑자기 비를 뚫고 달리기 시작했다.

뒤에서 나던 묵직한 발소리도 그녀를 따라 뛰었다. 한 동네 20

년 넘게 살아온 은지는 모든 길을 통달한 상태였다.

골목을 돌아 좁은 틈으로 숨자 발소리가 눈치를 못 채고 지나쳐 갔다. 갑자기 목표를 잃은 발소리도 멈춰 섰다. 은지가 틈에서 나와 모습을 드러냈다.

놀랍게도 은지만큼이나 왜소하고 아담한 체구의 여자가 숨을 헐떡이고 있었다.

"저기요, 저 아세요?"

은지가 다짜고짜 물었다.

"…아니요."

"근데 왜 아까부터 저를 계속 쫓아오신 거예요? 제가 뛰니까 뒤에서 같이 뛰어온 거 모를 줄 알아요?"

은지의 추궁에 여자는 대답 대신 연신 고개를 가로저었다.

"죄송합니다. 전 그냥, 아는 사람인 줄 알았어요. 좀 놀라게 해주려던 게…. 죄송하게 됐어요."

"이 동네… 비 오는 날에 진짜 음산하고 무서워요. 그러니까 다음부터는 그런 장난치지 마세요. 그리고 그쪽도 되도록이면 밤늦게 돌아다니지 말구요."

여자는 꾸벅 인사를 하고는 내리막길로 사라졌다.

은지는 이상하기는 했지만 대수롭게 여기지는 않았다. 이렇게 비 오는 밤, 아는 사람을 놀래주려고 살금살금 따라올 수도 있을까?

"그때 비 오던 날 밤… 맞지?"

은지는 피로 물든 한나와 의자에 결박된 지욱의 모습 그리고 그의 얼굴에 난 상처를 순식간에 훑었다. 그제야 모든 걸 알 것 같았다. 그녀가 그날 밤 왜 자신을 쫓아왔는지.

"이렇게 무서운 분인 줄 그땐 미처 몰랐네."

은지가 또박또박 정확한 발음과 낭랑한 목소리로 말했다.

이럴 줄 알았으면 알로하셔츠 아저씨랑 함께 움직였어야 했는데, 후회가 밀려왔다. 지욱이 어떤 위험에 처한지 모르는데 급한 마음에 흩어져 찾기로 한 것이다.

그렇다면 일단 시간이라도 끌어야 했다. 지욱은 묶여 있고, 미친 여자는 흉기를 들고 있으니 아저씨가 이쪽으로 와주는 걸 기대해주는 수밖에 없었다.

시간을 끌기 위해 말을 시키려는데 이미 늦어버렸다. 한나가 두 주먹을 불끈 쥐더니 느닷없이 휘파람을 부는 것이다.

휘이잇, 휫!

휘파람 소리에 반응하듯 사람 몸집만큼이나 큰 도베르만이 나타났다.

개는 어슬렁거리며 나타났지만, 그녀에게 훈련된 개라면 들고 있는 칼보다 훨씬 위험한 흉기일 것이다.

은지를 향해 컹컹 짖어대는데 그 소리가 천둥소리처럼 들렸다.

은지와 눈을 마주친 도베르만이 다시 한 번 들리는 휘파람 소리에 곧장 은지의 다리로 돌진했다.

은지는 눈앞이 아찔해졌다. 좁은 지하실이라 피할 곳도 마땅치 않았다.

"안 돼!"

도베르만은 금세 은지의 바지 자락을 향해 크게 입을 벌렸다.

'말로만 듣던 개죽음이 바로 이런 거구나!'

은지가 비극을 인정하려는 순간!

삐삐.

지하실로 이어진 계단 위에서 누군가 개 호각을 부는 게 보였다. 놀랍게도 도베르만이 호각 소리에 반응을 했다. 갑자기 은지 앞에 무릎을 꿇고 주저앉은 것이다.

개를 멈추게 하고 지하실로 들어선 사람은 뜻밖의 인물이었다.

"대니얼…!"

건우가 저만치 떨어진 곳에서 천천히 고개를 들었다.

"도건우…!"

지욱도 놀란 듯 동생을 불렀다.

한나는 잠시 알 수 없는 표정을 짓더니, 이내 그에게 다가가 한 손을 뻗었다.

"먼 길 오느라 고생 많았어요."

건우가 고개를 돌려 의자에 묶인 지욱과 구석에 몰려 있는 은지를 봤다. 그의 눈빛이 의미심장하게 떨리고 있었다.

***

'분명 말했을 텐데… 비겁한 짓은 이제 그만하라고.'

형의 비난보다 그의 마음을 더 공허하게 한 건 은지였다.

지욱이 나타나자 활짝 피던 얼굴, 미소 짓던 그녀의 행복한 얼굴이 그를 아프게 만들었다. 그녀를 웃게 만드는 사람, 왜 자신은 그런 존재가 될 수 없는지 괴로웠다. 그리고 찾아온 낯선 연락.

"갑작스런 연락이라 당황하셨을 텐데 그래도 이렇게 나와주셔서 감사해요."

자신을 '구한나'라고 소개한 여자는 만나자마자 두 사람의 이름을 꺼냈다.

도지욱과 양은지.

처음 보는 여자에게서 두 사람의 이름을 들으니 왠지 불길한 느낌이 들었다.

그가 고개를 살짝 기울이자 여자는 대뜸 건우의 두 손을 부여잡았다. 그리고는 반짝이는 눈빛으로 말했다.

"괜찮아요. 이제 곧 모두 제자리를 찾게 될 테니…. 물론 건우 씨가 협조해준다면 말이죠."

여자는 서슴없이 자신의 계획을 늘어놓았다. 건우는 믿기 힘든 말에 연신 목을 축였다.

"건우 씨는 그 여자가 필요하고, 난 지욱 씨가 필요해요. 그러니까 우리가 제자리를 찾아주자는 거예요."

그녀는 아무 일도 아니라는 듯 대수롭지 않게 말했지만, 그녀의 계획은 엄연한 범죄였다.

건우는 대답 대신 확인할 게 있다는 듯 물었다.

"형은 그쪽 존재를 알고 있습니까?"

그녀의 눈동자가 초점 없이 흔들렸다.

"그게 지금 중요한가요?"

여자는 태연한 척 되물었다.

건우는 그녀를 만난 후 깊은 고뇌에 빠졌다.

생각은 하면 할수록 생각이 또 다른 생각을 낳았다. 그러는 사이, 시간이 흘렀다. 금세 그녀가 말한 계획일이 다가온 것이다. 그는 마음이 급해졌다.

건우는 뒤늦게 제주공항에 도착했다. 비양도로 가는 배가 모두 끊긴 늦은 시간이었다. 하지만 지체하고 있을 수만도 없는 노릇이었다. 그녀가 얼마만큼 일을 진척시켰을지 몰랐다. 그 순간 형의 요트가 생각났다. 제주에 요트 정박시설이 있다는 것도.

건우는 얼른 요트 정박장으로 찾아갔다. 그리고 급히 요트를 운행시켜 비양도로 향했다.

"난 또 연락이 없길래…. 뭐, 늦게라도 와줘서 고마워요. 혼자 둘을 상대하느라 애를 좀 먹었거든."

한나가 흡족한 듯 건우의 얼굴을 응시했다.

"…."

"자, 이제 저 여자를 좀 데리고 나가줄래요? 보다시피 난 지욱 씨랑, 하던 걸 마저 해야 해서."

건우의 눈에 뒤늦게 한나의 옷차림이 들어왔다. 웨딩드레스를 입은 그녀와 그 뒤에 턱시도를 입은 지욱의 모습.

건우는 천천히 형이 있는 쪽으로 걸어갔다. 의자에 감아놓은 밧줄을 풀기 위해 긴 팔을 뻗었다.

"뭐하는 거야, 지금!"

한나가 이상한 낌새를 느끼고 빽 소리쳤다.

"아무리 그래도 그렇지…. 꼴이 이게 뭡니까? 명색이 신랑인데."

"됐으니까, 그냥 둬!"

한나가 달려들어 건우의 손을 잡아당겼다. 건우가 한나의 손을 세차게 뿌리쳤다.

한나는 그제야 일이 잘못되고 있다는 것을 깨달았다.

"다, 당신… 나랑 같은 마음 아니었어?"

"같은 마음? 내가 당신처럼 소름끼치는 스토커인 줄 알아!"

건우가 그녀를 매섭게 노려보며 말했다.

"어, 어떻게 네가!"

"당신은 형을 진짜 사랑하는 게 아냐. 자기 안에 가둬두려는 것, 소유하려는 것. 그건 사랑이라는 이름으로 포장한 집착일 뿐이라고!"

"아니야! 아니라고!"

건우는 지하실 벽면을 가득 메운 파파라치 사진과 현수막을 쓱 둘러봤다.

"난 당신처럼 되고 싶지 않아, 절대."

건우는 지욱을 결박하고 있던 밧줄을 바닥에 던지며 말했다.

건우가 지욱의 옆을 스치듯 지나가며 나지막이 말했다.

"형, 나 형이 생각한 것만큼 그렇게 비겁한 놈 아냐."

그 순간이었다.

한나가 테이블 위에 놓인 과도를 집어 들었다. 순식간에 은지에게 달려들어 목에 칼을 겨눴다.

"아악!"

은지의 비명이 지하실 안을 울렸다.

건우와 지욱이 다가들려 하자 은지의 목에 겨눈 과도를 더 바짝 들이밀며 소리쳤다.

"다가오지 마! 다가오면 애는 죽어."

광기가 극에 달한 한나는 정말 무슨 짓을 저지를지 몰랐다. 은지의 얼굴은 점점 더 새하얗게 질려갔다.

갸르릉.

한나의 발아래에서 맴돌던 도베르만이 갑자기 그녀의 드레스 자락을 물었다.

"왜…! 너까지 날 배신하려고?"

한나가 저리가라는 듯 도베르만에게 손을 내저었다. 개는 오히려 드레스를 더 세게 물고 잡아당겼다. 그 바람에 한나가 휘청거리는 순간이었다. 은지의 목을 겨누고 있던 과도가 그만 그녀의 뺨을 베고 지나갔다.

"아!"

은지의 입에서 짧은 신음이 터져 나왔다. 그와 함께 새빨간 피가 기다랗게 새어 나왔다.

휘청거리던 한나가 넘어지자 도베르만이 이번에는 지상으로 올라가는 계단으로 달려가 짖어댔다.

웅성거리는 소리가 들리는가 싶더니 지하실로 연결된 문이 활짝 열렸다.

눈부신 햇살이 지하실로 쏟아져 들어왔다.

6
그대 목소리에 내 마음 열린다

"아, 아아! 으으응! 살살⋯. 아파요."

요트 객실 문틈으로 여자의 달뜬 신음이 새어 나왔다.

"으으응⋯."

곧이어 남자도 애써 참던 소리를 나지막이 내뱉었다.

"그만⋯. 아핫, 아파."

"조금만 참아. 이제 다 됐으니까."

지욱은 팔을 뻗어 은지의 작은 손을 꼭 쥐었다.

"아앗!"

은지가 엄살을 부리는 아이처럼 소리쳤다.

"자, 이제 다 됐습니다."

두 남녀의 야릇한 대화 사이로 중후한 목소리가 끼어들었다. 숀 코네리 선장이었다.

그는 소독약이 묻은 거즈를 쓰레기통 안으로 집어 던졌다. 은지와 지욱은 간이침대에 나란히 누워 상처 소독을 받고 있었다.

"그럼 쉬십시오, 도련님."

"건우는요? 안 보이던데."

지욱이 조심스레 물었다.

"아, 건우 도련님은 해경 쪽 배를 타고 가셨습니다."

지욱이 고개를 끄덕이자, 선장은 조용히 객실을 나갔다.

은지와 지욱의 볼에 하얀 반창고가 사랑의 정표처럼 붙어 있었다.

"설마 흉 지진 않겠죠?"

은지가 반창고를 만지작거리며 걱정스레 말했다.

"걱정 마. 흉터까지 예뻐해줄 테니까."

"아니, 나 말고 지욱 씨요! 이 조각상 같은 얼굴에 흉터가 웬 말이에요. 나야 뭐 원래 이생망이니까 그렇다 쳐도."

"이생망?"

지욱은 처음 듣는 낯선 단어에 고개를 갸웃했다.

"이생망 몰라요? 하긴 지욱 씨랑 거리가 먼 말이긴 하지."

은지가 시무룩한 얼굴로 한숨을 푹 내쉬었다.

"뭔데, 그게?"

"이생망으로 말할 것 같으면… '이번 생은 망했다'의 줄임말이에요. 솔직히 내 얼굴, 이생망이잖아요. 쳇! 다음 생엔 꼭 여자 도지욱으로 태어나야지!"

은지가 두 주먹을 불끈 쥐고 말했다. 지욱은 그 모습에 파안대소했다. 얼마나 크게 웃었는지 상처 부위가 쓰려왔다.

"양은지, 너 예뻐."

지욱이 그답지 않게 다정한 투로 말했다. 은지는 놀란 듯 두 눈이 휘둥그레졌다.

"누가… 내가요?"

그녀는 아닌 척 손사래 쳤지만, 고조된 목소리는 기쁜 속마음을 감출 수 없었다. 지욱은 대답 대신 고개를 천천히 끄덕였다.

"정말이에요? 내가… 진짜 예뻐요?"

"그래."

은지는 감질나서 못 참겠다는 듯 계속 캐물었다.

"대체 어디가요? 좀 자세히 좀 말해봐요. 아니, 처음 듣는 얘기라…"

"…"

지욱이 아무 말도 하지 않자, 은지는 검지를 들어 눈을 가리켰다. 그리고 눈빛으로 '여기?'라는 신호를 보냈다. 지욱은 얼른 고개를 가로 저었다.

그녀는 포기하지 않고, 이번에는 코를 가리켰다. 하지만 이번에도 역시나 아니라는 표정이었다.

은지는 마지막으로 입술을 가리켰다. 지욱은 잠시 고민하는 듯싶더니, 이내 아니라고 고개를 가로저었다.

"아! 그럼 어디가 예쁜데요? 얼굴에서 눈, 코, 입 빼면 어디가 남는다고."

은지가 심통 난 듯 소리쳤다.

"…얼굴 예쁘다고 한 적 없는데."

"내가 이럴 줄 알았어. 그럼 그렇지. 나도 안다고 했잖아요. 이생망…."

지욱이 투덜대는 은지의 말을 뚝 끊으며 말했다.

"목소리!"

"에?"

"목소리가 예뻐."

순식간에 은지의 입술 양쪽 아귀가 밑으로 축 처졌다.

"예예, 목소리는 미스코리아 뺨친다는 말 많이 들었습죠. 고막여친 하고 싶다는 말도 많이 들었고…. 허허허."

은지는 그의 대답이 마뜩찮은 듯 영혼 없이 고개를 끄덕였다.

"그대 목소리에 내 마음 열린다, 라는 제목의 아리아가 있어. 널 보면 그 아리아가 자꾸 생각 나."

은지는 뭔지 잘 모르겠지만 왠지 낭만적인 이야기일 것 같았다.

"그대 목소리에 내 마음 열린다… 마치 꽃들이 동 트는 새벽의 입맞춤에 피어나듯이!"

지욱은 아리아의 한 소절을 나긋한 목소리로 낭독했다. 은지는 금세 마음이 녹아드는 기분이었다. 지욱은 쐐기를 박듯 마지막 한 마디를 던졌다.

"인형처럼 예쁜 여자들은 많지. 하지만 그런 여자들에게 난 한 번도 마음을 연 적이 없어. 내 마음이 열리지 않았단 표현이 더 맞겠군. 무슨 뜻인지 알아? 그만큼 양은지 네가 특별하단 얘기야. 내 마음 그대 목소리에 열린다."

은지는 롤러코스터를 탄 듯 기분이 이상했다. 은지의 눈망울이 내면의 빛을 발산하듯 눈부신 광채를 내뿜었다.

"사람 제대로 봤어요!"

자신감이 샘솟은 은지가 입을 열었다.

"원래 사람 신체에서 성대가 가장 늦게 늙는다잖아요. 그러니까 목소리가 제일 오래 가는 거고. 언젠가 늙으면 주름 자글자글해질 얼굴을 따지는 것보다 목소리를 보는 게 더 현명하다는 소리예요."

지욱은 그녀의 말에 일리가 있다는 듯 히죽 웃으며 고개를 끄덕였다. 은지는 기운이 났는지 간이침대에 벌떡 일어나 기지개를 켰다.

"아아아."

그리고는 뻐근한지 목을 한 바퀴 가볍게 돌렸다.

우두둑.

그 순간, 뼈마디가 부러지는 듯 둔탁한 소음이 났다.

은지는 민망해서 딴청을 피웠다. 지욱은 무언가 생각난 듯 그녀의 손을 잡아당겼다.

***

정남이 손에 들고 있던 위스키 잔을 테이블에 쾅 내리쳤었다.

"확실히 입단속은 시켰겠지?"

정남이 잔뜩 성난 목소리로 말했다.

"네, 회장님. 한나 양 변호인 측에 신신당부해뒀습니다. 절대 어떤 진술에서도 회장님 언급이 있어선 안 된다고요."

"일만 커졌지, 아무것도 된 게 없잖아!"

정남의 얼굴에 핏기가 올랐다.

"지욱이 녀석은?"

"얼굴을 조금 다친 것 이외에 이상은 없다고 합니다. 지금 양은 지와 함께 육지로…."

"못난 놈! 그건 그렇고, 건우 녀석도 거기에 있었다니?"

"저도 그게 의문입니다. 건우 도련님이 왜 그곳에 있었는지…."

주방 쪽에서 대화를 엿듣던 라혜가 헛기침으로 인기척을 알렸다.

"최 비서님, 시간도 많이 늦었는데, 그만 들어가 보셔야죠."

라혜가 서글서글한 눈빛으로 최 비서를 보며 말했다.

정남도 그러라는 듯 뒤늦게 고개를 끄덕였다.

최 비서가 나가는 모습을 확인한 라혜는 조심스레 입을 열었다.

"한양신문 막내딸이자, 경제부 기자 강세린 양. 이제 한 명 남았군요?"

정남은 놀란 듯 고개를 뒤로 젖혔다.

"당신이 그걸 어떻게…!"

"내 배 아파 낳은 자식은 아니지만, 지욱이도 제 자식이에요. 내 자식 혼사 문제인데 언제까지 저만 모르고 있어야 하나요?"

"알고 있었으면서, 왜 이제껏 한 번 내색도 하지 않았지?"

정남이 의아하다는 듯 물었다.

"당신이 어련히 좋은 짝을 찾을까, 그저 믿고 지켜본 거죠. 헌데 엉뚱한 아이가 굴러왔다면서요?"

"…그래, 아주 끈질기고 독한 여자야."

"건우가 왜 제주에 있었는지 궁금하시죠?"

"당신, 녀석한테 들은 거라도 있어?"

"아뇨. 그래도 왜 건우가 거기 간 건지는 알 것 같아요."

"왜? 뭐 땜에!"

"그 여자, 양은지."

"뭐?"

정남이 눈썹을 한껏 추켜세웠다.

"저도 처음엔 받아들이기 힘들었어요. 여자 하나에 두 녀석이 미쳐 있다니…!"

지욱과 양은지, 그 사이에 건우까지 얽혀 있다는 말에 정남은 놀랐다. 그러나 놀라기는 잠깐이고, 그럴 수도 있다는 듯 고개까지 끄덕거렸다.

"나도 몇 번 만났는데… 당차고, 독한 게 보통내기는 아니었지."

"그래서 말인데요, 이번 일은 저한테 맡겨주시겠어요? 그 여자, 양은지를… 두 녀석에게서 떨어뜨릴 방법이 있어요. 원래 여자 마음은 여자가 더 잘 아는 법이니까."

정남은 라혜의 말에 솔깃한 표정을 지었다.

***

지욱이 문을 열자 하얀 수증기를 내뿜는 방이 모습을 드러냈다. 고대 로마식 온탕 칼다리움을 본 따 만든 스파! 두 사람이 낯 뜨거운 추억을 만든 바로 그곳이었다.

전문 테라피스트가 다가왔다.

"바로 준비해드릴까요, 도련님?"

지욱은 고개를 끄덕였다.

두 사람은 테라피스트의 안내에 따라 커플 욕조로 갔다.

프라이빗한 커튼과 은은한 조도의 조명이 편안한 분위기를 자아냈다. 은지는 지욱을 따라 조심히 욕조 안으로 들어갔다. 그 안에서 나는 은은한 시트러스 향이 기분까지 상쾌하게 만들었다. 물에 몸을 담그자 그동안의 피로가 모두 녹아내리는 것 같았다.

테라피스트가 다가와 나지막이 물었다.

"음료나 와인 준비해드릴까요?"

지욱이 잠시 생각하느라 뜸을 들이자, 은지가 먼저 입을 열었다.

"샤또 라피트 로쉴드로 한 잔 부탁할게요."

은지가 어려운 발음을 또박또박 내뱉자, 지욱은 제법이라는 듯 그녀를 빤히 바라봤다.

"같은 걸로요."

은지는 루비색 와인이 담긴 잔을 들고 익숙한 듯 향을 은미했다. 그리고 말했다.

"샤또 라피트 로쉴드. 라피트는 프랑스 보르도 지역 최고 와인 산지인 뽀이약 마을의 1등급 와인이에요. 한번 드셔보세요."

그 언젠가 지욱이 했던 말이었다. 그에 화답하듯 지욱이 말했다.

"마치 향수병을 통째로 삼킨 것 같다고 해야 할까?"

두 사람은 누가 먼저랄 것 없이 피식 웃음을 터뜨렸다.

"몰랐어요. 아니 상상도 못 했어요."

은지가 허공을 보며 감상에 젖은 얼굴로 말했다.

"뭘?"

"이렇게 우리가, 함께하게 될 줄은."

그녀의 말에 지욱이 피식 웃었다. 그리고는 시치미 떼듯 말했다.

"왜? 난 알고 있었는데?"

처음엔 놀란 듯 커졌던 은지의 눈망울이 이내 기대로 바뀌었다.

'지금 첫눈에 반했다 뭐 이런 고백이라도 하려는 거야, 뭐야?'

지욱은 그녀의 착각에 찬물을 끼얹었다.

"기억 안 나? 당신이 나한테 저지른 만행…. 내가 그 계란 비린
내 씻어내느라 고생한 걸 생각하면…."

은지는 황당했다.

'분위기 깨는 소리하는 데 뭐 있다니까!'

"그땐 뭐 괜찮다면서요. 신경 안 써도 된다고 가보라고. 누가 그
랬는데요!"

"로비에 기자들이 얼마나 많았는지 알아? 하필 아버지 갑질 논
란이 터진 시점이라."

"내가 이럴 줄 알았어. 그러니까 세탁비를 어떻게든 주고 끝냈
어야 하는데…. 이렇게 꼭 뒤에 가서 말이 나온다니까."

은지가 푸념하듯 말하자 지욱이 갑자기 목소리를 내리깔고 말
했다.

"그럼, 이번엔 내가 던질 차례인가?"

말이 끝나기 무섭게 지욱은 은지의 코앞까지 바짝 다가왔다. 그리고 단숨에 그녀의 입술 위로 자신의 입술을 내던졌다. 순식간에 두 사람의 뜨거운 숨결이 포개어졌다.

거친 키스에 몸이 무게중심을 잃고 한쪽으로 기울자 은지는 다급히 팔을 뻗었다. 그 순간 욕조 컨트롤 스위치 옆에 있던 또 다른 버튼이 미끄러지듯 눌렸다.

정면에 있던 빔 프로젝터에서 불빛이 나오더니 커다란 스크린이 내려왔다. 그리고 얼마 후 스피커에서 소리가 들려왔다.

두 사람은 그쪽으로 시선을 돌렸다.

낯익은 광고 화면이 보였다.

'SBN의 새로운 목소리를 찾습니다. 만 19세 이상 성인 남녀라면 누구나 지원 가능하고, 1차 서류 및 목소리 샘플 연기 파일 평가, 2, 3차 실기 테스트와 최종 면접을 거쳐 선발될 SBN 성우 공개 채용! 새로운 희망의 목소리를 들려주세요. 여러분의 많은 참여와 관심 바랍니다.'

은지의 가슴 깊은 곳에서 뭔가가 퍼덕거렸다. 은지는 이내 공허한 눈빛으로 혼잣말을 중얼거렸다.

"벌써 공채 시즌이구나."

"기다렸던 거 아닌가?"

"기다리긴요. 아카데미만 등록했다 뿐이지… 정신없어서 몇 번 가지도 못했잖아요. 내 주제에 성우는 무슨 성우야."

"당신만큼 훌륭한 성우가 또 어디 있다고!"

"에이, 전 그런 거 사양합니다! 밑도 끝도 없는 칭찬과 격려! 그게 누군가에게는 힘이 될지 모르지만, 또 괜한 희망고문이 될 수도 있거든요."

"내가 밑도 끝도 없이 칭찬하고 아부하는 사람으로 보이나?"

지욱이 웃음기를 싹 거둔 채 말했다.

"그럼 무슨 근거로요? 내가 훌륭한 성우라고 말한 까닭이 뭔데요?"

그녀의 말에 지욱은 잠시 생각을 정리하고는 입을 뗐다.

"내가 그 분야 전공은 아니지만, 성우란 다양한 목소리 연기로 사람들을 즐겁게 하는 직업이란 것 정도는 알아. 내가 알기론 당신도 매일 그 일을 하고 있고."

"내가요?"

은지는 금시초문이라는 듯 미간을 좁혔다.

"매일 연기하고 있잖아. 감정을 숨긴 채."

"설마 감정노동 말하는 거예요? 난 또 뭐라고!"

은지가 어처구니없다는 듯 말했다.

"어떤 극한 상황에서도 밝고 상냥하게 목소리 연기를 하잖아. 그보다 더 하드한 트레이닝이 있을까? 그리고 그로써 사람들에게 기쁨을 주는 것도 비슷하지. 혼자 처리하지 못했던 것을 당신 목소리를 통해 해결한 고객들의 반응을 떠올려 봐. 당신은 그 밝은 목소리로 누군가에게 기쁨을 주고 있는 거야."

은지는 저도 모르게 지욱의 말에 고개를 끄덕였다. 그러고 보니 그랬다. 왜 이제껏 두 일이 다르다고만 생각했을까?

"하지만, 정말 치열하게 준비한 지망생들이 많아서…."

은지가 방어 스크립트라도 외듯 말했다.

"누가 그래? 당신 치열하지 않다고? 자꾸 현실을 핑계 삼아 꿈을 회피하지 마. 그냥 한 번 직면해봐. 어떤 결과가 오든 웅크리고만 있는 것보다 나을 테니."

지욱의 말에 은지는 생각이 많아졌다. 축 처진 눈시울이 그녀의 복잡한 심경을 대신 말해줬다. 지욱은 긴 손가락으로 은지의 헝클어진 머리를 쓸어 넘겨주었다. 그리고는 갑자기 목을 가다듬어 평소와 다른 톤으로 말했다.

"접수번호 77번 양은지 양? 이력이 독특하군요, 콜센터에서 상담원으로 일했다고요? 그 이야기를 좀 들려주시겠습니까?"

"…."

지욱의 갑작스런 질문에 은지는 대답 대신 그의 눈만 빤히 바라봤다.

지욱은 무슨 대답이라도 괜찮다는 듯 두 눈을 지그시 감았다 떴다. 은지는 한참 망설이다 겨우 입을 열었다.

"미국의 성우 제임스 앨버거가 성공적인 성우 연기를 위해 필요한 자세에 대해 이야기한 걸 읽은 적이 있습니다."

그녀의 입에서 뜻밖의 이야기가 흘러나오자, 지욱은 호기심 가득한 눈으로 그녀의 입술만 응시했다.

"첫째, 원고 속의 인물이 되어 그 상황 속에 있어라. 둘째, 원고를 읽지 말고 듣고서 대답하듯 연기해라. 셋째, 청취자가 누구인지 알아봐라. 넷째, 매 순간 처음처럼 연기하라."

"…."

"처음에는 성우 연기에만 해당되는 줄 알았어요. 그런데 아니더라고요. 콜센터 상담원에게도 통하는 말이었어요. 원고 속의 인물이 되어 그 상황 속에서 연기해야 하는 것처럼, 상담원은 고객의 입장에서, 그 사람의 상황 속에서 답변해야 하고요. 고객이 누구인지 알아야 더 깊이 있는 상담을 할 수 있는 것도 마찬가지였어요. 또 어떤 고객을 상담하듯, 어떤 원고가 주어지든 매 순간 처음처럼 응대해야 하는 것도, 같은 맥락이에요. 성우와 상담원은 겉보기에 다르지만, 큰 줄기는 같다고 생각해요. 목소리로 사람들에게 즐거움을 주니까요."

말을 마친 은지는 가슴이 부풀어 오르는 느낌을 주체할 수 없었다.

일상으로 돌아온 은지는 헤드셋을 쓰고 콜을 받기 위해 대기 중이었다. 무심결에 탁상달력에 시선이 닿았다.

25일.

SBN 성우 공채 접수 마감일이었다. 그녀는 아직까지도 결정을 내리지 못하고 고민 중이었다. 그때 은지의 화면으로 콜이 넘어왔다.

그녀는 굼뜬 손놀림으로 통화를 연결했다.

"안녕하십니까. 고객님, 로얄카드 상담원 양. 은. 지입니다. 무엇을 도와드릴까요?"

〔신용카드 발급 때문에 그러는데요. 사실 타 카드사에서 모두 발급 거절 통보를 받았거든요. 그럼 로얄카드도 확인하나 마나일

까요?)

고객이 자신 없는 듯 말했다.

"네, 그러셨군요. 고객님, 사실 카드사마다 신용카드 발급 기준
이 상이합니다. 그래서 고객님께 발급 가능한 상품이 있는지 직
접 확인해보시는 게 좋습니다. 그런 의미에서 오늘 전화는 잘 주
셨네요."

그녀는 친절 상담원답게 상냥하게 대답했다. 그리고는 몇 가지
개인정보를 확인 후 고객에게 맞는 상품이 있는지를 검색했다.

"아, 고객님은 현재 무직 상태이셔서, 직장인 가입 상품은 어렵
지만… 다행히도 로얄은행이 주거래은행이어서 거래내역이 잡히
네요. 몇 가지 상품을 안내해드릴 수 있을 것 같습니다."

은지의 말에 고객은 안도의 한숨을 내 쉬었다. 그리고는 조금
들뜬 목소리로 말했다.

(맞아요! 내 주거래은행이 로얄은행이에요. 휴… 신용카드 발급
이 왜 이렇게 까다로워졌는지. 그냥 포기하려다, 밑져야 본전이니
까 걸었는데… 감사합니다.)

"아닙니다. 저희가 더 감사하죠."

발급 승인을 받은 고객의 기쁨이 수화기 너머까지 전해졌다.

은지는 불현듯 그런 생각이 들었다. 어쩌면 세상사 모든 일이 신
용카드 한 장을 발급받는 것과 비슷하다고. 카드를 발급받는 일련
의 과정 속에서 누구라도 각종 평가를 피해갈 수 없었다. 그 과정
에서 사람들은 가슴을 졸이며, 때론 실망과 기쁨을 맛봐야 했다.

은지는 어쩌면 자신도 꿈으로부터 발급 거부를 당할까 봐 두려

웠던 건 아닐까 생각했다. 하지만 그 과정을 거치지 않으면, 발급의 기쁨은 영원히 누릴 수 없었다. 상담을 마친 은지는 벌떡 자리에서 일어나 콜센터를 나왔다.

접수 마감까지 두 시간도 채 남지 않은 시간이었다. 방문 접수만 가능했기에 마음이 더 급했다.

은지는 목소리 연기 샘플 녹음을 위해 빈 회의실을 찾아 복도를 내달렸다.

정신없이 달리던 그녀 앞으로 갑자기 누군가 획 튀어나왔다.

서로를 미처 확인하지 못한 두 사람은 여지없이 부딪히고 말았다. 은지는 저만치 튕겨나가 엉덩방아를 찧었다. 상대도 마찬가지였다.

"죄송합니다."

은지는 가쁜 숨을 몰아쉬며 미안하다는 말부터 했다. 그리고 부딪힌 상대를 확인하고는 넘어갈 듯 놀랐다.

"아빠?"

은지는 도저히 믿을 수 없었다.

"으, 은지야!"

철수도 말을 더듬었다. 그 누구도 예상치 못한 부녀 상봉이었다.

"아빠가 어떻게 여기에…"

몇 달 전 낯선 지역번호로 걸려온 전화가 아빠의 마지막 연락이었다.

빚쟁이들을 피해 지방을 전전하던 사람이 서울, 그것도 딸이 다니는 회사에 갑자기 나타나다니!

"아빠 돌아왔어. 빚도 청산했겠다, 이제 지방에 있을 이유가 없으니까."

은지는 그제야 잊고 있던 사실이 떠올랐다. 도정남 카드! 그리고 지욱의 도움.

만약 지욱이 해결해주지 않았다면, 아직도 정남의 횡포에 시달리고 있었을지 몰랐다.

"그렇다고 여길 오면…!"

"아냐, 너보러 온 거. 나 지금 일하는 중이었지."

철수가 겸연쩍은 듯 웃음을 흘렸다.

"일?"

은지는 그제야 철수가 입고 있는 상의에 적힌 글씨를 발견했다.

"퀵 서비스?"

철수는 옆구리에 끼고 있던 도톰한 서류봉투를 흔들어 보였다.

부녀는 못다 한 이야기를 나누기 위해 커피숍으로 자리를 옮겼다.

철수는 뜨거운 유자차를 입에 한 모금 머금었다. 은지는 그런 아빠를 말없이 바라봤다.

"올라왔으면서 왜 집엔 안 온 거야? 얼굴 핼쑥해진 것 좀 봐."

그녀의 목소리에는 걱정이 한가득 담겨 있었다.

"무슨 염치로…. 애비라는 사람이 자식들한테 온통 민폐만 끼쳤는데."

"그래도 가족이잖아. 미우나 고우나 가족인데…."

철수가 너털웃음을 지었다.

"우리 딸, 산전수전 다 겪은 사람 같네."

"뭐, 비슷하지. 그럼 그동안은 어디서 지낸 건데?"

"다행히 사무실에 숙식이 돼서… 일도 하고, 잠도 자고, 그렇게 지냈지."

"일은 할 만한 거야?"

"그럼. 너도 알다시피 네 아빠가 오죽 빠르니? 그러니까 빚쟁이들 피해서 전국 방방곡곡으로 그렇게 잘 도망 다녔지. 우리 회사가 이래봬도 서울에서 제일 빠른 퀵 서비스야! 이제야 비로소 내 일을 찾은 것 같다니까."

철수는 무용담을 늘어놓듯 자랑스럽게 말했다. 은지는 못 말린다는 얼굴로 고개를 가로저었다. 그러다 생각난 듯 눈을 번쩍였다.

"서울에서 제일 빠른 퀵? 그럼 지금 지각 아니야?"

철수도 화들짝 놀라 휴대폰 화면을 확인했다.

"벌써 시간이 이렇게 됐네. 은지야, 자세한 얘긴 나중에 하고. 아빠 이제 가봐야 해."

그가 헐레벌떡 자리에서 일어났다.

"아빠! 그래서 집에는 언제 올 건데?"

은지가 저만치 뛰어가는 철수의 뒤통수를 향해 소리쳤다.

"어, 그래…. 나중에 연락할게!"

뒤도 안 돌아보고 황급히 커피숍을 나가던 철수가 이내 다시 들어왔다. 은지는 무슨 일인지 몰라 두 눈을 동그랗게 떴다. 철수는 의자 위에 놓고 간 서류봉투를 냉큼 손에 집었다.

"이번엔, 진짜 간다!"

은지는 아빠가 집어든 서류봉투에서 잠시 잊고 있었던 걸 퍼뜩 떠올렸다.

'맞다! 서류 접수!'

"아빠!"

은지의 카랑카랑한 목소리가 커피숍 안에 울려 퍼졌다. 문을 넘던 철수도 그 소리를 들었는지 고개를 돌렸다.

***

"으휴! 대학은, 지루하고 못생기고 심각한 사람들만 가는 곳이야! 레이첼이나 앤드류처럼 말이야! 난 백화점에 가서 쇼핑을 할 거야! 패트릭이 오늘 나에게 프러포즈를 할 것 같아. 잘생긴 외모, 뛰어난 패션 센스, 게다가 빵빵한 집안까지! 완벽한 내 남친 패트릭! 근데, 정말 결혼하자고 하면 뭐라고 하지? 음… 도도하게 굴어야지! 난 절대로 쉬운 여자가 아니니까! 한 번은 튕겨야지, 흥!"

방송사가 지정한 목소리 연기 대본 중 첫 번째는 발랄하고 도도한 10대 소녀 역할이었다.

은지는 실전 녹음에 앞서 연습에 집중했다. 완벽한 방음과 고음질의 사운드가 보장되는 전문 녹음실은 아니었지만, 조용한 소회의실이 그녀만의 일일 녹음실이었다.

첫 번째 역할과 달리 두 번째 지정연기는 청순하고 내성적인 십

대 고등학생을 표현해야 했다. 은지는 프로처럼 재빨리 감정을 잡았다.

"소스케, 나… 비록 코코미보다 아는 것도 별로 없고, 어설프고, 서투른 거 투성이일지는 모르겠지만 그래도… 할 수 있는 데까지 해보고 싶어. 힘을 합쳐서, 모두가 한 가지를 위해 땀 흘리는 거… 그게 무엇보다도 멋있는 거 같아, 츠요시처럼 말이야. 나는, 그런 게 왠지… 그냥 좋아."

이번 대사는 왠지 은지 자신의 마음과도 닮아 있었다. 어설프고 서툰 것투성이일지는 모르지만 할 수 있는 데까지 해보고 싶은 마음. 그래서인지 첫 번째 연기보다 두 번째 더 자연스러운 감정이 실렸다.

등 뒤에서 문소리가 들리더니 누군가 빼꼼 고개를 내밀었다.

"아직 멀었어?"

철수가 초조한 얼굴로 말했다.

"아빠 10분, 딱 10분만 더!"

철수는 다시 회의실 문을 닫았다.

퀵 서비스 업계에서 10분이란, 치열한 경쟁에서 살아남느냐 마느냐의 사활이 걸린 시간이었다. 하지만 이 순간 철수에게 딸의 꿈보다 중요한 건 없었다.

은지도 더 이상 지체할 수 없었다. 접수 마감이 1시간 앞으로 다가왔다.

첫 번째와 두 번째 녹음은 무난히 해냈는데, 마지막 지정 연기 앞에서 은지는 한숨이 나왔다. 7세 남자 아이 역할로, 아직 미성숙한 남자아이 목소리를 여자 성우가 얼마나 자연스럽게 표현하는지 평가하는 대목이었다. 아카데미 시절에도 그녀가 유독 어려워하던 부분이었다. 그때 담당 강사는 그녀에게 이런 조언을 했다.

"그 나이 또래의 조카가 있다면 그 아이의 목소리를 한번 떠올려보세요. 아니라면 어린 시절 남동생의 목소리를 생각해보는 방법도 있죠."

은지는 두 동생의 목소리를 떠올리며, 대본지를 빠르게 눈으로 훑었다. 그러자 어디선가 어린 두 남동생이 그 대본을 따라 읽는 듯한 착각이 들었다.

"다들 모이셨죠? 지금부터 '얼렁뚱땅 경찰서' 줄여서 '뚱땅서'가 주최하는 긴급회의를 시작하겠습니다. 지금 보시는 것처럼 미술관의 보안은 완벽합니다! 그리고 잠시 후에 '돈 마나마나 왕국' 국왕 부처가 도착하시기 때문에, 공항 보안에도 철저히 신경 썼습니다! (독백-강하게) 괴도 빠삐몽 녀석! 저번엔 놓쳤지만 이번엔! 이번엔 반드시 잡고야 말겠어!"

녹음을 마친 은지는 서둘러 회의실을 빠져나왔다.

"이제 출발하면 되는 건가?"

은지는 아직 남은 게 있는지 고개를 저었다.

"아빠, 여기서 잠깐만 기다려줘."

그리고는 서둘러 엘리베이터 앞으로 달려갔다.

몇 번이나 엘리베이터 문이 열리고 닫혔지만, 그녀는 한 번도 타지 않았다.

다시 엘리베이터 알림음과 함께 문이 열리고, 안에서 사람들이 우르르 쏟아져 나왔다.

"야, 양은지!"

사람들 무리에서 경란의 낭랑한 목소리가 터져 나왔다. 가쁜 숨을 내쉬며 손에 든 서류봉투를 흔들어 보였다.

"지원서! 자기소개서! 오디오 파일을 저장한 USB! 자, 빠진 거 없지?"

은지는 와락 경란을 끌어안았다.

"고마워, 경란아."

"야! 너, 나중에 잘 되면 이 은혜 꼭 갚아야 된다! 그럼 나 먼저 들어간다. 두 명이나 땡땡이치다 걸리면 안 되니까."

경란은 엘리베이터 문이 닫히기 전에 얼른 다시 안으로 들어갔다.

은지도 철수에게 달려갔다.

"서울에서 제일 빠른 퀵 맞지?"

은지가 그제야 싱긋 웃으며 말했다.

"그래, 아빠만 믿어!"

은지는 품에 꼭 안고 있던 서류봉투를 철수에게 건넸다.

두 사람이 서 있는 바로 위, 눈에 띄지 않는 구석에 설치된 CCTV가 그 장면을 고스란히 담고 있었다. 은지는 앞으로 벌어질 일에 대해선 아무것도 모른 채, 출입문 너머로 멀어지는 아빠의 뒷모습을 한참 동안 바라보았다.

SBN 방송국에 도착한 철수는 제일 먼저 시간을 확인했다. 로비에 설치된 큼지막한 전광판 화면에 빨간색으로 시간이 표시됐다.

4시 58분 11초.

서류 마감 시간까지 2분도 채 남지 않은 시간이었다. 가는 날이 장날이라고 엘리베이터에 '점검 중'이라는 불이 들어와 있었다. 그는 지체할 수 없어 비상구로 뛰어올라갔다.

3층 정도면 시간 안에 거뜬히 올라갈 자신이 있었다. 그 순간 퀵 서비스 조끼 주머니 한 쪽에서 휴대폰 진동이 느껴졌다.

"네. 서울에서 제일 빠른 퀵 서비스, 양철수입니다."

〔이태원이에요.〕

수화기 너머에서 들려오는 목소리는 느긋하고 고상하기 짝이 없었다. 목소리의 얼굴이 번뜩 떠올랐다. 귀티가 줄줄 흘러내리던 그 여자! 무엇보다 5백만 원이라는 거금을 팁으로 화끈하게 내놓던 그녀를 잊을 수 없었다.

〔여보세요? 들리나요?〕

"네, 사모님. 말씀하십시오."

〔제가 보낸 퀵이 아직 도착하지 않았다고 해서요. 문제가 생긴 건 아닌가 싶어 확인 차 걸었어요.〕

"아, 로얄카드 사원 캐비닛에 넣어두신 서류 배달 건 말씀이시죠?"

〔네, 맞아요. 그거 지금 배달 중인가요?〕

"사모님, 죄송합니다. 지금 도로 상황이 안 좋아서. 1시간, 아니 30분 내로 무조건 전달하겠습니다."

〔그래요, 잘 부탁드릴게요. 매우 중요한 문건이라…〕

수화기 너머였지만 그 말이 철수의 귀에도 의미심장하게 들렸다.

전화를 끊고 나서 철수는 잠깐 고개를 갸웃거렸다.

'무척 중요한 문건? 그런 걸 캐비닛에 넣어두고 가져가라고 하나…!'

하지만 그게 중요한 게 아니었다. 철수는 서둘러 계단을 두 칸씩 뛰어올라 갔다.

4층에 도착하자 〈성우 공채 방문 접수〉라는 안내판이 보였다.

철수는 헐떡이는 숨을 고르며 접수처 문을 열었다. 그리고는 손에 있던 두 개의 서류봉투를 동시에 들어 올렸다.

***

지욱은 밀린 결재서류를 검토하고 있었다.

결재판에 반쯤 가려진 얼굴 사이로, 예리하고 다부진 턱 선이 도드라져 나왔다.

그는 한참 동안 무언가를 휘갈기더니 다 됐다는 듯 무심히 펜을 내려놓았다.

탁상 달력에 시선이 꽂혔다.

25일.

그의 눈동자가 순간적으로 커졌다. 지욱은 얼른 수화기를 들었다.

"어떻게 했지?"

지욱이 앞뒤를 생략하고 단도직입적으로 물었다. 은지는 단번에 그 질문이 뭘 의미하는지 알았다.

〔아, 그거요?〕

"말해봐."

〔뭐, 덕분에… 한번 도전해보기로 했어요. 아, 근데 몰라요. 목소리 연기 샘플도 너무 급하게 만들었고, 또….〕

은지는 무의식적으로 방어기재가 발동했는지 앓는 소리를 해댔다. 그때 지욱이 툭 한마디를 던졌다.

"됐고! 오늘 같은 날, 그냥 넘어갈 수 없지. 끝나고 시간 어때?"

〔시간이야 있지만…. 서류 접수 하나로 축배를 터뜨리는 건 너무 김칫국이 아닐지…. 알았어요, 이따 봐요.〕

뚜뚜뚜.

귓가로 통화 종료음이 들려왔다. 그리고 다른 목소리가 시작되었다.

"뭐, 좋은 일이라도 있나 보지?"

의자를 돌리니 땅딸막한 키의 중년 남자가 억지미소를 지은 채서 있었다.

"아버지!"

"제주에 다녀왔다며? 유 비서한테 들었다!"

"…."

"참 별일이지. 제주라면 치를 떨던 녀석이 제 발로 거길 다 가고, 또 무슨 말도 안 되는 소동에 얽혔던데!"

다시 생각해도 열이 받는지 정남의 귓불이 붉어졌다.

"죄송합니다."

그가 의도치 않은 일이었지만, 세간의 화두가 된 건 분명 문제였다.

"도블리, 넌 이제껏 단 한 번도 날 실망시킨 적 없는 아이야. 근데 어느 순간부터… 아니, 이상한 여자와 어울린 이후부터 자꾸 일을 복잡하게 만드는구나. 더 이상 날 실망시키지 마라."

"교통사고 같은 일이었습니다."

정남은 다짜고짜 윽박질렀다.

"아무도 널 피해자라고 생각지 않아! 그저 여자관계가 난잡한 로얄카드 후계자 정도로 생각하지!"

"아버지!"

"오늘 저녁에 기자 인터뷰를 잡아놨다. 어떻게든 이미지 쇄신을 해야지 않겠니?"

"선약이 있습니다."

"한양일보에서 대대적으로 특집 기사를 낼 거다. 대한민국을 이끌 젊은 경영인, 첫 번째 주자로 네가 선정됐어. 생각이 있다면 이 중요한 인터뷰를 펑크 내진 않겠지!"

정남은 그 말을 끝으로 길게 헛기침을 하더니 밖으로 나갔다.

지욱은 정남이 나간 문을 한동안 멍하니 바라봤다.

***

A 광고대행사.

철수는 강남의 한 광고대행사 앞에서 오토바이를 멈춰 세웠다.

"퀵 배달 왔습니다."

철수가 익숙하게 인터폰 호출을 하자, 스르륵 자동문이 열렸다. 그의 모습을 CCTV 카메라가 남몰래 따라가고 있었다.

직원에게 서류봉투를 전달하는 모습, 화기애애하게 이야기를 나누는 철수와 직원, 철수를 건물 입구까지 배웅하는 직원의 모습이 흑백 화면에 가득 담겼다.

대행사 밖으로 나온 그는 아무것도 모른 채 후련한 미소를 지었다. 은지의 공채서류를 간신히 접수하는 데 성공했고, 의뢰받은 배달도 모두 마쳤다.

철수가 다시 오토바이에 올라타려는 순간, 퀵 서비스 로고가 박힌 조끼 주머니에서 진동이 울렸다.

"네, 서울에서 제일 빠른 퀵 서비스 양철수입니다."

〔아빠!〕

은지였다.

〔접수는 어떻게 됐어?〕

"이 아빠만 믿으라고 했잖아."

〔다행이다. 조마조마했는데. 고마워, 아빠.〕

"해준 것도 없는데… 뭘."

〔해준 게 없긴…!〕

은지가 말끝을 흐렸다. 철수가 멋쩍은 듯 먼저 선수를 쳤다.

"그래, 없진 않지. 산전수전 다 경험하게 해줬잖아. 그건 어디 가서 돈으로도 못 사는 거다?"

그의 자조적인 발언에 은지는 피식 웃음이 터졌다.

〔그건 그렇고, 대체 집에는 언제 올 거야? 아빠 서울에 있는 거

알면, 은구, 은호 보고 싶어 할 텐데?〕

"조만간 갈게. 안 그래도 아빠 곧 첫 월급 타. 오랜만에 집에 가는데 통닭이라도 한 마리 사서 가야지."

〔누가 통닭 먹고 싶대? 아빠가 보고 싶은 거지.〕

'보고 싶다'는 딸의 말에 철수는 순간 마음이 뭉클해졌다.

"그래, 아빠가 주말에 꼭 들를게."

은지와 철수는 이때만 해도 결코 알지 못했다. 모처럼 따뜻해지려는 두 부녀를 향해 다가오는 커다란 시련을.

***

신라호텔 더 파크뷰.

세린이 레스토랑 입구에 서 주변을 두리번거렸다. 그러자 멀끔하게 생긴 직원 하나가 다가왔다.

"일행 분 있으신가요?"

"도지욱 씨요."

직원은 그녀를 VIP 예약석으로 안내했다.

창가 쪽 자리에 범상치 않은 외모의 남자가 얼핏 보였다. 일반인은 범접할 수 없는 묘한 아우라와 함께 후광이 비쳤다.

기자 생활을 하며 많은 사람들을 만나봤지만 이런 적은 처음이었다. 예전에 동료기자들이 하던 말들이 떠올랐다.

"텐 미닛 왕자!"

"텐 미닛? 노래 제목 아닌가?"

"아니, 로얄카드 후계자 도지욱 닉네임잖아. 그 사람 인터뷰해 본 여자 선배들이 그러는데, 10분만 같이 있으면 모두 뿅 간대. 외모도 외모인데, 알 수 없는 아우라가 있다나? 열이면 열, 반하지 않고는 못 배긴다고…!"

그때는 시큰둥하게 지나쳤는데, 직접 보니 무슨 말인지 조금은 알 것 같았다.

세린은 사실 도지욱이란 사람에 대해 관심이 없었다. 헌데 아이 러니하게도 세린은 정남이 점찍은 유력한 며느리 후보였다. 그녀 도 그 사실을 충분히 알았다. 세린은 그저 목표를 성취할 때까지, 그 포지션을 잘 이용하리라 다짐했다.

그녀가 정남을 알게 된 건 딱 1년 전 이맘 때였다.

한양일보 경제부 기자 2년 차. 사내에는 여전히 그녀가 낙하산 이라는 말이 돌았다. 한양일보의 오너인 아버지가 힘을 써 그녀가 기자가 되었다는 소문이 파다했다. 하지만 그녀는 어릴 때부터 언 론인이 되는 게 꿈이었다.

남들처럼 치열하게 공부했고 스펙을 쌓아 당당히 합격했다. 하 지만 사람들의 시선은 곱지 않았다. 그러다 보니 실력을 제대로 보여주고 싶다는 열망이 그녀를 더 열심히 뛰게 만들었다.

어느 날 익명의 제보가 들어왔다. 모 기업 총수가 운전기사들에 게 폭언과 폭력을 행사하고 갑질 매뉴얼을 만들어 괴롭힌다는 것 이었다. 세린은 그날부터 전 현직 그룹 총수 운전기사들을 만나고 다녔다.

취재를 하며 알게 된 몇 명의 운전기사들이 입을 모아 로얄카드 도정남 회장을 지목했다. 이제까지 논란이 된 것은 없지만, 머지않아 분명 문제가 터질 거라고, 아는 사람은 다 아는 이야기라면서.

다른 총수들처럼 뇌물공여, 배임, 횡령 같은 죄를 저지른 이력은 없었지만, 그와 가까이에서 일했던 사람들의 증언은 무척 구체적이었다. 세린은 도정남 회장에 대해 파헤쳐보기 위해 일부러 그에게 접근했다. 그게 딱 1년 전이었다. 로얄카드의 비전에 대한 인터뷰라는 명목으로 그를 찾아갔다.

하지만 정남은 전혀 다른 곳에 관심을 보였다.

"난 아들만 둘이라 세린 양 같은 딸이 있었으면 좋겠어. 우리 며느리 삼으면 얼마나 좋을까?"

때마침 며느릿감을 물색하고 있던 정남의 눈에 든 것이다.

세린은 어떻게든 그의 주변에 있기 위해 며느릿감 후보를 자처했다. 그게 그녀를 오늘 이 자리까지 오게 만든 것이다. 단지 그뿐이었다. 도지욱이란 남자에 대한 어떠한 사심도, 기대도 없었다.

세린이 테이블 앞으로 가까이 다가오자 지욱이 자리에서 일어나 정중히 인사했다.

"처음 뵙겠습니다. 도지욱입니다."

"한양일보 강세린 기자라고 합니다."

그녀는 코트 속주머니에서 명함을 꺼내 건넸다. 그 순간 두 사람의 손이 스치듯 닿았다. 놀란 세린은 고개를 치켜들었다.

"대한민국을 이끌 젊은 경영인에 관한 인터뷰를 하신다고요?"

지욱이 먼저 운을 뗐다. 잠깐 정신을 놓고 있던 세린이 뒤늦게 목청을 가다듬고 침을 꿀꺽 삼켰다.

"네, 저희 한양일보 특집 릴레이식으로 진행할…!"

"죄송하지만…."

지욱이 불쑥 끼어들며 말했다.

"전 대한민국을 이끌 젊은 경영인이 아닙니다."

그는 중저음 목소리로 나직하게 말했다. 세린은 무슨 뜻이냐는 듯 고개를 위쪽으로 쭉 빼 올렸다.

"아, 타이틀이 너무 거창했나요? 뭐 그냥 편하게…."

"아뇨, 제 말은 그 뜻이 아닙니다. 전 대한민국을 이끌 젊은 경영인이 아니라, 그저 부모를 잘 만나 부와 명예… 그 모든 걸 승계 받는 운 좋은 금수저라는 걸 말씀 드리는 겁니다."

"…."

세린은 명해진 얼굴로 그의 입만 바라보았다.

"여기부터 시작이라고 생각합니다. 자기 자신을 정확히 파악하는 것."

세린은 할 말을 잃은 표정이었다. 많은 재벌2, 3세들을 만나봤지만 이런 사람은 처음이었다. 권위의식에 가득 차 있거나, 부를 과시하고 남을 짓밟는 데 희열을 느끼는 이들이 대부분이었다. 세린은 도지욱도 예외는 아닐 거라고 생각했다. 그의 아버지처럼.

하지만 그런 선입견은 한순간에 와르르 무너졌다. 그 바람에 정신마저 아득해졌다. 그 순간 그녀의 우주는 도지욱이라는 남자를 중심으로 돌아가기 시작했다.

'포브스가 뽑은 올해 주목해야 할 경영인 100인에 들었는데, 소

감을 간단히 말한다면?'

'올해 로얄카드는 참 다사다난했다. 도정남 회장의 갑질 논란부터, 막말 상담원 오디오 파일 유출 사건까지. 후계자로서 어떤 책임을 통감하고 있는지?'

세린은 미리 준비해온 질문 리스트를 보았다.

틀에 박힌 질문 말고 그녀가 정말 알고 싶은 건 따로 있었다.

도지욱.

세린은 숨을 깊이 들이 마신 뒤 작게 오므리고 있던 입술을 뗐다.

"아직 미혼이시잖아요? 많은 분들이 도지욱 씨의 연애관과 결혼에 대해 궁금해 할 텐데요."

지욱은 뜻밖의 질문에 잠시 머뭇거리는가 싶더니 이내 미소를 지었다.

"뻔하지 않아 재미있군요."

"드라마에서 재벌들의 사랑 이야기가 자주 다뤄지는 이유가 있지 않겠어요? 사람들은 자신과 다른 삶을 사는 재벌에 대한 동경과 호기심을 갖고 있거든요. 어떤가요, 현실은?"

그의 연애사가 궁금한 건 다른 사람들이 아닌 그녀 자신이었다. 지욱이 잠시 생각하듯 한 손으로 턱을 괴고 말했다.

"누군가를 만나 사랑하고 그러다보면 계속 함께하고 싶어지고, 그래서 결혼을 생각하게 되는… 그게 일반적인 연애와 결혼 아닌가요? 저도 예외일 순 없죠."

지욱은 누군가를 떠올리는 듯 환해진 얼굴로 말했다.

"그럼 현재 사랑하고, 계속 함께하고 싶어, 결혼까지 생각하는 그런 상대가 있단 말인가요?"

지욱은 대답 대신 가볍게 고개를 끄덕였다.

세린은 믿기지 않는다는 듯 눈꺼풀을 빠르게 껌벅거렸다. 평범하고 잔잔하던 일상에 폭풍처럼 나타나 강한 인상을 심어준 한 남자. 첫눈에 반한다는 말에 코웃음 치던 그녀를 한순간에 무색하게 만든 사람. 그런 그에게 다른 사랑이 있다니!

세린은 평소였다면, 특종을 물었다고 흥분했을 게 분명했다. 하지만 오늘은 그 어느 때보다 차분했다.

"이 정도면 기사 거리를 좀 건지셨나요? 그럼 이제 기자님이 저를 좀 도와주셔야겠습니다."

지욱이 눈빛을 반짝이며 말했다.

"네?"

"그 사람이 지금 기다리고 있습니다. 조금 전에 말씀 드린. 그럼 전 이만."

지욱이 자리에서 일어났다.

세린은 멀어지는 그의 뒷모습을 한동안 멀거니 바라보기만 했다.

***

"오늘 디너는 풍미 가득한 이탈리안 정통 요리로 만들어봤습니다. 연어와 아스파라거스를 곁들인 펜네 파스타와 넙치살을 곁들인 해산물 토마토 파스타. 그리고 이건 도련님이 즐겨 드시는 파프리카 소스 크리스피 닭다리 요리고요, 마지막으로 토마토소스와 치즈가 고급스러운 조화를 이루는 시칠리아 스타일의 가지 요리입니다."

셰프가 친절히 요리에 대해 설명했다.

"수고하셨습니다, 셰프님."

"그럼 즐거운 시간 보내세요."

은지는 테이블 다리가 휠 정도로 가득 차려진 음식들을 보고 입을 다물지 못했다.

"이게 다 뭐예요!"

그녀는 이내 눈을 가늘게 뜨고는 살짝 찡그렸다.

"뭐 문제라도 있나?"

"아니, 그게 아니고. 너무 축배를 빨리 드는 게 아닌가 싶어서요. 고작 서류 하나 접수한 것뿐인데…."

"고작 서류 하나를 접수한 거? 그게 그렇게 의미 없는 일인가!"

"의미 없다기보다…."

"넌 비로소 뱃머리를 묶고 있던 밧줄을 풀어 던지고 넓은 바다로 항해를 시작한 거야."

지욱이 사뭇 진지한 눈빛으로 말했다.

"넓은 바다로 항해…."

은지는 그의 말을 혼잣말처럼 따라했다. 지욱은 다시 말을 이었다.

"지금으로부터 20년 후에, 당신은 당신이 한 일보다 하지 않았던 일들을 더욱 후회할 것이다. 그러니 뱃머리를 묶고 있는 밧줄을 풀어 던져라. 안전한 항구에서 벗어나 항해를 떠나라… 마크 트웨인이 한 말이지. 이 음식들은 합격 축하 같은 설레발의 의미

가 아니야. 단지 두려움 속에서도 용감하게 항해를 시작한 너에게

보내는 응원의 음식일 뿐."

은지는 반짝이는 눈으로 지욱을 바라봤다.

"감동 받을 필요는 없어. 내가 아니라 20년 후의 양은지가 보낸

거라고 생각하면 되니까."

"그게 무슨 말이에요?"

"오늘의 도전으로 20년 후 양은지는 결코 후회하지 않을 거야.

그때 도전했어야 했는데 같은 미련을 품고 살진 않을 테니까. 결

과야 어떻게 되든 20년 후의 너는 지금의 너에게 감사할 거야. 그

녀가 보낸 거라고 생각하고 먹어. 20년 후 양은지를 생각하며."

그의 말을 듣던 은지의 눈가는 금세 촉촉해졌다. 민망한지 얼른

옷소매로 물기를 쿡쿡 닦아냈다.

"그럼 외상으로 달아놔야겠네."

그녀의 말에 지욱은 무슨 뜻이냐는 듯 고개를 갸웃거렸다.

"20년 후의 양은지가 보낸 거라면서요. 그럼 계산은 마흔일곱

살의 양은지 아주머니께서 하셔야죠. 스물일곱 살 양은지는 보다

시피 빈털터리라…."

지욱은 파안대소했다. 은지도 코를 훌쩍이다 말고 따라 웃었다.

"아직 네가 모르는 게 하나 더 있어!"

한참을 웃던 지욱이 느닷없이 툭 뱉었다.

"뭐가 또 있어요?"

"계산은 양은지 아주머니가 아니라 20년 후의 도지욱이 하기로

했단 사실이야."

"네?"

"우리 양은지 아주머니 옆에 중년의 도지욱도 함께 있을 거거든. 그 사람이 그러더라고. 20년 전 양은지, 도전해줘서 고맙다고. 그때의 도전이 없었다면 중년의 양은지는 불행했을지도 모른다고. 활짝 웃는 그녀를 볼 수 있게 해줘서 고맙다고. 꿈에 대한 미련으로 히스테리를 부리는 여자와 살지 않아서 다행이라며… 자신이 한 턱 내겠대. 스물일곱 빈털터리 양은지에게."

지욱이 넉살좋게 말했다. 은지는 눈꺼풀도 깜빡이지 않고 강렬하게 지욱을 바라봤다. 그러는 사이 자기도 모르게 입술을 벌어졌다.

"고마워요."

넓고 깊게 음미하는 목소리가 흘러나왔다.

"뭐가?"

지욱이 나지막이 물었다.

"…양은지 아주머니랑 도지욱 아저씨 소식을 전해줘서. 그리고 아무것도 아닌 나를 믿고 응원해줘서."

고맙다는 말을 들으려고 한 건 아닌데 분위기가 묘해지자 지욱은 괜히 쑥스러웠다.

"아무것도 아니라니? 내가 말했잖아! 목소리 하나는 정말 예쁘다고. 그러니까 잘 될 거야."

"근데 정말 목소리뿐이에요? 예쁜 게? 나 그래도 눈도 큰 편이고, 웃을 때 보조개도 들어가는데. 잘 봐봐요. 정말 목소리뿐인지?"

은지가 투덜대듯 말했다.

"으음, 넙치살 파스타 맛있다! 어서 먹어."

파스타를 포크로 말아 입에 넣자 고소하고 깊은 풍미가 입안 가득 퍼졌다.

마음속 모든 불만과 걱정이 순식간에 녹아들었다. 은지는 입가에 공연히 번지는 미소를 감출 수 없었다.

"근데 나 뭐 하나 물어봐도 돼요?"

"뭔데?"

"20년 후에도 정말 우리 지금처럼 함께일까요?"

지욱은 한 치의 망설임도 없이 대답했다.

"물론이지. 네가 자글자글 주름지고, 배 나온 아줌마가 되어도 내 옆에 있도록 허락해주지."

그의 도도한 말투에 은지는 피식 웃음을 지었다.

지욱을 등진 자리에서 두 사람의 대화를 엿듣는 이가 있었다. 세린은 나이프로 스테이크를 썰고 있었지만, 온 신경이 지욱의 목소리에 가 있었다.

한 시간 전, 지욱이 먼저 자리를 떠나자 세린은 걷잡을 수 없는 감정에 휩싸였다. 급기야 그의 뒤를 밟아 여기까지 왔다.

궁금했다. 그가 사랑하는, 그래서 결혼까지 생각하고 있다는 그녀가.

세린의 귓가로 감격에 젖은 여자의 목소리가 들려왔다. 그녀는 저도 모르게 두 손을 말아 쥐었다가 다시 폈다. 그리고는 긴 머리를 쓸어 넘겼다.

처음 보는 여자에게 질투를 느낄 거라고는 상상도 못했다. 이름도, 나이도, 직업도 모르지만 지욱의 사랑과 응원을 받는다는 것만으로 그녀가 부러웠다. 아니, 몹시 미웠다. 세린은 스스로의 감정을 주체할 수 없었다. 주섬주섬 가방을 챙겨드는데, 들고 있던 휴대폰이 진동하기 시작했다.

7
특종 기사

"여보세요?"

라혜는 베란다 통유리 창 너머 어딘가를 지그시 바라보며 전화를 받았다.

〔네, 사모님. A 광고대행사입니다.〕

"네, 일은 어떻게 됐나요?"

〔양철수에게 물건을 받아 곧장 금고에 넣어두었습니다.〕

"잘했어요. 그동안 양철수가 드나들었던 CCTV 자료와 사진, 지금 모두 전송해주세요."

〔네, 알겠습니다. 사모님.〕

라혜는 귀에서 휴대폰을 떼고 잠시 생각에 잠겼다.

'드디어 내가 나설 차례군.'

그녀의 냉담하고 준열한 눈빛이 한참 동안 허공에 머물렀다.

라혜는 휴대폰을 들어 주소록을 뒤지기 시작했다.

'한양일보 강세린 기자'라는 글자에서 그녀의 손길이 멈췄다. 라혜는 가볍게 통화 버튼을 터치했다.

〔여보세요?〕

수화기 너머에서 젊은 여자의 목소리가 들렸다.

"안녕하세요. 강세린 기자님?"

〔누구시죠?〕

"로얄카드 도정남 회장님 안사람, 김라혜라고 해요."

H 호텔 커피숍.

세린은 입구 쪽으로 여러 번 눈길을 돌렸다. 입이 마르는지 연신 목을 축였다. 그때 저 멀리서 심상치 않은 차림의 여자가 등장했다.

화려한 컬러의 여우털 베스트에 블랙 이너, 선글라스를 착용한 중년 여자의 이마에는 '회장 사모님'이라는 글씨가 써 있는 것 같았다.

세린은 얼른 자리에서 일어나 옷매무새를 가지런히 했다.

"강세린 기자님?"

라혜가 선글라스를 벗으며 말했다.

"네, 처음 뵙겠습니다. 사모님."

세린이 고개를 숙여 인사하자, 라혜가 오른손을 내밀었다. 레드 계열 프렌치 네일아트를 한 라혜의 손톱이 조명에 붉게 빛났다.

"이렇게 직접 보니 알겠네요. 왜 회장님이 세린 양을 자주 이야 기했는지."

라혜는 어딘가 억지스럽고 과장된 미소를 지었다.

"감사합니다. 그런데 제 도움이… 필요하단 건?"

세린의 말에 라혜는 순간 웃음기를 싹 거둔 채 고개를 끄덕였다.

그녀의 관자놀이가 저도 모르게 씰룩였다.

라혜는 잠시 뜸을 들이더니 가방에서 무언가를 꺼냈다. 세린은 놀란 듯 두 눈이 휘둥그레졌다.

이틀 후.

라혜와 만났던 커피숍 바로 그 자리였다.

세린은 자리에서 일어나 지욱을 맞았다.

"꼭 해야 될 이야기라는 게 뭡니까?"

지욱이 자리에 앉으며 물었다.

세린의 낯빛에는 긴장이 역력해 보였다. 그녀는 잠시 뜸을 들이 다 어렵사리 입을 열었다.

"제가 돌려서 말하는 성격이 못 돼서요. 너무 놀라지 마세요."

지욱은 사뭇 진지한 표정으로 그녀를 바라봤다.

"사람들에게 도지욱 씨에 대한 이야기를 들었을 때만 해도 콧방 귀를 뀌었어요. 그래봤자 뻔한 재벌 후계자이겠거니 생각했죠. 그 런데 직접 만나 보니 지욱 씨, 제 생각보다 훨씬 좋은 사람 같아요."

"그래서… 지금 하려는 얘기가 뭡니까!"

지욱이 아무 감정도 담기지 않은 시선을 그녀에게 보냈다.

"더 알아보고 싶어졌어요. 처음에는 직업병인 줄로만 알았죠. 누군가에 대해 깊이 알아보고 싶고, 정보를 캐내고 싶은 거. 그런데 그런 관심이 아닌 거 같아요. 사심이라고 하죠? 그게 생겼나 봐요. 도지욱 씨에게."

"분명 말했을 텐데. 사랑하는 사람이…."

세린이 그의 말을 뚝 끊었다.

"결혼을 한 것도 아니잖아요."

"결론이 뭡니까?"

"선 결혼 후 연애라고 들어보셨어요? 요즘엔 그게 유행이라던데. 결혼부터 하고 천천히 알아가요. 서로에 대해."

세린은 지욱의 눈을 똑바로 쳐다보며 말했다. 지욱은 못 참겠다는 듯 피식 웃음을 터트렸다.

"특종을 잡지 못하면, 본인이 몸소 특종거리가 되어야 한다는 강박인가?"

지욱은 싸늘한 조소를 날렸다.

"뭐라고 말해도 좋아요, 어차피 지욱 씨는 나랑 결혼하게 될 테니까."

세린은 지욱에게 들릴 듯 말 듯 나지막이 뱉었다. 그리고는 가방 안에서 봉투 하나를 조심스럽게 꺼냈다. 김라혜 여사가 일전에 그녀에게 내밀었던 그 봉투였다.

                              ***

"이게 뭔가요?"

세린은 라혜가 테이블 위에 올려놓은 의문의 서류봉투에서 눈을 떼지 못했다.

"한번 열어보세요."

라혜는 어서 열어보라는 눈빛을 보냈다.

세린은 흘러내린 머리카락을 한 번 쓸어 넘기고는 조심스레 서류봉투를 집어 들었다. 그 안에는 태블릿 PC가 들어 있었다.

화면을 터치하니 일시 정지된 영상 파일이 보였다. 세린은 조심스럽게 재생 버튼을 눌렀다. 로얄카드 회사 로고가 어렴풋이 보이는 건물 로비에서 퀵 서비스 차림의 중년 남자와 젊은 여자가 무언가를 주고받는 장면이 흘러나왔다.

"이게 무슨…?"

"우리 로얄카드에서 근무하는 콜센터 상담원이 자기 친아버지에게 무언가를 넘기는 장면이죠."

라혜는 강 건너 불구경하듯 담담한 목소리로 말했다.

"네?"

짧은 CCTV 영상이 끝나자 다음 영상이 자동으로 재생되었다. 조금 전 영상에 등장한 중년 남자가 A 광고대행사 건물로 들어가는 장면이 나왔다. 곧이어 광고대행사 직원으로 보이는 사람에게 조금 전 그 봉투를 건네는 모습이었다.

"대체 저 서류봉투에 든 건 뭐죠?"

세린이 눈을 동그랗게 뜨고 물었다. 라혜는 한동안 아무 말도 하지 않다 겨우 입을 뗐다.

"…고객 개인정보가 담긴 USB와 서류들이에요."

세린은 놀란 듯 고개를 뒤로 젖혔다.

"그럼 아까 그 상담원과 그 가족이 고객 개인정보를 유출해서 광고대행사에 팔아넘겼다 이 말씀인가요?"

라혜는 대답 대신 고개를 크게 끄덕였다.

"퀵 서비스를 하는 저 남자가 광고대행사와 은밀히 접촉해온 정황도 여러 차례 포착됐고요."

라혜가 태블릿 화면 사진첩을 터치했다.

퀵 서비스 복장의 철수가 광고 대행사 주변을 배회하는 모습, 직원과 은밀하게 만나는 이야기를 나누는 모습 등이 적나라하게 나왔다.

세린은 한 가지 의문이 들었다.

"그렇지만 이 CCTV 화면만으로 어떻게 이걸 개인정보 유출 사고라고 장담할 수 있죠?"

라혜는 의미심장한 미소를 짓더니 가방에서 또 다른 서류를 꺼냈다.

"우리 로얄카드 정보보안관리팀과 정보보안기술팀이 확인한 내용이에요. 양은지라는 여자 컴퓨터에서 회사 개인정보 서버 방화벽을 우회해 접속한 기록이 남아 있었죠. 그리고 외장 USB에서 파일을 옮겨 담은 기록까지 모두 확인됐어요."

세린은 심각한 표정으로 라혜가 건넨 서류를 읽어 내렸다. 그녀를 넌지시 바라보던 라혜는 휴대폰을 꺼내 음성파일을 재생시켰다.

"마지막으로 이것도."

〔양은지라는 여자한테 먼저 연락이 왔어요. 우리 광고대행사에 개인정보를 몰래 주면 얼마나 받을 수 있냐고. 돈이 많이 필요하다고 하면서.〕

낯선 남자의 목소리가 비밀스럽게 흘러나왔다.

세린은 몇 년 전 세간을 떠들썩하게 했던 한 사건이 떠올랐다. 미성년자를 포함한 경제활동인구 대다수의 개인정보가 유출되었던 사상 최대 고객 정보 유출 사건!

당시 자신의 개인정보가 유출됐는지 확인하려는 사람들로 인해 카드사 홈페이지와 콜센터는 접속이 폭주했다. 오프라인 창구 역시 재발급을 요구하는 고객들로 북새통을 이뤘으며, 이 같은 현상은 한 달여 이상 계속됐다.

세린은 놀라는 가운데서도 이해가 되지 않는 게 하나 있었다.

"그런데 이 일을 왜 저한테…?"

"이렇게 중대한 일을 왜 기자님에게 제보하느냐? 뭐, 그렇게 생각할 수도 있겠죠. 하지만 다행히도 이번 일은 이미 진압이 끝났답니다."

라혜가 태연한 목소리로 말했다.

"네? 그건 또 무슨 말씀이신지…."

"저 영상 속 상담원 말이에요. 우리가 먼저 저 아이를 주목하고 있었거든요."

세린은 CCTV 화면 속 젊은 여자를 유심히 바라봤다.

"저 아이가 요새 우리 지욱이가 만나고 있는 여자예요. 어떤 사람인지 알아보려고 몰래 사람을 붙였죠. 그러다 우연히 현장을 목격한 거예요. 다행히도 유출이라는 최악의 시나리오는 막은 상태죠."

"정말 다행이네요. 또 한 번 개인정보 유출 사건이 일어났다면…."

"그렇죠, 하지만 이렇게 종결시키기엔 내가 좀 억울한 마음이 들어서. 말했잖아요, 강 기자에게 보답을 하겠다고."

"…."

"난 우리 지욱이가 강 기자처럼 지성미 넘치고, 현명한 여자와 결혼하길 바란답니다. 내가 이 정보를 알려준 건, 어쩜 세린 양이라면 잘 활용할 수 있을 것 같아서예요. 우리 로얄카드의 치부가 될 수 있는 사고란 걸 내가 왜 모르겠어요? 그럼에도 불구하고 이렇게 오픈한 건, 세린 양을 우리 가족으로 맞을 준비가 되었단 뜻이랍니다."

"정보를 활용하라는 건 대체 무슨 말씀이신지…."

"하하하, 내 정신 좀 봐. 먼저 이걸 묻는다는 게…. 세린 양, 우리 지욱이랑 결혼할 마음은 있어요?"

라혜의 갑작스런 질문에 그녀는 쉽게 입을 열지 못했다.

"조금 섣부를지 모르지만, 누군가를 만나 그런 느낌을 받은 건 처음이었어요."

라혜는 고개를 끄덕이더니, 웃음기를 싹 거둔 채 말했다.

"내가 두 사람 결혼할 수 있게 도울게요. 다행히도 지욱이는 이번 개인정보 유출 미수 건을 아직 몰라요. 그럼 한 번 생각해볼래요? 사랑하는 여자와 그녀의 가족이 세상으로부터 매장될지도 모를 일에 휘말려 있다면, 그 사실을 지욱이가 알게 되면 어떨지…."

자료를 받아 든 세린의 두 손이 파르르 떨렸다.

***

지욱은 세린이 테이블에 올려놓은 태블릿 PC를 주시했다.

세린은 그 순간까지도 갈등하는 얼굴이었다.

그녀는 이제껏 단 한순간도 기자로서 부끄러운 일을 한 적이 없었다. 남들처럼 특종을 터뜨리거나, 가시적인 성과를 내지 못했어도 바른 언론인이 되겠다는 굳은 신념으로 지금껏 버텨왔다. 하지만 지금 처음으로 그녀는 선택의 기로에서 갈팡질팡하고 있었다.

"뭡니까, 이게."

지욱이 차갑게 말했다. 세린은 잠시 머뭇거리다 동영상 하나를 얼른 재생시켜 그에게 넘겼다.

화면 속에 익숙한 사람이 등장했다. 보고 또 봐도 은지가 분명했다. 지욱의 앞이마에 깊은 주름이 잡히기 시작했다.

"여자는 말 안 해도 알겠죠? 그리고 그 옆에 남자는 그 여자 아버지예요."

"대체 이걸 왜?"

"자세히 보세요. 부녀가 뭘 주고받고 있는지."

그 말과 동시에 세린은 다음 영상을 터치했다.

A 광고대행사로 들어가는 철수의 모습이 흘러나왔다. 이윽고 직원과 은밀히 무언가를 주고받는 모습도.

"몇 년 전 카드사 개인정보 유출 사건 기억하죠? 전 그때 인턴 기자 시절이라… 꽤 고생했던 기억이 나요. 카드사 앞에서 밤샘 취재를 했었는데, 정말 사상 최악의 유출 사고였었죠. 다시는 재현 돼서는 안 될…."

"무슨 소리냐니까!"

보다 못한 지욱이 버럭 소리를 질렀다.

"양은지와 그 여자 부친이 고객 개인정보를 빼돌려 광고대행사에 팔아넘기려던 정황이 포착됐어요. 물론 실패로 끝났지만. 우리 한양일보에서 몇 주간 잠입 취재했고, 모든 자료 확보를 마친 상황이에요. 이제 기사 쓸 일만 남았단 소리죠."

지욱의 눈망울이 크게 떨리고 있었다.

"그거 알아요? 양은지란 여자, 이미 대중들에게 크게 한 번 낙인 찍힌 인물이란 거. 막말 상담원 파문이 잊히기도 전에 또 한 번 이번 기사가 터지면 아마 이 사회에서 매장되고도 남을 걸요? 양철수, 그 여자 아버지도 사업 실패 후 채무 불이행으로 수년간의 도피생활을 했다더라구요. 참 딱한 사연이죠. 저도 마음이 측은해져서… 기사를 써도 될까 고민이 되더라고요."

지욱은 핏기가 가실 정도로 손을 말아 쥐었다.

"그래서 지욱 씨한테 한 번 물어보려고요. 내가 이 기사를 써도 될지, 아님 여기서 멈춰야 할지."

세린이 제 할 말을 다하고는 의미심장한 미소를 지었다.

테이블 위에 올려 두었던 휴대폰이 진동하기 시작했다. 유 비서였다.

"알아보라던 건?"

지욱의 목소리에 그 어느 때보다 다급함이 묻어났다.

"그게…."

유 비서는 난처한지 말끝을 흐렸다.

"어서."

"양은지 상담원 PC에서 정보유출 정황이… 발견되었습니다."

지욱은 믿을 수 없다는 듯 한동안 말을 잇지 못했다.

"우리 로얄카드 보안시스템은 보안관리팀과 정보보안기술팀, 이렇게 2중 보안체계가 아닌가? 어떻게 일개 사원이 정보를 유출할 수 있지? 뭔가 잘못된 게 아니고서야…."

지욱이 이성적으로 분석하며 말했다.

"이번 일을 통해 드러난 부분이 있는데요…."

"그게 뭐지?"

"로얄카드의 정보보호 대책은 그동안 망 분리를 통한 외부 공격 방지에만 집중되어 있었습니다. 반면 내부자의 의도적인 유출을 방지하는 것에는 대책이 미흡했던 셈이죠."

유 비서의 말에 지욱은 고개를 떨궜다.

"보안기술팀장은 뭐라던가?"

"개인정보가 담겨 있는 중요 서버의 방화벽을 우회했을 거라고 보더군요. 그 다음에는 제어 시스템을 무력화하여 자신의 외장 USB에 담아낸 것 같다고⋯."

구체적인 정황을 듣자 지욱은 눈앞이 깜깜해졌다. 하지만 마지막 희망의 끈을 놓고 싶지 않았다.

"고객 상담실 CCTV는?"

"네, 확인했습니다. 헌데 정보 유출 시점으로 보이는 날짜의 기록은⋯ 양은지 상담원이 빈 콜센터 안에 혼자 남아 있는 장면이 마지막이었습니다. 그 뒤로는 화면이 끊겼습니다. 그리고 무엇보다 확실한 건, A 광고대행사 측에서 양은지 상담원과의 긴밀한 접촉을 먼저 시인했습니다."

'대체 왜!'

지욱은 목구멍 끝까지 치솟은 그 말을 애써 눌렀다.

"양은지 상담원은 USB에 담은 정보를 자신의 아버지인 양철수에게 줘 A 광고대행사에 팔아넘기려고 했는데요, 그쪽에서 역이용해 저희 로얄카드로 협박을 해왔다고 합니다. 고객들의 개인정보가 유출될 위기이니, 돈을 준비하라고요."

"나는 처음 듣는 소리인데?"

"저도 그 부분이 의아했습니다. 그래서 회장님 비서실에 알아보니⋯ 본부장님이 양은지 상담원과 깊은 관계라는 소문이 돌고 있어 누구도 쉽게 입을 열지 못했다고⋯."

지욱은 다리에 힘이 쭉 빠지는지 제자리에서 휘청거렸다.

"이런 말씀 드려야 할지 고민했는데 그래도 본부장님께서 알고 계셔야 할 것 같아서요. 회장실과 보안팀에서는 양은지가 도련님에게 의도적으로 접근했다는 소문이 돌고 있습니다. 회장님이 많이 진노하셨는데, 쉽게 양은지 상담원을 처벌하지 못하는 것도 혹여 도련님에게 해가 될까 지켜보는 거라고⋯. 천천히 처벌을 진행할 계획이라고 했습니다.”

지욱은 믿을 수 없다는 듯 고개를 가로저었다. 그의 안색은 잿빛이 된 지 오래였다. 몸 안의 모든 장기가 무기력하게 내려앉는 듯했다.

낡은 다세대 연립 앞에 지욱의 차가 멈춰 섰다. 은지가 함박웃음을 지으며 달려왔다.

“시간도 늦었는데, 갑자기 무슨 일이에요?”

“⋯.”

오늘따라 더 천진난만한 그녀의 얼굴이 그의 마음을 더욱 복잡하게 만들었다. 그는 깊고 무거운 한숨을 내쉬었다.

“무슨 일⋯ 있어요?”

은지가 미간을 좁히며 걱정스럽게 물었다. 지욱은 천천히 고개를 가로 젓더니 부자연스러운 미소를 지었다.

“나한테 할 이야기⋯ 없어?”

지욱이 나지막이 물었다.

“뜬금없이 무슨 소리예요?”

은지는 영문을 모르겠다는 듯 눈을 계속해 깜빡거렸다.

“미처 나한테 하지 못한⋯. 그러니까!”

지욱이 도저히 못 참겠다는 듯 목청을 높였다. 은지는 놀란 듯 몸을 움찔거렸다.

"지욱 씨, 무슨 일 있어요?"

은지는 잔뜩 주눅이 든 얼굴로 골똘히 생각에 잠겼다. 아무리 기억을 되짚어봐도 그에게 감추고 있는 건 없었다.

"없는…!"

그 순간 번뜩 떠오르는 게 있었다.

"아! 있어요. 말하려고 했는데, 그만 타이밍을 놓쳤네요. 얼마 전에… 아빠를 만났어요."

그녀의 고백과 동시에 지욱의 머릿속에 CCTV 화면 하나가 재생됐다. 자료를 주고받던 부녀의 모습이.

"지욱 씨한테 말하려고 했는데…!"

은지가 우물쭈물하자 지욱이 기어이 추궁하듯 물었다.

"네가 먼저 부탁한 거야, 아님 아버지가 먼저 그렇게 하자고 한 거야?"

은지는 깜짝 놀란 듯 눈을 동그랗게 떴다.

"그걸 어떻게… 내가 아빠 만난 거 다 알고 있었던 거예요? 아빠가 퀵 배달 해준 것도?"

"대답해. 네가 먼저 부탁한 거냐고."

차갑게 변한 그의 눈빛이 미세하게 떨리고 있었다.

"그래요. 내가 부탁한 거예요. 그땐 그 방법밖에 없었으니까."

은지가 대수롭지 않다는 듯 말했다.

지욱은 그녀의 말을 어떻게 받아들여야 될지 종잡을 수 없었다.

어디서부터 잘못된 건지도 도무지 감을 잡을 수 없었다. 자신이 저지른 일을 왜 또 이렇게 순순히 천연덕스럽게 실토하는지도. 둘 중 하나는 제정신이 아니었다. 그는 한참을 침묵하다 겨우 한마디를 뱉어냈다.

"내려."

순식간에 다른 사람이 된 듯 지욱의 표정은 차갑고 무서웠다.

"네?"

"내리라고!"

순식간에 돌변한 지욱의 모습에 은지는 얼음이 되어버렸다. 가슴 한 구석이 움푹 파이는 듯한 느낌이었다.

은지가 차에서 내리자 그는 곧바로 그곳을 떠났다. 은지는 공허한 시선으로 멀어지는 지욱을 바라봤다. 그녀는 여전히 영문을 알 수 없었다. 무엇이 그를 이토록 냉정한 사람으로 만들어버렸는지.

***

지욱의 주상복합아파트 문 앞에 누군가 기대 서 있었다. 세린이었다.

세린이 넉살좋게 웃으며 지욱의 앞으로 다가갔다.

"제가 드린 정보는 확인해보셨나요? 도지욱 씨라면 아마 지금쯤 모든 확인 절차를 마쳤을 것 같은데…!"

"…"

"오래 서서 기다렸더니, 다리가 아프네요. 저 차 한잔 주시겠어요?"

세린은 승기를 잡은 자의 여유를 부렸다. 지욱은 무거운 한숨을 내쉬며 현관 도어를 잡아당겼다.

거실로 들어서던 지욱이 휙 돌아서 그녀를 벽 쪽으로 밀치며 말했다.

"원하는 게 뭐야!"

세린은 조금도 당황하지 않고 대답했다.

"말했잖아요. 지욱 씨랑 선 결혼 후 연애를 해보고 싶다고."

"거절하면?"

"기자들은 여러 가지 경우의 수를 생각해 미리 기사를 써두곤 하죠. 어떤 결과가 주어지든 빠르게 내보낼 수 있도록 말이에요. 저도 마찬가지로 몇 가지 경우의 수를 생각해 미리 기사를 써뒀죠."

"…."

"첫 번째 헤드라인, 로얄카드 후계자 도지욱, 한양일보 강세린 기자와 전격 결혼 발표."

지욱은 한쪽 손으로 이마를 짚었다.

"두 번째 헤드라인은 로얄카드 콜센터 직원, 고객 개인정보 유출 정황 포착!"

굳게 쥔 그의 주먹이 파르르 떨렸다.

"협박이군."

"아뇨, 기회를 드리는 거예요. 후자의 기사가 나오면 로얄카드는 보나마나 나락으로 떨어질 거예요. 개인정보가 유출되고, 판매되기 직전까지 무방비로 둔 사측에 대한 비난과 반감! 감당이 될 것 같나요? 뭐, 회사가 그 지경이라면 양은지라는 한 사람은 이미

만신창이가 된 후겠지요. 죄는 미워해도 사람은 미워하지 말라는데. 그 여자가 잘못한 건 맞지만… 한때나마 지욱 씨가 마음을 줬던 사람이잖아요."

세린은 기회라는 명분을 앞세워 그를 교묘히 협박했다.

"차는 다음에 마시는 걸로 하죠. 아! 기사 마감이 자정까지라. 그때까지 별다른 연락 없으면, 지욱 씨도 우리 결혼 발표에 동의하는 걸로 간주할게요. 그럼 잘 생각해보세요."

세린은 생기 넘치는 눈빛으로 현관을 빠져나갔다.

지욱은 비틀거리며 장식장으로 다가가 위스키를 꺼내들었다. 크리스털 컵에 독한 술을 가득 채웠다. 무슨 생각을 하는지 잔이 넘쳐흘러도 모르는 눈치였다. 뒤늦게 정신이 든 지욱은 단숨에 술잔을 비웠다.

그렇게 몇 번을 채우고 비우기를 반복했다. 흐릿해진 시야에 자꾸 누군가의 얼굴이 아른거렸다. 그의 꽉 막힌 목구멍에서 누군가의 이름이 작게 새어나왔다.

"양은지…"

지욱은 괴로운 듯 테이블에 고개를 묻었다. 정신이 아득해지는 순간, 그는 깨달았다. 자신이 도저히 헤어 나올 수 없는 함정에 빠졌다는 것을.

따 따라라 따따다.

머리맡에 놓아둔 휴대폰 알람에 은지는 두 눈을 찡그렸다.

눈도 제대로 뜨지 못한 그녀는 손의 감각만으로 종료 버튼을 찾아 눌렀다. 하지만 알람은 끄덕도 하지 않고, 다시 반복해 울기 시작했다.

"아, 오늘따라 왜 이래…!"

은지는 반쯤 잠긴 목소리로 투덜거렸다. 그리고는 팔을 뻗어 휴대폰을 낚아챘다.

화면을 보니 알람인 줄 알았던 벨은 경란에게서 걸려온 전화였다. 부재중 10통이라는 글씨가 작게 보였다.

"얜 꼭두새벽부터…."

은지는 찌뿌둥한 몸을 비틀며 통화버튼을 눌렀다.

"왜?"

그녀의 귓가로 경란의 격앙된 목소리가 찌르듯 들어왔다.

〔야, 양은지! 왜 이렇게 전화를 안 받아. 지금 큰일 났어!〕

*　*　*

은지는 헤드셋을 귀에 고정시켰다.

붉게 물든 눈, 얼룩진 피부, 잔뜩 굽은 어깨까지. 아직 상담을 개시하기도 전인데, 그녀는 이미 녹초가 된 상태였다.

은지는 콜 대기 화면을 잠시 내리고 인터넷을 창을 열었다. 실시간 검색어에 여전히 1위 자리를 지키고 있는 이름을 보자 다시금 심장이 쿵 내려앉는 기분이었다.

1. 도지욱

2. 도지욱 결혼

3. 로얄카드

4. 한양일보 강세린

그녀 혼자만 갖기엔 너무나도 큰 이름이었던 걸까. 오늘따라 그 이름이 낯설고 멀게만 느껴졌다.

은지는 차마 그 이름을 클릭하지 못하고 손을 말아 쥐었다. 그때 귓가로 익숙한 알림음이 들려왔다. 콜이었다.

은지는 가라앉은 목소리를 애써 끌어올린 후 입을 열었다.

"안녕하세요, 고객님. 로얄카드 상담원 양. 은. 지. 입니다. 무엇을 도와드릴까요?"

〔예, 로얄 클리어 카드 말인데요.〕

고객이 심각한 목소리로 말했다. '로얄 클리어 카드' 문의는 요즘 가장 많이 걸려오는 것 중 하나였다. 그녀는 녹음된 자동응답기처럼 답변을 뱉었다.

"네, 고객님. 혹시 기존에 로얄 클리어 카드를 사용하신 적 있으신지요?"

〔네, 맞아요. 근데 재발급을 받으려고 알아보니 갑자기 단종이라고 해서요.〕

"네, 많이 당황스러우셨겠습니다. 고객님께서 알아보신 것과 마찬가지로 안타깝게도 로얄 클리어 카드는 현재 단종된 상품입니다. 그와 비슷한 혜택의 카드로 안내해드려도 괜찮으시겠습니까?"

로얄 클리어 카드는 젊은 직장인을 타깃으로 출시된 로얄카드의 대표 상품 중 하나였다. 특히 점심시간대인 오전 11시부터 오후 2시 사이에 전국 모든 식당 및 레스토랑에서 1만 원 이상 결제 시 5% 할인을 제공하는 혜택으로 큰 사랑을 받았다.

한 끼 밥값만 해도 만 원이 육박하는 요즘 세상에, 직장인과 학생들의 주머니 부담을 줄여주는 가성비 좋은 카드였다. 하지만 자비로운 혜택의 부작용으로 로얄카드는 적자의 늪에 빠지고 말았다. 그래서 결국 단종된 비운의 카드가 바로 '로얄 클리어 카드'였다.

〔아무리 그래도 그렇지, 잘 쓰고 있었는데… 하루아침에 단종이라니.〕

고객이 혼잣말처럼 투덜거렸다. 은지는 그의 말이 남의 일처럼만 들리지 않았다.

'그러게요, 갑자기.'

잘 쓰고 있던 신용카드가 하루아침에 단종된 고객의 마음이나, 사랑하는 사람의 결혼 소식을 기사를 통해 접한 그녀의 마음이나 충격은 매한가지였다. 은지는 저도 모르게 나올 뻔한 울먹임을 간신히 숨기고 말을 이었다.

"일반적으로 혜택이 좋은 카드라고 하면, 사용한 금액 대비 2퍼센트 이상의 혜택을 받는 카드를 의미합니다, 고객님. 저희 로얄카드에는 로얄 클리어 카드 말고도 평균 2퍼센트 이상의 혜택을 보장하는 카드가…"

은지는 자동응답기처럼 외운 스크립트 열심히 떠들었다. 그러면서 머릿속으로 생각했다. 좋은 것은 늘 빠르게 단종된다고. 신용카드도, 사람도.

〔됐어요! 클리어 카드 아니면… 굳이 다른 카드를 발급 받을 생각은 없어요.〕

고객은 은지의 안내를 거부하고 전화를 끊어버렸다. 그 순간 알수 없는 공허함이 그녀를 휘감았다. 가슴 깊숙한 곳이 얼얼해졌다. 고객이 단종이란 사실을 알면서도, 상담 전화를 걸어 재차 확인했듯 은지도 그에게 직접 확인하고 싶었다. 그의 목소리로 직접 듣고 싶었다.

그 전까지는 완전히 받아들일 수 없었다. 그가 정말 다른 여자와 결혼하긴 하는 건지? 그렇다면 왜 갑자기 그런 결정을 내리게된 것인지? 왜 아무 말도 없이 이런 식으로 이별을 통보한 것인지? 도지욱이라는 사람에게 자신은 대체 어떤 존재였는지.

은지는 휴대폰을 꺼내 지욱에게 전화를 걸었다. 이른 아침부터계속 그의 전화는 꺼져 있는 상태였다. 은지는 마른 입술을 손으로 만지작거리며 전화기를 귀에 댔다. 어쩐 일인지 ARS 대신 신호음이 들려왔다. 은지는 심장이 철렁 내려앉았다.

***

"역시 듣던 대로 현명한 분이네요, 지욱 씨."

세린이 커피 잔을 탁자에 내려놓으며 말했다.

"약속대로 관련 자료를 모두 폐기하세요."

"물론이죠. 제가 준비해둔 보도자료는 이미 모두 삭제한 상태에요. 광고대행사 쪽에서 입수한 원본 파일도 오늘 안에 모두 폐기할 거고요."

세린이 턱을 치켜들며 말했다.

"이제 이 일에 더 이상 양은지라는 여자는 관련 없는 겁니다."

"…양은지? 처음 듣는 이름인데요."

"이제 뭘 할 겁니까?"

"결혼식, 서둘러요. 양가 부모님과 식사는 오늘 저녁으로 잡아뒀어요. 아, 그리고 혹시 우리 기사에 달린 댓글들 봤어요? 혼전임신이네, 정략결혼이네, 말이 많던데. 전 그런 의혹들 딱 질색이거든요. 확실한 정보 제공 차원에서 기자회견도 모레로 잡아놨고요. 나머지 결혼 준비는 제가 플래너와 직접 상의하고 진행할 거니까, 굳이 이런 것 신경 쓰지 않아도 돼요."

세린은 자신이 계획해둔 일정을 거침없이 말했다.

걷잡을 수 없이 흘러가는 이 모든 상황에 지욱은 허탈한 미소가 터져 나왔다.

"난… 분명 말했습니다."

지욱이 단호한 목소리로 말했다.

"결혼식을 하든, 약혼식을 하든, 당신 마음대로 해도 좋아. 그리고 거기까지야. 더 나갈 수 있는 건 없어."

철옹성 같은 그의 말에 세린은 기가 찼다.

"그럼 이따 양가 부모님 식사 때 뵙죠. 난 이만."

세린은 퉁명스러운 눈빛으로 멀어지는 그의 뒷모습을 주시했다.

출입문 쪽으로 걸어가던 지욱이 잠시 걸음을 멈춰 섰다. 주머니

쪽에서 진동이 오고 있었다. 휴대폰을 꺼내 확인하던 그의 두 눈동자가 힘없이 떨리기 시작했다.

***

은지는 경란에게 끌려가다시피 회사 로비에 있는 베이커리로 들어갔다.

"연락은 아직 없고?"

은지는 빵을 깨작깨작 뜯으며 고개를 끄덕였다.

"신호는 가는데… 안 받아."

경란은 자기 일처럼 열을 올렸다.

"진짜 살다 살다 별의 별 꼴을 다 본다. 너도 알다시피 내가 이별을 좀 많이 해봤잖아? 환승 이별, 문자 이별, 잠수 이별, 묻지마 이별… 이별이란 이별은 다 당해봤지만, 이런 경우는 진짜 처음 본다! 어떻게 한마디 말도 없이 결혼 발표로 이별을 알려!"

경란의 목청이 한껏 올라갔다.

"무슨 이유가 있을 거야."

은지가 공허한 시선으로 테이블을 보며 말했다.

"양은지 너도 참 대단하다."

"그 사람, 그럴 사람 아니야. 분명 무슨 일이 있는 걸 거야."

눈앞에 보이는 모든 것이 지욱이 그녀를 떠났다 알려주었지만, 눈으로 볼 수 없는 많은 것들이 아니라고 말해주는 것만 같았다.

"야! 네가 좋아하는 감자 고로케다! 이거라도 좀 먹어."

경란은 은지를 달래보려고 애를 썼지만 허무할 뿐이었다.

"그래, 지금 이 상황에서 뭐가 넘어가겠냐. 그냥 이거 가져가서 나중에 먹어."

그녀는 고로케를 포장해서 은지의 코트 주머니 속에 넣어주었다. 그때였다.

"김 대리, 저기 도지욱 본부장 아니냐?"

다른 테이블의 남자 직원들이 투명유리 너머를 가리키며 말했다. 은지는 반사적으로 고개가 돌아갔다.

"아침에 기사 봤어? 도 본부장이랑 한양일보 딸이랑 결혼한다며. 역시 끼리끼리인가?"

"두 사람 결혼해서 아기 낳으면, 아빠가 로얄카드 후계자에 엄마가 한양일보 회장 딸…. 그 아기는 다이아몬드 수저 확정이네."

사람들의 웅성거림은 그저 거리에 흘러나오는 음악처럼 희미했다.

그의 얼굴을 보자, 은지는 참고 있던 모든 감정이 북받쳐 올랐다.

"야, 양은지!"

그녀의 눈물을 본 경란이 소리쳤다.

은지는 목구멍 안이 꽉 막힌 것처럼 괴로웠다. 도저히 참을 수가 없다는 듯 그녀가 초점 없는 눈빛으로 자리에서 일어났다.

경란은 불현듯 기시감이 들었다. 그 순간 오래전 어느 날의 기억이 스멀스멀 되살아났다. 이윽고 불안감이 엄습해왔다.

경란이 잠시 멈칫 한 사이 은지는 벌써 베이커리를 빠져나가고 있었다.

"야, 양은지!"

경란이 손 써볼 새도 없이 은지는 로비 한가운데로 달려가고 있었다.

"도지욱!"

그녀의 목소리가 로비 안에 쩌렁쩌렁 울려 퍼졌다.

지욱이 익숙한 목소리에 이끌리듯 천천히 고개를 돌렸다.

은지가 눈앞에 있었다. 어디서부터 뛰어왔는지 상체를 숙여 한참 동안 가쁜 숨을 골랐다.

"대체, 왜… 대체…!"

그녀는 말을 제대로 잊지 못했다.

"기사에 난 그대로야."

싸늘한 목소리에 은지의 눈빛이 초점 없이 마구 흔들렸다.

"도대체 왜, 왜! 갑자기 왜….

은지가 흐느끼듯 호소했다.

"우린 애초에 갈 길이 다른 사람들이었지. 무슨 설명이 더 필요한가?"

은지는 믿을 수 없다는 듯 천천히 고개를 가로 저었다.

"거짓말….

눈가가 촉촉이 젖은 은지의 눈망울을 보자 지욱도 가슴이 터질 것만 같았다.

"이제 당신 자리로 돌아가, 양은지 상담원. 지난 몇 달간 나는 당신에게… 분에 넘치는 꿈을 꾸게 해줬어. 그걸로 버틸 수 있을 거야. 힘든 감정노동도, 꿈과 현실의 괴리도."

지욱의 말이 비수처럼 은지의 가슴에 가 박혔다.

"보는 눈이 많군. 일개 상담원과 내가 이렇게 가까이서 말을 섞는 게 이상해 보일 거야."

은지의 눈앞에 섬광이 번쩍거렸다. 무엇도 그녀를 막을 수 없었다.

"진심… 이에요?"

"그럼… 이게 장난처럼 보이나."

지욱은 애써 더 매정하게 굴었다.

은지는 체념한 듯 군말 없이 등을 돌렸다. 지욱은 돌아가는 그녀를 말없이 지켜보았다.

휘청거리며 걷던 은지가 갑자기 멈춰서더니 휙 돌아 지욱을 노려보았다.

그녀의 한쪽 손이 코트 주머니 속 무언가를 강하게 움켜쥐었다. 베이커리에서 계산을 마치고 나온 경란은 눈앞에 펼쳐진 광경을 보고 입이 쩍 벌어졌다.

"야, 너… 또…!"

그녀가 말을 다 마치기도 전에 일이 터지고 말았다. 은지는 지욱을 향해 기름이 뚝뚝 떨어지는 고로케를 강속구로 내던졌다. 그것이 마치 마지막 이별의 선물이라도 되는 듯.

지욱은 처음 은지를 만났을 때처럼, 자신에게 날아드는 또 하나의 운명을 담담히 받아들이려는 듯 두 눈을 지그시 감았다.

***

검은 정장 차림의 남자가 지욱과 세린의 거래 장면이 담긴 스마트폰을 들고 서 있었다.

라혜의 입가에서 깊고 흐뭇한 미소가 새어나왔다.

"사랑하는 여자가 개인정보를 빼돌렸단 사실을 알고, 그것을 덮기 위해 결혼까지 불사하는 후계자라… 완벽한 시나리오야. 이제 상영 시간만 기다리면 되겠군. 박 실장! 계획대로 진행해주세요."

허공을 보는 라혜의 눈빛이 번뜩거렸다.

"네, 사모님."

박 실장이 뒤돌아 나가자 라혜는 만족스러운 듯 상체를 소파에 편히 기울였다.

2층으로 이어지는 계단 한가운데서 그는 난간을 움켜쥐고 이 상황을 지켜보고 있었다.

"엄마!"

건우가 뒤에서 나지막이 그녀를 불렀다.

라혜가 흠칫 놀라며 자리에서 일어났다.

"거, 건우야!"

"형이 갑자기 결혼발표를 한 게… 이런 이유 때문이었어?"

"너 언제부터 거기에…."

"이 모든 게 다 엄마가 짠 시나리오였냐고?"

"…."

"대체 왜!"

건우는 두 눈을 힘껏 부라리며 고함을 질렀다.

"다 널 위한 거야! 너를 이 로얄카드 후계자로 만들기 위해서라면 난 못 할 일이 없어!"

"그렇게 얻어낸 게 과연 행복할까? 엄마, 난 그저 내 삶을 즐기고 싶어. 내 인생의 버킷리스트를 하나 둘 지워가며… 하지만 그 리스트 중 하나라도 다른 사람을 불행하게 만드는 게 있다면 난 하지 않아."

"불행? 네가 불행이 뭔지 알기나 하니! 첩의 아들 따위에게 회사가 넘어가는 걸 두 눈 뜨고 지켜봐야 하는 내 인생은… 네 엄마 인생은 불행해 보이지 않니?"

"이미 엄마 때문에 세 사람의 인생이 엉망이 되고 있다고!"

라혜는 목구멍이 콱 막혔다. 그녀는 한동안 아무 말도 잇지 못하고 입술만 뻐금거릴 뿐이었다.

***

로얄 카드 대회의실.

회의실 정면에 '로얄카드 정기 주주총회'라는 현수막이 보였다. 지욱이 그 안으로 들어서자 나이 지긋한 임원들이 너도나도 한마디씩 던졌다.

"도 본부장, 한마디 예고도 없이… 깜짝 놀랐어요."

"한양일보 강 사장하고 나하고 대학 동기야. 그래서 그런지 내가 도 본부장을 사위로 맞는 것 같은 기분이라니까."

가장 나중으로 정남이 도착하자 사회자는 정기총회의 시작을 알렸다.

"금융회사 지배구조 모범규준, 제56조에 의거하여 제30기 정기 주주총회를 시작하겠습니다. 그럼 제1호 의안 제30기 재무제표 및 연결재무제표 승인의 건에 대한…."

사회자의 진지한 목소리가 스피커를 통해 흘러나왔다. 그때 갑자기 어디선가 지지직거리는 소음이 끼어들기 시작했다.

사람들은 천장에 달린 스피커를 올려다보며 하나 둘 이맛살을 찌푸렸다. 곧 소음이 한순간에 싹 가시며 낯익은 목소리가 스피커로 흘러나왔다.

〔이제 됐습니까?〕

"이게 무슨 소리야?"

회의실 안에 있던 사람들이 웅성거리기 시작했다.

〔역시 듣던 대로 현명한 분이네요, 지욱 씨.〕

"지욱?"

"도 본부장을 말하는 건가?"

정남이 두 눈썹을 치켜세우며 지욱을 쏘아봤다.

〔약속대로 양은지 상담원이 유출한 개인정보 관련 자료를 모두 폐기하시죠.〕

"아니!"

"개인정보 유출?"

예상치 못한 은밀한 대화에 사람들은 일제히 미라처럼 굳은 얼굴이 되었다. 정남이 창백한 얼굴로 비서에게 빨리 이 사태를 막으라고 지시했다.

〔물론이죠. 제가 준비해둔 보도자료는 이미 모두 삭제한 상태예요. 광고대행사 쪽에서 입수한 원본 파일도 오늘 안에 모두 폐기

할 거고요.〕

〔이제 이 일에 더 이상 양은지라는 여자는 관련이 없는 겁니다.〕

〔양은지? 처음 듣는 이름인데요.〕

〔이제 뭘 할 겁니까?〕

〔결혼식, 서둘러요.〕

회의실 분위기는 순식간에 시베리아 벌판만큼이나 싸늘해졌다. 지욱은 말없이 고개를 떨군 채 깊은 한숨을 내쉬었다.

***

H 호텔 커피숍.

세린은 누군가를 기다리며 찻잔을 기울이고 있었다.

"강세린 기자님?"

세린은 소파에 기대고 있던 등허리를 바로 세웠다.

"네, 도건우 씨? 아니지…. 이제 도련님이 되겠네요."

세린이 경쾌한 목소리로 말했지만, 건우의 목소리에는 한껏 날이 서 있었다.

"그럴 필요까지 없을 텐데."

"네?"

세린이 웃음기를 싹 거두며 차갑게 물었다. 건우도 본론으로 들어가겠다는 듯 진지한 눈빛이었다.

"강 기자님, 양은지라는 여자에 대해 얼마나 알죠?"

느닷없는 질문에 세린은 당황한 기색을 감추지 못했다.

"로얄카드 김라혜 여사님, 그러니까 제 어머니에 대해선 얼마나 압니까?"

세린은 그의 질문이 왠지 모르게 불쾌하게 느껴졌다.

"당황스럽네요. 갑자기 왜 이런 질문을 하시는 거죠?"

세린의 얼굴에서 찡그린 기색이 가시지 않았다.

"강 기자님은 두 여자에 대해 아는 게 하나도 없는 것 같아서요."

"무슨 말을 하고 싶으세요?"

세린은 인내에 한계를 느낀 듯 말했다.

"강 기자님, 당신이 속았다는 걸 얘기하는 겁니다, 지금."

건우가 세린의 눈을 피하지 않고 똑바로 쳐다보며 말했다. 세린은 알 수 없는 불안감에 아랫입술을 꾹 깨물었다.

**

"도 본부장! 해명해보시게나. 이게 대체 어떻게 된 일인지."

흰머리가 성성한 남자가 목젖을 실룩거리며 소리쳤다.

"뭐 해명이 필요한 일입니까? 들은 그대로일 텐데!"

또 한 명의 남자가 끼어들어 말했다.

"증권가 찌라시에 도 본부장이 말단 직원과 사내 연애를 한다는 소문이 돌 때만 해도 그저 코웃음치고 넘겼는데, 사랑에 눈이 멀어 이 사단을 낼 줄이야!"

"도 회장님, 회장님은 알고 있던 부분입니까?"

이번에는 정남에게 불똥이 튀었다.

라혜가 세린과 지욱을 잘 이어보겠다 해서 잠시 한 발 물러서 있던 게 화근이었다. 정남은 생각지도 못한 전개에 정신이 아득해졌다.

"모두 제 잘못입니다."

지욱이 고개를 숙인 채 담담히 말했다.

"이게 사과의 말 따위로 덮을 수 있는 일인가? 도 본부장!"

누군가 테이블을 쾅 내리치며 소리쳤다. 그러자 여기저기서 원성의 목소리가 터져 나왔다.

그때였다. 회의실 문이 부서질 듯 젖혀졌다.

"큰일 났습니다!"

*　*　*

"내 자리로 돌아가라고? 돌아간다! 돌아가! 돌아가라면 누가 겁먹을 줄 알아!"

은지가 빈 소주잔을 테이블에 툭 내려놓으며 말했다. 기다란 눈물 한줄기가 그녀의 얼굴에 또 하나의 얼룩을 만들었다.

'근데 어쩜 좋지? 몸은 하다못해 연립 반지하라도 가면 되는데…. 내 마음, 내 마음은 돌아갈 곳이 없는데….'

은지는 티슈를 뽑아 코를 크게 풀었다. 그녀의 시선이 술집에 틀어놓은 TV로 향했다. 그 전까지는 잘 들리지 않던 뉴스 소리가 갑자기 선명하게 귀에 꽂혔다.

긴급 속보 자막.

빨간 헤드라인 속 글씨가 왠지 모르게 낯익었다. 그녀의 입이 뒤늦게 쩍 벌어졌다.

'긴급 속보 로얄카드, 고객 개인정보 유출 사고 발생'

은지는 술기운에 헛것을 본 게 아닌가 싶어 손으로 눈자위를 꾹꾹 눌렀다.

'긴급 속보입니다. 로얄카드 이용 고객의 개인정보가 담긴 USB와 서류가 방송사 사무실에서 발견되었습니다. 보도에 김성민 기자입니다. SBN 방송국의 한 사무실, 이곳은 최근 신입 공채 서류 접수처로 사용된 곳입니다. 수북이 쌓인 서류들을 정리하던 한 직원이 사측이 제공한 양식과 다른 서류를 발견하고 이상하게 여겨 경찰에 신고를 한 것으로 알려졌습니다. 또한 목소리 연기 샘플 제출용으로 접수된 USB에도 수만 건의 개인정보가 담겨져 있었습니다. 경찰은 SBN 방송국에 이 서류를 배달한 퀵 서비스 배달원 양 모씨 등을 대상으로 수사를 진행해 나갈 계획이라고 밝혔습니다.'

은지는 얼마나 놀랐는지 눈꺼풀을 깜빡일 수조차 없었다. 철수의 핼쑥한 얼굴이 머릿속에 스쳐지나갔다.

"아빠…?"

***

세린은 A 광고대행사 앞에서 잠시 생각에 잠겼다.

"강 기자님, 당신이 속았다는 걸 얘기하는 겁니다, 지금."

"속았다뇨? 대체 뭘 말이죠?"

"강 기자님이 기레기가 되었다는 겁니다! 직접 확인하지 않은 정보를 정말 믿었단 말입니까?"

"그거라면 CCTV 화면과 양은지 씨 컴퓨터에서 충분한 증거가 나왔고, 정보를 거래하려던 광고대행사 쪽에서도 이미 시인했어요."

"광고대행사는 직접 만나 취재해보셨나요?"

"…"

세린은 둔탁한 무언가로 머리를 두들겨 맞은 듯 정신이 번쩍 들었다. 자신이 간과하고 있던 것, 너무나도 쉽게 빠져버린 함정이 그제야 보이기 시작한 것이다.

세린은 서둘러 광고대행사 건물로 들어갔다. 안내 데스크 직원이 그녀를 보더니 어떻게 왔냐는 듯 눈빛을 보냈다.

"김라혜 여사님께서 보내서 왔습니다. 강세린입니다."

세린의 말에 데스크 직원은 어딘가로 전화를 걸었다. 잠시 후 수화기를 내려놓은 여자는 그녀를 대표실로 안내했다. 대표실 문이 열리자 40대 중반으로 보이는 남자가 걸어와 그녀를 맞아주었다.

"어서 오십시오."

"한양일보 강세린 기자라고 합니다."

"네, 기사 통해 봤습니다. 도지욱 본부장님과 결혼하신다고요. 축하드립니다."

"아… 네."

"그런데 여기까진 무슨 일로?"

"아, 김라혜 여사님, 아니 어머님께 이번 일에 대해 모두 들었어

요. 양은지, 양철수 부녀와 관련된….'

세린의 입에서 뜻밖의 기밀이 터져 나오자 대표는 잠시 당황한 얼굴이었다.

"이제 한 식구인데 비밀을 만들어선 안 된다고 그러셨어요."

"아, 네. 그런데 직접 여기까지 오신 이유는…?"

"제가 직업병 때문인지, 직접 눈으로 확인을 해야 비로소 믿는 버릇이 있어서요."

대표는 잠시 고민하더니 자리에서 일어나 사무실 한편에 있는 금고로 갔다. 다시 자리로 돌아온 대표는 세린에게 두툼한 서류봉투 하나를 건넸다.

세린이 봉투를 잡아든 순간이었다. 휴대폰에서 요란한 알림음이 터져 나왔다. 미리보기로 뜬 내용에 그녀의 두 눈이 튀어나올 듯 커졌다.

'긴급 속보 로얄카드 고객 개인정보 유출 사고 발생'

***

주주 총회가 한창이던 대회의실 안으로 뉴스 속보가 흘러나왔다. 사람들은 긴장한 채 프로젝터 화면에 시선을 고정했다.

"…목소리 연기 샘플 제출용으로 접수된 USB에는 수만 건의 개인정보가 담겨져 있던 것으로 밝혀졌습니다. 이 우편물을 배달한 것으로 보이는 퀵 서비스 배달원 양모 씨를 만나봤습니다."

이윽고 얼굴이 모자이크 처리된 남자가 화면에 나왔다.

"어떻게 이 우편물을 SBN 방송국에 배달하게 된 건가요?"

"아무래도 중간에 우편물이 바뀌었나 봐요. SBN 방송국에 배달하려던 건 딸 아이 성우 공채서류였는데 다른 우편물이랑 바뀐 거예요…."

'성우 공채서류? 배달원 양 씨?'

지욱의 두 눈이 튀어나올 듯이 커졌다. 그 순간 잊고 있던 은지와의 대화가 언뜻 스쳐지나갔다.

'네가 먼저 부탁한 거야? 아님 아버지가 먼저 그렇게 하자고 한 거야?'

'그걸 어떻게…. 내가 아빠 만난 거 다 알고 있었던 거예요? 그럼 아빠가 퀵 배달 해준 것도?'

'대답해. 네가 먼저 부탁한 거냐고.'

'맞아요. 내가 부탁한 거예요. 그땐 그 방법밖에 없었으니까.'

그리고 CCTV 화면으로 확인했던 장면.

'그럼 그게…!'

지욱은 가슴이 철렁 내려앉는 기분이었다. 스스로 함정에 빠졌다고 포기한 나머지 은지마저 버렸다는 자책감이 솟구쳤다.

"SBN에 배달하려던 따님의 공채서류 대신 이 개인정보 서류가 배달되었다, 이 말씀이죠? 그렇다면 이 개인정보 파일은 어디서 나신 겁니까?"

"의뢰를 받았어요. 고객에게 전화를 받고 제가 로얄카드 사원 캐비닛에서 직접 꺼내다가 A 광고 대행사로 배달하려던 거였습니다."

"그럼 의뢰를 한 사람이 누굽니까?"

"그 물건은… 맞아요, 그래! 이태원 사모님이라고…!"

그 순간, 화면이 뚝 끊기고 다시 스튜디오 앵커 멘트가 이어졌다.

"보다 정확한 정보가 확인되는 대로 신속히 전해드리겠습니다. 다음 뉴스입니다."

프로젝트 화면이 종료되고, 회의실 장내로 다시 조명이 들어오자, 주주들의 어두워진 표정이 더욱 두드러져 보였다.

"이태원 사모라면, 혹시 김라혜 여사 아닙니까? 도회장!"

누군가 추궁하듯 말하자, 주변에서도 웅성거리는 소리가 커졌다.

정남은 벌떡 일어나 회의실을 빠져나가 버렸다.

막 들어온 유 비서가 숨찬 호흡을 가다듬으며 지욱의 옆으로 다가와 슬며시 귓속말을 전했다.

"본부장님, 혹시나 싶어 알아봤는데… 은지 양 컴퓨터에서 개인정보 유출 흔적을 찾았다고 했던 보안기술팀장 말입니다. 그 사람이 김라혜 여사님과 따로 접촉해온 정황을 발견했습니다. 아마도…."

지욱은 유 비서가 흐린 말끝에 내포된 뜻을 금방 알아차렸다. 그제야 모든 걸 알 것 같았다. 그는 붉게 충혈된 눈으로 어딘가를 하염없이 노려봤다.

***

TV에서 '이태원 사모님'이라는 소리가 흘러나온 순간, 라혜는 화면 쪽을 향해 리모컨을 신경질적으로 내던졌다.

그때 현관에서 정남의 분기탱천한 목소리가 들려왔다.

"당신 짓이야? 정말 당신이 그랬냐고!"

이미 방송에서 자신이 지목되는 걸 목도한 라혜는 눈에 뵈는 게 없었다.

"그래요. 내가 그랬어요, 내가!"

라혜가 반쯤 넋이 나간 얼굴로 외쳤다.

"두 아이를 이어보겠다더니, 대체 무슨 이상한 일을 꾸민 거야!"

정남이 붉으락푸르락해진 얼굴로 버럭 소리쳤다.

"개인정보 서류가 잘못 배달되지만 않았어도…!"

라혜가 혼잣말처럼 궁시렁거리듯 말하자, 정남은 기가 차다는 듯 내뱉었다.

"오호라, 그저 다 실수일 뿐이다? 그럼 주주총회에 두 아이 녹취 파일이 흘러나온 건 그건 대체 어떻게 설명할 거지!"

"…난 모르는 일이에요!"

"모르는 일? 거기, 박 실장!"

정남의 목에서 힘줄이 잔뜩 불거져 나왔다.

"박 실장, 누가 주주총회에 그 녹취파일을 틀라고 지시하던가!"

정남의 말에 이쪽저쪽 곁눈질을 하던 박실장이 떨리는 목소리로 말했다.

"그게…."

"어서 말하지 못해!"

"사, 사모님께서…."

박 실장이 겁에 질린 듯 이실직고하자 라혜가 더 큰 소리로 외쳤다.

"그래요! 내가 그랬어요. 다 내가 꾸민 일이라고요!"

그녀는 열꽃이 피어오른 뺨을 치켜들며 울화통을 터뜨렸다.

"당신은 오로지 지욱이! 지욱이밖에 몰랐잖아요. 난 우리 아들을 지키고 싶었어요! 그래서 꼭 로얄카드의 후계자로 세우고 싶었다고요. 첩의 아들 주제에… 어떻게 감히 로얄카드를!

그때였다. 인터폰에서 벨이 울리는 소리가 들려왔다. 정남이 매섭게 인터폰을 노려보자, 박 실장이 조심히 걸음을 옮겨 통화버튼을 눌렀다.

"누구십니까?"

"경찰서에서 나왔습니다. 김라혜 씨 안에 계시죠?"

라혜의 눈동자가 순간 좌우로 마구 요동치기 시작했다.

***

은지는 무작정 술집을 빠져나와 길로 나섰다. 정처 없이 놓은 발길이지만 자연스럽게 집으로 향하고 있었다.

"아빠…!"

모자이크를 해놔도 딸의 눈을 속일 수는 없었다. 은지는 한눈에 철수를 알아봤다.

'대체 아빠가 왜 여기에 나오는 거야!'

걷다 보니 어느새 집 앞이었다.

은지가 걸음을 멈추었다.

지욱이 연립 입구 쪽에서 그녀를 바라보고 있었다. 가로등 아래, 음영이 진 그의 얼굴은 오늘따라 더 조각 같았다.

은지는 흠결 없는 조각상을 보고 마음속 잠금장치가 해제되려는 것을 간신히 참았다.

지욱이 긴 다리로 그녀에게 성큼 다가왔다.

은지는 금세라도 으르렁거릴 것 같은 눈빛으로 그를 노려봤다.

잠시 침묵이 흐른 뒤 조심스레 지욱이 입술을 뗐다.

"양은지, 지금부터 내 말 잘 들어. 그동안 우리에게 일어난 일들. 모두 설명해줄 테니."

은지는 아직 그를 포기하지 않았다. 그리고 이 상황에서 물러나고 싶지도 않았다. 그래서 입술을 작게 오므리고 그의 말에 귀를 기울였다.

지욱이 긴 이야기를 하는 동안 은지는 믿을 수 없다는 듯 연신 고개를 가로저었다.

한참 동안 이어지던 그의 이야기가 끝났다. 은지의 입에서 짧은 신음이 새어나왔다.

"말도 안 돼…."

"모두 사실이야."

지욱이 담담한 목소리로 말했다.

"그게 내가 할 수 있는 최선이었어. 네가 날 욕하고 원망하는 건 얼마든지 참을 수 있지만, 세상 사람들이 널 비난하고 아프게 하는 건 두고 볼 수 없었어."

지욱의 진정 어린 눈빛에 은지는 눈꺼풀도 깜빡일 수가 없었다. 그는 한 번도 본 적 없는 모습을 보았다. 지욱의 어깨가 자신보다 좁아 보였던 것이다. 산처럼 크고 높아 절대 꺾이지 않을 것 같았던 남자가 무너져 내린 모습을 보고 만 것이다. 도저히 보고만 있을 수 없었다.

"안 어울려, 안 어울린다고!"

그녀가 울먹임 섞인 목소리를 내자, 지욱은 고개를 천천히 들어 올렸다.

"지욱 씨랑 하나도 안 어울려. 여자 앞에서 이런 모습도, 모르는 여자랑 하루아침에 결혼 발표하는 것도 그렇고… 쉬운 남자 컨셉… 그런 거 지욱 씨랑 완전 안 어울린다고."

은지가 아랫입술을 꾹 깨물었다 떼며 말했다.

"다신 그러지 마요! 다시는…"

그 순간이었다. 울먹이는 소리를 연신 토해내던 그녀의 입가로 지욱의 입술이 불쑥 들이닥쳤다. 서로를 아프게 했던 모든 말들을 지우려는 듯, 두 사람은 오랫동안 뜨겁게 서로의 숨결을 주고받았다.

찰칵.

누군가의 집요한 카메라가 그 모습을 생생하게 담아내고 있을 거라곤 상상도 하지 못한 채.

***

'소스케, 나… 비록 코코미보다 아는 것도 별로 없고, 어설프고,

서투른 거 투성이일지는 모르겠지만 그래도… 할 수 있는 데까지 해보고 싶어. 힘을 합쳐서, 모두가 한 가지를 위해 땀 흘리는 거, 그게 무엇보다도 멋있는 거 같아. 츠요시처럼 말이야. 나는 그런 게 왠지… 그냥 좋아.'

세린의 컴퓨터 스피커로 앙증맞은 목소리가 흘러나왔다.

세린은 컴퓨터에 꽂힌 낯선 USB를 의미심장하게 바라보고 있었다. 파일이 다 돌아가자 그녀는 파일을 다시 리플레이 했다.

맑고 때 묻지 않은 목소리를 듣고 있노라니, 오랫동안 잊고 있던 어느 날의 기억이 불현 듯 되살아났다. 세린은 두 눈을 지그시 감고 생각했다.

'68번 강세린 양, 마지막으로 하고 싶은 말 있으면 해보시죠.'

한양일보 공채기자 최종면접장. 세린의 두 손바닥에는 축축한 땀이 한가득 묻어났다. 세린은 잔뜩 주눅이 든 목소리로 말했다.

'…진실된 정보를 제공하는 기자가 되고 싶습니다. 발로 뛰고 땀 흘려 얻어낸 정보만을 전하는 기자가 되겠습니다.'

떨리는 목소리로 꿈에 대한 열정을 이야기하던 그녀의 목소리와 스피커에서 흘러나오는 은지의 목소리가 어딘지 모르게 비슷하게 느껴졌다.

세린은 광고대행사에서 받아온 서류봉투를 열었다. 고객들의 개인정보가 들어 있어야 할 그 안에는 은지의 고민이 가득 담긴 자기소개서가 한 통 들어 있었다.

'사람의 마음을 홀리는 건 인어의 목소리가 아니라, 진실을 말하는 목소리입니다.'

자기소개서의 한 구절이 눈길을 사로잡았다. 세린은 얼른 이어지는 단락을 읽어 내려갔다.

'다년간 콜센터에서 일하며 깨달은 건 사람들이 상대의 얼굴과 눈빛, 표정을 볼 수 없어도, 목소리만으로 그 사람을 느낀다는 점입니다. 목소리에는 그 사람이 드러납니다. 어떤 마음 상태인지, 진실을 말하는지, 거짓을 말하는지. 상대에게 호감이 있는지, 없는지. 목소리는 거짓말을 못하는 셈이지요. 저는 사람들의 마음을 홀리는 건 인어의 목소리가 아니라, 진실을 말하는 목소리라고 생각합니다. 저는 그런 성우가 되고 싶습니다. 진실한 목소리로 사람들을 훔치는. 매분기 친절 상담원으로 뽑힌 저는 어쩌면 누구보다 그런 재능이 있는지도 모릅니다.'

세린은 피식 웃음이 터져 나왔다. 촌스러울 정도로 진솔한 누군가의 마음이 느껴졌기 때문이다. 그러면서도 이상하게 명치끝이 답답해져왔다. 은지의 진솔한 목소리가, 자꾸 그녀가 잊고 살던 무언가를 상기시켰다. 세린은 멀거니 허공을 응시했다.

그리고 결심한 듯한 얼굴로 서랍 가장 깊숙한 곳에 보관하고 있던 두툼한 파일 하나를 꺼내 들었다.

'로얄카드 도정남 회장 취재자료'

***

"회장님 지금 뉴스 채널에서…!"

최 비서가 다급하게 회장실 안으로 뛰어 들어왔다.

"또 뭔데 소란이야! 개인정보 유출에, 마누라 구속으로 모자라… 또 뭐가 남았나?"

정남은 며칠 새 몰라보게 퀭해진 얼굴로 소리쳤다.

"세린 양과 지욱 도련님의 결혼 기자회견 말입니다."

"그건 진작 취소됐잖아!"

"네, 그런 줄로만 알았는데, 세린 양이 혼자서 기어이 일을 벌인 모양입니다."

"뭐?"

정남은 한쪽 눈썹을 바짝 치켜 올렸다.

최 비서가 TV를 켜자 기자회견 장소로 자주 등장하는 S 호텔 비스타홀의 실내가 비쳤다. 화면만 봐도 현장이 얼마나 기자들로 북새통을 이루는지 알 수 있었다. 로얄카드의 개인정보 유출 사고이슈가 맞물린 때여서 예상보다 많은 기자들이 몰린 것 같았다.

잠시 뒤 카메라는 회견장 안으로 들어오는 세린의 모습을 잡았다. 카메라 셔터를 눌러대는 소리가 TV 스피커를 압박해왔다. 마이크 앞에 선 세린이 차분히 입을 뗐다.

"안녕하세요. 한양일보 강세린 기자입니다. 늘 기자석에만 있다가 오늘 여기… 이 자리에 서려니 몹시 어색하네요."

그녀는 잠시 뜸을 들이며 아랫입술을 꾹 깨물었다. 그리고는 다소 비장한 얼굴로 말을 이어나갔다.

"본래 이 자리에서 도지욱 씨와 저의 결혼 기자회견이 예정되어 있었지만, 차질이 생겼습니다. 그럼에도 제가 이렇게 여러분들 앞에 나선 건… 기자로서 그리고 한 인간으로서 양심 고백을 하기 위해서입니다."

그녀의 입에서 '양심 고백'이라는 뜻밖의 말이 튀어나오자 기자들은 더욱 분주해졌다. 키보드를 두드리는 소리가 이전보다 훨씬 더 커졌다.

"단도직입적으로 말씀드리겠습니다. 저와 로얄카드 도지욱 본부장의 결혼은 일종의 거래였습니다."

정남은 온몸이 경직된 채 화면을 뚫어져라 바라보았다. 세린은 브레이크가 고장 난 자동차처럼 진실을 향해 폭주하기 시작했다.

"제가 처음 로얄카드에 관심을 갖게 된 계기를 말씀 드리겠습니다. 한 1년 전쯤이었을 겁니다. 우연히 로얄카드 도정남 회장이 수행기사를 비롯한 개인 비서들에게 온갖 갑질을 한다는 제보와 함께 그가 아들의 혼인을 빙자해 젊은 여성들에게 접근하고 있다는 소문을 접했습니다. 갑질 논란은 이미 기사화돼 많은 분들이 알고 계실 겁니다. 그리고 두 번째 소문 또한 취재 결과 사실이었습니다."

화면을 지켜보던 정남은 결국 몸을 이기지 못하고 소파에 풀썩 주저앉았다.

"회장님!"

최 비서가 놀라서 소리쳤다. TV 속 세린은 꿋꿋이 말을 이어나 갔다.

"며느릿감을 물색하던 도정남 회장은 구 양이 오래전부터 도지욱 씨를 스토킹해온 스토커임을 알면서도, 그와 결혼시켜주겠다며 접근해… 그녀가 도지욱 씨를 감금하게 만들었습니다. 왜 대체 그런 짓을 했냐고요? 그 이유는 도지욱 씨의 현재 연인인 양모 씨를 떼어내기 위함이었죠."

기자들은 특종을 예감하며 손가락에 불이 날 정도로 키보드를 두들겨댔다.

"미친 소리 집어치워!"

정남은 분을 삭이지 못하고 소리쳤다. 그의 안면이 경련을 일으키며 파르르 떨렸다.

"부끄럽지만, 저도 도정남 회장이 관리하던 며느리 후보 중 한 명이었습니다. 그를 실제로 만난 후, 그와 계속 만나고 싶었고 급기야 결혼을 하고 싶다는 욕심까지 갖게 되었습니다. 그러던 중 도정남 회장님의 아내, 김라혜 여사를 만나게 됐습니다…."

그녀의 말에 장내에 큰 파장이 일었고 그 분위기는 TV에도 고스란히 전해졌다.

"모든 게 순조롭게 진행되는 줄만 알았습니다. 하지만 그게 아니었죠. 차라리 그래서 다행입니다. 이제라도 제 잘못을 깨닫게 되었으니까요. 김라혜 여사님이 보여준 자료는 모두 거짓이었습니다. 조작된 거였죠. CCTV 속 양모 씨가 아버지에게 전달한 우편물은 개인정보 자료가 아닌, 자신의 꿈을 위해 도전하는 이력서였습니다."

세린이 손짓을 하자, 회견장 스피커에서 누군가의 낭랑한 목소리가 흘러나왔다.

'소스케, 나… 비록 코코미보다 아는 것도 별로 없고, 어설프고, 서투른 거 투성이일지는 모르겠지만 그래도… 할 수 있는 데까지 해보고 싶어. 힘을 합쳐서, 모두가 한 가지를 위해 땀 흘리는 거, 그게 무엇보다도 멋있는 거 같아. 츠요시처럼 말이야. 나는 그런 게 왠지… 그냥 좋아.'

"그녀의 꿈은 성우였나 봅니다. 그분 자기소개서에 이렇게 쓰여 있더군요. 사람의 마음을 홀리는 건 인어의 목소리가 아니라, 진실을 말하는 목소리라고. 그 문장을 읽는데… 왜 제 눈가가 뜨거워진 걸까요? 기자로서 진실을 말하는 목소리, 그것을 잃어버린 제 자신이 너무 한심하고 불쌍해서 그랬나 봅니다. 그래서 용기를 내 이 자리에 섰습니다. 이제라도 잃어버린 것들을 되찾기 위해서 말이죠."

최 비서가 얼른 TV 전원을 껐다. 정남은 자신의 모든 허물이 드러난 이 순간에도, 믿을 수 없다는 듯 연신 고개만 저어댔다.

그때 밖에서 소란스러운 소리와 함께 웬 남자들이 안으로 들이닥쳤다.

"강남서에서 나왔습니다. 도 회장님, 저희와 함께 가주셔야겠습니다."

***

세린의 기자회견 직후 로얄카드에는 긴급 주주총회가 소집되었다. 회의실 곳곳에서 무거운 한숨 소리가 흘러나왔다.

"회사가 어떻게 되려고 이렇게 바람 잘 날이 없는지, 쯧쯧!"

흰머리 성성한 주주 하나가 입술을 삐죽이며 투덜댔다.

어수선한 분위기 속에서 지욱이 회의실 문을 휙 열어젖히며 들어섰다.

지욱은 주주들에게 정중히 인사를 하고, 사회자석으로 걸어가 마이크 앞에 섰다.

"이번 개인정보 유출 사고와 도정남 회장님 내외분의 구설수로 많은 심려를 끼쳐드린 점 진심으로 사과드립니다."

지욱이 주주들 앞으로 나와 90도 인사를 했다. 그리고는 다시 얼른 마이크를 잡았다.

"현재 SBN 방송국에서 발견된 개인정보 관련 자료는 즉각 폐기 처분했고, 관련 피해 사항이 있는지 조사를 시작한 상황입니다. 할 수 있는 모든 방법을 총동원해 고객들의 피해를 최소화하도록 노력할 것입니다. 도정남 회장님과 김라혜 여사께서는 성실히 조사를 받고, 죄가 밝혀진다면 마땅히 처벌을 받겠다고 하셨습니다. 저 도지욱은 책임지고 회사의 안정화를 위해 힘쓰겠습니다."

"도 본부장이 유능한 건 익히 알고 있지만, 이번 사태는 쉽지 않을 텐데?"

"직접적으로나 간접적으로나 이번 사고에 도 본부장이 관여하고 있잖아!"

여기저기서 부정적인 의견들이 쏟아져 나왔다.

한동안 입을 굳게 다물고 있던 지욱이 숨을 깊이 들이마시고는 다시 입을 열었다.

"만약 제가 빠른 시일 내에 회사를 안정화시키지 못한다면, 깨끗하게 후계자 자리에서 물러나겠습니다."

지욱의 단호하고도 명쾌한 대답에 회의장 안은 순간 조용해졌다.

"그래요, 우리 도 본부장을 한 번 믿어봅시다. 이미 총회에서 후계자로 공식 지명을 받은 인재 아닙니까."

"도 회장이 부재중이니, 후계자로 지명 받은 도 본부장이 회사를 이끄는 게 당연하지!"

주주들의 빳빳했던 고개가 하나 둘 끄덕끄덕 움직이기 시작했다.

그때 가늘게 뜬 눈으로 스마트폰을 들여다보던 주주 하나가 혼잣말처럼 말했다.

"근데 이거 어쩌나, 도 본부장? 책임져야 할 게 회사 말고도 또 있는 것 같은데!"

지욱은 무슨 말이냐는 듯 고개를 갸웃거리며 그의 손에 들린 스마트폰을 주시했다.

***

상담 모니터 한쪽에 세린의 기자회견 동영상을 작게 켜놓고 보던 은지는 헤드셋을 벗어 잠시 테이블에 내려놓았다. 왠지 마음이 이상했다.

띠링.

직원들끼리 사용하는 메신저로 단체 쪽지가 하나 날아왔다. 낯선 링크 주소가 보였다.

콜이 뜸한 시간이면 종종 이런 게 날아들곤 했다. 은지는 그저 시시껄렁한 유머이겠거니 생각하며 무심코 그것을 클릭했다.

잠시 후 새 창이 켜지며, 큰 글씨로 된 헤드라인이 한눈에 들어왔다.

'위기의 로얄카드, 그 속에서 피어난 사랑'

은지가 스크롤을 내리자 격정적으로 입술을 포개고 있는 남녀의 사진이 화면을 압박해왔다. 그녀는 너무 놀라 한 손으로 입을 틀어막았다. 눈을 비비고 다시 봐도 사진 속 남녀는 세상에서 그녀가 가장 잘 아는 두 사람이 확실했다. 도지욱 그리고 양은지.

그 글에 벌써 수백 개도 넘는 댓글이 달려 있었다.

- 희대의 로맨티스트 도지욱
- 끼리끼리 만나는 재벌가에서 단연 돋보이는 커플! 콜센터 상담원과 로얄카드 후계자의 만남이라니! 로맨스 소설 같은 스토리에 심쿵!
- 사랑하는 여자를 위해 다른 여자와 결혼까지 결심하다니. 이 커플 잘됐으면 좋겠다.
- 이 만남 찬성일세!
- 두 분 사랑 진심을 담아 응원합니다!

예상했던 것과 달리 두 사람을 응원하는 선플들이 가득했다.

은지의 얼굴에 간만에 생기가 돌았다. 하지만 방심은 금물이었다. 콜센터 안에 있던 동료들이 교육이라도 받은 듯 일제히 그녀 쪽을 돌아보고 있었다.

은지는 목구멍이 콱 막히는 것 같았다. 마침 그녀를 구해줄 콜이 울리기 시작했다. 은지는 얼른 고개를 모니터로 돌렸다. 그리고는 목청을 가다듬어 인사말을 뱉었다.

"안녕하세요, 고객님. 로얄카드 상담원 양. 은. 지. 입니다. 무엇을 도와드릴까요?"

씩씩한 그녀의 음성과는 달리 수화기 너머에서는 긴 침묵이 흘러나왔다.

"고객님? 저, 무엇을 도와드릴까요?"

〔저… 어디에도 정보를 찾을 수가 없어요.〕

귀에 익은 중년 여자의 목소리였다.

"네, 고객님. 정보라면 어떤 걸 말씀하시는지요?"

〔그게….〕

***

송 팀장은 지욱의 한마디 한마디에 열성적으로 고개를 끄덕였다.

"네, 알겠습니다. 본부장님."

"그럼 송 팀장만 믿겠습니다."

"최선을 다하겠습니다."

송 팀장은 지욱을 향해 강렬한 시선을 던졌다. 그리고는 길게 숨을 내쉰 뒤 본부장실을 나갔다.

혼자 남겨진 지욱은 몇 시간 전에 주주들 앞에서 했던 말을 떠올렸다.

'네, 책임질 겁니다. 로얄카드도 그리고 제 여자도 말이죠. 지켜봐주십시오.'

지욱은 어색하게 미소 지었다.

은지는 복도를 서성이며 전화를 걸었다. 그녀의 손에는 꼬깃꼬깃해진 메모지 한 장이 들려 있었다.

'K 호텔 202호'

그녀는 멍하니 메모지에 적힌 글씨를 바라보았다.

〔고객님의 전화기가 꺼져 있어….〕

지욱의 전화는 무슨 일인지 계속 꺼져 있었다.

'대체 왜 안 받는 거야?'

은지는 초조한 눈빛으로 휴대폰을 응시했다.

"야, 뭐해! 오늘 신규카드 교육 있는 날이잖아."

경란이 옆에 와 있는 줄도 몰랐다.

"오늘?"

"그래, 비가 오나 눈이 오나 그리고 열애설이 터지나…. 신규카드 교육을 땡땡이칠 수야 없지, 안 그래?"

경란이 은지를 놀리듯 공연히 짓궂게 말했다.

"누가 땡땡이친대?"

"늦겠다! 얼른 가자!"

경란은 은지에게 팔짱을 끼고 후다닥 엘리베이터로 갔다.

세미나실은 먼저 온 상담원들로 북적였다. 뒤늦게 은지가 들어오니, 여기저기서 수군거리는 소리가 났다. 시샘과 부러움이 뒤섞인 음성이 은지의 귓가에까지 들렸다.

잠시 후 송 팀장이 세미나실 가운데로 나와 마이크를 들었다.

"여러분이 제일 싫어하는 시간이 왔습니다. 여러분의 잠든 암기력을 깨울 시간! 자, 이번 신규카드의 혜택과 서비스를 정확하게 숙지해서, 스크립트를 미리 작성해두시고… 고객들에게 제대로 안내할 수 있게 미리미리 준비합시다."

말을 마친 송 팀장은 빔 프로젝터 화면에 신규 카드 프레젠테이션용 화면을 실행시켰다. 그러자 기존 카드와 별반 다를 바 없는 외형의 카드가 화면에 떴다.

"이번 신규카드의 특징이라고 할 것 같으면, 카드 디자인부터 일상 속 불편함을 개선하고 변화한 디자인이라는 점입니다. 카드 곳곳에 이렇게 홈이 있어 빡빡한 지갑 속에서도 쉽게 꺼낼 수 있고, 세로형 지갑이나 가로형 지갑 모두에서 카드 번호 등 카드 정보를 쉽게 확인할 수 있다는 점! 꼭 체크해뒀다가 안내할 수 있도록! 그럼 다음으로… 가장 중요한 할인 서비스 차례입니다."

송 팀장이 PPT를 한 장 넘기자, 상담원들은 메모할 준비를 했다. 은지도 손바닥만 한 수첩을 펼쳐 '신규카드 할인 서비스'라고 썼다.

"이 카드는 전월 이용금액에 상관없이 할인을 받을 수 있습니다. 또한 4대 백화점인 롯데, 현대, 신세계, 갤러리아 그리고 각종 편의점과 커피 전문점을 무한도로 이용할 수 있고, 통신요금도 면제됩니다."

송 팀장의 설명에 상담원들은 모두 황당하다는 표정을 지었다. 궁금한 건 못 참는 경란이 번쩍 손을 들었다.

"저기요! 팀장님, 전월 이용금액에 상관없이 할인을 받는다고요? 기껏해야 전월 50만원 이상 사용하면 1만원 안팎으로 할인받는 게 평균인데… 전월 이용실적 없이 할인이 된다는 게 획기적인데요?"

"맞습니다. 전월 이용금액에 상관없이 할인 혜택이 들어갑니다."

송 팀장의 답변에도 경란의 의문은 끝나지 않았다.

"그리고요, 4대 백화점을 무한도로 이용한다고요? 무한도가 아니라 무이자 할부 이벤트를 잘못 말하신 거죠? 맞죠?"

그녀의 말에 송 팀장은 천천히 고개를 가로 저었다. 그리고는 단호하게 말했다.

"무한도입니다."

여기저기서 '말도 안 돼'라고 속닥거리는 소리가 흘러나왔다.

"알겠습니다. 저희는 그럼 '무한도'라고 안내할게요. 책임은 송 팀장님이 지시는 걸로!"

경란이 끝까지 믿지 못하겠다는 듯 떨떠름하게 말했다.

은지도 어리둥절한 얼굴로 수첩에 '4대 백화점 무한도'라고 메모를 했다. 적고 보니 더 이상했다. 송 팀장은 상담원들의 반응을 무시하고 PPT 화면을 다음 장으로 넘겼다.

"말도 안 된다고 하기 전에, 발급 조건을 확인해야겠죠. 이 혜택을 아무나 누릴 수 있는 게 아니니까. 이 카드의 특징이 발급 조건이 아주 까다롭고, 아주 제한적이라는 것입니다."

은지는 수첩을 한 장 넘겨 '발급 조건'이라고 메모했다. 그때 누군가 세미나실 앞쪽 문을 확 열어젖혔다. 모두의 시선이 일제히 그곳으로 쏠렸다.

큰 키에, 조각 같은 이목구비, 오늘부로 로얄카드의 총사령관이 된 지욱이 긴 다리로 성큼성큼 걸어 들어왔다.

'지욱 씨…? 하루 종일 전화도 꺼져 있더니, 신규 카드 교육 현장에는 대체 왜….'

은지가 고개를 갸웃하는 순간 송 팀장이 지욱을 소개했다.

"신규카드 발급 조건은, 이 카드의 기획자이신, 도지욱 대표님께서 직접 알려주시겠습니다."

은지는 동공이 확장된 채 지욱을 똑바로 응시했다.

"안녕하십니까? 도지욱입니다."

지욱이 인사말을 하자 여기저기서 큰 박수소리가 흘러나왔다.

"신규카드의 발급 자격에 대해 말씀 드리겠습니다. 이미 들었겠지만, 이 카드는 실적이나 한도에 영향을 받지 않습니다. 대신 몇가지 독특한 조항이 있죠. 우선 20대 여성 그리고 실질적으로 가장의 역할을 하고 있는 사람이어야만 합니다. 그리고 생계를 위해 현재 다른 일을 하고 있더라도, 반드시 자신이 이루고자 하는 꿈을 가슴에 품고 사는 사람이어야 합니다. 다음으로, 비록 아름다운 얼굴은 아니지만 그래도 봐줄 만한 얼굴에, 매일매일 듣고 싶은 목소리를 가진 사람. 마지막으로 위의 모든 조건에 해당되면서… 이제 도지욱 인생에 없어서는 안 될 단 한 사람."

지욱이 말끝을 흐리며 누군가를 찾는 듯 시선을 돌렸다. 그리고 얼마 지나지 않아 놀란 토끼 눈이 된 은지를 발견하고 시선을 고정했다. 은지는 미친 듯 방망이질 해대는 심장 때문에 숨조차 제대로 쉴 수가 없었다.

"이 카드를 발급받을 수 있는 유일한 사람, 양은지…."

지욱이 그 어느 때보다 감미롭게 그녀를 불렀다. 그러자 여기저기서 '오오!' 하는 함성이 쏟아져 나왔다.

은지는 모든 지각이 멈춰버린 것 같은 착각이 들었다. 주변의 모든 사람과 사물은 사라지고, 지욱과 그녀 자신, 두 사람만 오롯이 그곳에 숨 쉬고 있는 것 같았다.

은지는 사람들에게 떠밀리다 못해 못이기는 척 지욱이 있는 곳으로 걸어 나갔다. 그리고는 지욱이 건네는 카드 한 장을 받아들었다.

"이러면 내가 너무 속물 같잖아요."

은지가 지욱에게 속삭이듯 한마디 내뱉었다.

"착각 마. 너 혼자 쓸 거 아니니까."

"네?"

은지가 눈을 동그랗게 뜨고 물었다.

"이거 가족 카드야! 이제 우리가 함께 쓸…!"

"가족 카드?"

"싫으면 지금 반납하든가."

지욱은 그 말을 툭 던지고는 긴장이 되는지 입술을 다셨다. 은지는 잠시 뜸을 들이더니 피식 웃으며 대답했다.

"싫어요! 내가 카드란 카드는 죄다 꿰고 있는데 이만한 혜택은 어디에도 없었다고요…!"

"그래? 아직 감탄하긴 이른데…."

"헐, 그럼 뭐가 더 있단 말이에요?"

"평생 사랑 마일리지를 가득 채워줄게. 넌 나한테 받은 사랑…
그 10분의 1만큼이라도 캐시백 해주면 돼. 난 그걸로 충분하니까."

"풉, 뭐요? 뭘 캐쉬백 해준다고요?"

은지가 피식 웃음을 터뜨렸다. 그 순간 지욱이 와락 그녀를 품
에 끌어안았다.

세미나실 안에 있던 상담원들은 연애소설을 훔쳐보는 여고생들
처럼 꺄악, 소리를 질렀다. 한동안 가만히 그의 품에 안겨 있던 은
지가 갑자기 지욱을 확 밀쳐냈다. 그리고는 그의 손목을 획 잡아
채며 말했다.

"어서 가요!"

"뭐?"

"이러고 있을 시간이 없다고요!"

지욱은 영문도 모른 채, 은지의 손에 이끌려 나갔다.

두 사람을 태운 택시가 K 호텔 정문에서 멈춰 섰다. 지욱은 뜻
밖의 장소에 차가 서자 헛웃음이 나려는 것을 애써 참았다.

"많이 급했나 보군."

"급했죠, 당연히."

은지는 그 어느 때보다 당당한 목소리였다.

지욱은 그런 그녀의 모습이 제법 도발적으로 느껴졌다. 혼자 무
슨 상상을 했는지 귓불까지 붉어졌다. 무심결에 지욱의 얼굴을 본

은지는 미간을 찌푸렸다.

"뭐예요, 그 표정? 그리고 귀는 왜 이렇게 빨간 거고?"

"조금 당황스러워서. 너한테 이런 면이… 있을 줄은 몰랐는데."

"이런 면이라뇨?"

"다짜고짜 날 여기로 데려왔잖아. 호텔…. 하긴 요즘엔 혼수로 아기를…."

지욱은 생각만 해도 쑥스럽다는 듯 혼자 피식 웃었다. 은지는 어이가 없어 저절로 벌어진 입을 다물지 못했다.

"혼수? 그런 거 아니거든요!"

"그럼 여긴 왜 온 건데?"

지욱이 민망한지 황급히 웃음기를 거두고 물었다.

"그게…."

은지는 몇 시간 전, 우연히 받게 된 한 통의 콜을 떠올렸다. 왠지 모르게 귀에 익던 그 목소리를.

〔도지욱 본부장을 만나고 싶은데, 어디에도 정보가 없어서요. 나와 있는 번호라고는 여기 콜센터뿐이라, 여기다 걸었어요.〕

"아, 그러셨군요. 고객님. 하지만 저희 고객 상담실에선 카드 관련 상담만을…."

〔나도 알아요. 벌써 수십 번째 똑같은 답변으로 거절당했으니까.〕

은지는 얼른 고객의 최근 상담내역을 살폈다. 정말 여러 차례 상담 연결되었던 기록이 보였다.

"네, 그러셨군요. 죄송합니다. 혹시 무슨 용건 때문인지 여쭤봐도 될까요?"

〔…〕

"말씀하기 어려우시면 굳이 안 하셔도 괜찮습니다. 그럼 이렇게 하시겠어요? 전화주신 고객님 성함과 연락처를 남기시면….'"

〔아니에요. 아닙니다. 그럼 수고하…〕

그때 은지는 왠지 익숙하게 느껴지던 고객의 목소리를 어디선가 들어본 것 같다는 확신이 들었다.

"잠깐만요, 고객님!"

은지는 짧은 순간 엄청난 용량의 기억을 더듬기 시작했다. 그리고 불현듯 낡은 녹음기 하나가 뇌리에 스쳐갔다.

'제주도 별장… 파나소닉 녹음기!'

"고객님… 아니, 어머니?"

은지의 갑작스런 말에 수화기 너머 놀란 숨소리가 들려왔다.

은지도 이 상황이 믿기지 않는 듯 침을 꿀꺽 삼켰다. 그리고는 조심스레 말을 이었다.

"사람의 신체에서 성대가 제일 늦게 늙는다고 하던데… 그게 정말인가 봐요. 목소리가 그대로세요. 파나소닉 녹음기에서 들었던 목소리랑 지금이랑 그대로예요. 지욱씨는 제 목소리가 어머니 목소리랑 비슷하다고 했지만… 제가 듣기엔 어머니 목소리가 훨씬 더 아름다워요."

〔아가씨는 누구길래…〕

"아, 이렇게 전화상으로 인사를 드릴 줄은 몰랐는데…. 안녕하세요, 로얄카드 상담원, 아니 지욱 씨 여자 친구 양은지라고 합니다."

〔어떻게 이런 인연이…〕

"저도 2년 넘게 콜센터에서 일했지만, 지인? 지인은 좀 그런가요. 아무튼 아는 분과 연결된 건 오늘이 처음이에요."

〔지욱이 결혼 발표가 났길래 부리나케 들어왔어요. 못난 엄마지만, 그래도 결혼식이라도 멀리서 지켜보고 싶어서.〕

지욱은 온몸이 굳은 채로 은지의 이야기를 들었다. 그의 눈가는 이미 촉촉해져 있었다.

202호 객실 앞에 선 두 사람은 말없이 눈빛을 주고받았다. 은지는 평소와 달리 몹시 긴장한 지욱의 손을 꽉 잡아 주었다.

"많이 기다렸잖아요, 지욱 씨."

지욱은 천천히 고개를 끄덕이고는 긴 팔을 뻗어 벨을 눌렀다.

8

신용카드로 살 수 없는…

몇 달 후, 제주 낙천리 의자공원.

생화로 만든 아치장식과 꽃길 버진로드는 야외 결혼식을 더욱 생기 있게 만들었다.

천여 개의 의자에도 하얀 천이 씌워졌다. 이제 하객을 맞을 일만이 남은 상황이었다. 경란은 공원 한편에 마련된 신부대기실로 달려갔다.

'내 아를 낳아도'라는 문구가 적힌 의자에 은지가 수줍게 앉아 있었다.

"야! 양은지!"

익숙한 목소리에 은지는 얼른 고개를 들었다. 엠파이어 라인 웨딩드레스를 입은 은지는 우아함과 고전미가 동시에 흘러나오는 여신 그 자체의 모습이었다. 콜센터 상담사 유니폼에 가려져 있던 여성미가 날 잡고 발산되고 있었다.

"야, 너 진짜 양은지 맞아?"

경란의 카랑카랑한 목소리는 평소보다 더 쩌렁쩌렁 울려 퍼졌다.

은지는 부끄러운 듯 손사래를 쳤다. 경란은 얼른 은지 옆으로 바짝 다가가 셀카를 찍기 시작했다.

"야, 나 완전 오징어 같네. 신부화장에 웨딩드레스에… 안 되겠다, 필터 카메라라도 켜야지."

부산스럽게 스마트폰을 터치하던 경란이 실수로 카메라 방향 전환 버튼을 누른 순간이었다.

화면에 잡힌 낯선 피사체를 본 경란은 심장이 쿵 내려앉아 말을 이을 수 없었다. 화면 속에는 턱시도를 입은 조각상 아니, 지욱이 서 있었다. 정갈하게 매만진 머리와 오늘따라 더 광채가 나는 이목구비. 다크 수트에 블랙 보타이를 한 지욱은 그야말로 남신의 형상이었다. 한동안 입을 다물지 못하던 경란이 혼잣말을 했다.

"내가 결혼식이란 결혼식은 많이 다녀봤지만… 이렇게 민폐 신랑은 처음 본다."

"뭐, 민폐 신랑?"

은지가 허탈한 표정을 지으며 물었다.

"그래! 결혼식의 주인공은 신부인데… 이건 뭐, 빼도 박도 못하게 신랑이 더 예쁘잖아."

"야, 너!"

은지가 눈을 가늘게 뜨고 경란을 노려봤다. 경란은 괜히 너스레를 떨며 후다닥 자리에서 일어났다.

"어머머, 내 정신 좀 봐. 방명록, 방명록 쓰러 가야지, 나는!"

지욱이 피식 웃으며 은지가 있는 쪽으로 다가왔다. 한 발치 떨어진 곳에서 잠시 멈춰 서 그녀를 바라보았다.

"뭐해요? 옆에 앉지 않고."

은지가 의아하다는 듯 말했다.

"가만히 있어 봐. 지금 저장 중이니까."

"저장?"

"내 마음속에. 사람들은 카메라에 추억을 담는다고 하지만, 정작 촬영하는 행위 때문에 진짜 순간을 놓치곤 하지. 난 이렇게 내눈으로 기록해 마음속에 저장해둘 거야. 살면서 언제라도 꺼내 볼 수 있도록."

지욱의 말에 은지는 수줍은 듯 볼을 붉혔다. 그때였다.

"누나!"

정장을 말끔히 차려입은 은구와 은호가 그쪽으로 들어왔다.

"은구야, 은호야!"

은지는 금세 엄마 미소를 지으며 두 동생을 바라봤다.

"축하드려요. 매, 매형."

은구가 수줍은 듯 지욱을 새로운 호칭으로 불렀다. 지욱은 난생처음 들어보는 '매형'이란 말에 감격한 표정이었다.

"고마워, 처남."

옆에서 그 모습을 지켜보던 은지는 웃음이 터졌다.

"두 사람 뭐야, 왜 둘이 더 수줍어 해요? 누가 보면 두 사람이 새신랑 새신부라도 되는 줄 알겠어."

한층 더 화기애애해진 신부대기실로 이번에는 한복 차림의 남녀가 들어왔다. 은지의 아빠 철수와 지욱의 엄마 선주였다. 두 사람은 한복 위에 웬 하얀 앞치마를 걸치고 있었다.

"어머님!"

"장인어르신."

은지와 지욱의 입에서 차례대로 비명이 터져 나왔다.

"어머니, 그게… 웬 앞치마?"

은지가 묻자, 선주와 철수는 깜짝 놀라며 허겁지겁 앞치마를 벗어 옆에 던져두었다. 지욱이 수상하다는 듯 대기실 밖으로 나가 밖을 둘러봤다. 그때 아까만 해도 없던 무언가가 덩그러니 자리를 차지하고 있는 게 보였다.

식장과 살짝 떨어진 한구석에 커다란 가마솥 서너 개가 있었다. 심지어 거기에서 하얀 김이 모락모락 피어오르고 있었다. 다시 대기실로 온 지욱이 선주와 철수가 벗어놓은 앞치마를 유심히 바라봤다.

"설마, 저 가마솥 두 분이 가져오신 거예요?"

지욱의 추궁에 선주가 난처한 듯 먼저 입을 뗐다.

"그래, 우리 아들 장가갈 때까지 밥 한 끼 제대로 못 해준 게 미안해서. 오늘 따뜻한 국수라도 한 그릇 말아주려고. 그리고 네가 혼자 컸니? 고마운 분들 도움과 사랑을 받아 컸지. 우리 아들 이렇게 멋진 남자로 자랄 수 있게 지켜준 분들, 따뜻하게 들고들 가시라고…."

선주의 말에 지욱은 숙연해진 얼굴이었다. 그때 철수가 불쑥 끼어들며 말했다.

"안사돈한테 그러자고 부추긴 건 나다. 영화배우 그 이름이 뭐더라… 하여간 그 사람들도 결혼식 날 커다란 가마솥 가져다가 국수 끓여서 나눠먹었다고 하던데, 우리도 그렇게 하자고 했어. 나도 애비로서 우리 딸한테 밥 한 끼 제대로 못 해준 게 미안해서. 늘 얻어먹기만 했지."

"아빠도 참…."

말은 그렇게 했지만 은지도 숙연해졌다. 철수와 선주, 두 부모의 마음이 전해져서 괜히 울컥하기까지 했다.

"앞으로는 평생 두 사람이 지어먹어야 할 밥이잖아. 마지막으로 양가 어른들이 해주는 거야. 두 사람 잘 살라는 의미에서."

"엄빠 찬스네!"

옆에 있던 은호가 불쑥 끼어들며 한마디 툭 던졌다.

"엄빠 찬스?"

철수가 그게 뭐냐는 듯 되물었다.

"엄마 아빠 찬스요!"

그때 유 비서가 대기실로 급하게 달려왔다.

"신랑님, 신부님, 예식 시간 5분 전입니다. 입장 준비해주세요."

***

두 사람의 결혼식에는 가까운 가족과 지인 스무 명만이 참석했다. 하지만 천여 개에 다다르는 하객석은 전혀 허전할 틈이 없었다.

제주도 중산간에 위치한 곳이라, 오름과 올레길이 가까워 여행에 지친 사람들이 잠시 쉬어가려 들렀다 우연히 두 사람의 결혼식에 참석한 것이다.

누군가를 축복해줄 마음이 있는 사람이라면 누구나 하객이 될수 있었다. 이건 은지의 의견이었다. 그녀는 의무나 품앗이 개념으로 참석하는 기존 결혼식은 하고 싶지 않았다.

"자, 그럼 신랑 도지욱군과 신부 양은지 양의 결혼을 축복하기 위해 특별히 준비한 영상을 감상하도록 하겠습니다."

사회자의 멘트와 함께 식장 정면에 설치된 커다란 스크린에 불빛이 들어왔다. 이윽고 익숙한 소리가 장내로 흘러나왔다.

〔안녕하세요 고객님, 로얄카드 상담원 양. 은. 지. 입니다.〕

생각지도 못한 소리에 은지는 두 눈이 휘둥그레졌다. 그리고 곧이어 낯선 누군가의 얼굴이 화면에 흘러나왔다.

주변에서 흔히 볼 법한 평범한 중년 여인이 화면을 향해 손을 흔들며 인사했다.

〔안녕하세요. 양은지 상담원, 처음 보는 얼굴이 축하 영상에 나와서 깜짝 놀랐죠. 내가 누구냐면, 예전에 카드 대금 연체 건으로 몇 차례 은지 양에게 상담 받았던 사람이에요. 그때 친절하게 상담해줘서 얼마나 고마웠는지 몰라요. 그리고 예쁜 신부가 된 거 정말 축하해요! 시작하는 사람들한테 이런 말해도 될지 모르겠지만, 결혼은 정말 현실이거든! 아가씨일 적엔 상상도 못했지. 내가 카드 대금 연체로 상담을 받을지. 근데 살다 보면 상상하지도 못한 일들이 불쑥 벌어지곤 해요. 내가 카드에 대해서는 우리 양은

지 상담원만큼 잘 알지는 못하지만, 그래도 인생! 결혼은 내가 선배니까. 상담이 필요할 때면 언제든 연락해요. 이제는 내가 은지 양의 상담원이 되어줄 테니까. 알았죠?〕

화면 하단 자막으로 중년 여인의 연락처가 공개되자, 하객석에서 웃음이 터져 나왔다. 그리고 연이어 또 다른 사람이 등장했다. 이번에는 지욱의 두 눈이 휘둥그레졌다.

"아… 아저씨?"

은지도 아는 사람을 본 듯 반가운 눈빛이었다.

〔안녕하세요. 양은지 상담원, 도지욱 본부장님. 흑산도에서 만났던 고객입니다. 기억하시죠? 두 분이 결혼한다는 소식 듣고 많이 놀랐습니다. 그러고 보니, 그때 섬에서 배가 끊겼잖아요. 보통 사람들이면 많이 당황해할 법도 한데 그때, 도지욱 본부장님이 몹시 태연한 얼굴이었어요. 어쩜 그때 이미 다른 마음을 품고 있었던 건 아니었나 하는 생각도 들고요.〕

지욱은 절대 아니라는 듯 고개를 재빨리 가로 저었다.

〔어쨌든 두 분! 결혼 정말 진심으로 축하드리고, 서로를 향해 막말보다 따뜻한 말을 하는 두 사람이 되길 바라겠습니다. 제가 경험자로서 감히 말씀 드리는 건데… 양은지 상담원 막말할 때, 그 음성이… 어우, 정말 간담이 서늘합니다. 도 본부장님, 아내 분한테 잘하세요. 그리고 조심하십시오!〕

흑산도 고객의 유머러스한 축하 인사에 다시 한 번 식장은 웃음 바다가 됐다. 은지도 차마 부인할 수 없다는 듯 과한 웃음을 지어 보였다. 그때였다.

〔은지 선배, 그리고 지욱이 형.〕

마지막 영상 메시지의 주인공은 건우였다.

〔결혼 축하해요. 두 사람 모습 직접 보고 축복해주고 싶었는데… 저는 또 다른 버킷리스트를 위해 여기 아프리카 에티오피아에 와 있어요. 이곳에 학교를 짓겠다는 꿈을 이루고 싶어서요.〕

그때 까만 피부에 커다란 눈망울을 가진 아이들이 우르르 카메라 앞으로 모여들었다. 그리고는 어눌한 발음으로 합창하듯 외쳤다.

〔결혼 축하… 합니다. 살앙… 해요!〕

그리고는 두 손가락으로 작은 하트를 만들어 보였다.

〔아, 나 그리고… 버킷리스트가 하나 더 생겼는데, 그건 혼자 힘으로는 이룰 수 없는 거예요. 두 사람이 협조해줘야 가능한데… 말해도 되죠?〕

은지와 건우는 의아하다는 듯 서로의 얼굴을 마주 보았다.

〔내 새로운 버킷리스트는 바로, 조카 바보 되기예요. 두 분 파이팅!〕

생각지도 못한 건우의 돌발 발언에 은지와 지욱은 순간 얼음이 되었다. 하객들은 또 한 번 파안대소했다. 두 사람은 민망한지 서로 눈도 마주치지 못하고 애써 허공만 바라봤다.

1년 후.

한복을 입은 은지가 분주하게 하객들에게 인사를 하고 있었다. 그 옆에서 지욱이 벌써부터 이목구비 주장이 남다른 남자 아기를 품에 안고 있었다.

이마에 도지욱 주니어라고 명찰이라도 단 듯 아기는 아빠 얼굴을 쏙 빼닮은 모습이었다.

"자, 그러면 돌잔치의 꽃! 하이라이트! 돌잡이 행사를 거행하도록 하겠습니다. 조선왕조실록 중 정조실록에 나와 있을 정도로 돌잡이는 유래가 아주 깊고 전통 있는 행사죠. 우리 도은우 군의 장래를 점쳐볼 아주 중요한 시간입니다. 모두 이 아이가 어떤 인재로 자라날지 기대해주시고요."

행사 도우미들이 테이블 위에 판사봉, 청진기, 연필, 복돈 등의 물품을 올려두었다. 은지와 지욱은 괜스레 긴장이 되는지 침을 꿀꺽 삼켰다.

아기가 작은 팔을 쑥 뻗었다. 그리고 번쩍 집어 들었다. 모두의 시선이 그곳으로 향했다. 이윽고 여기저기에서 웃음소리가 터져 나왔다.

"누가 도지욱 아들 아니랄까 봐! 하하하."

오직 두 사람, 은지와 지욱만 웃음기 잃은 얼굴로 서 있었다.

"당신! 저거 당신이 올려놨어요?"

은지가 지욱을 추궁하듯 물었다.

"나, 아냐!"

지욱이 억울하다는 듯 고개를 저었다. 이제 갓 돌이 된 은우가 당당히 집어 든 건 다름 아닌 '아메리칸 익스프레스 블랙카드'였다.

하객들의 박장대소에 놀란 은우가 갑자기 울음을 터뜨렸다. 은지는 얼른 은우를 품에 들어 안았다. 그리고는 한 손으로 능숙하게 스마트폰 동영상을 재생시켰다.

"착하지! 우리 은우! 눈물 뚝! 엄마가 변신 자전거 바송 틀어줄 게요."

은지가 스마트폰을 터치하자 화면에서 유아용 애니메이션이 흘러나오기 시작했다.

〔나는야 변신 자전거 빠송! 내 두 바퀴로 전 세계를 누비지!〕

애니메이션 주인공 특유의 씩씩하고 명랑한 목소리였다. 헌데 어딘가 모르게 익숙한 소리였다.

은우는 만화를 보며 언제 그랬냐는 듯 까르르 웃음을 터뜨렸다. 그 모습을 옆에서 지켜보던 지욱이 고개를 갸웃하며 말했다.

"참 신기해."

"뭐가요?"

"은우 말이야. 당신 목소리만 나오면 저렇게 웃는 거."

"당신이 그랬잖아요. 내 목소리 들으면 기분이 좋아진다고."

"그래."

"세상 사람들이 당신이랑 우리 은우처럼 귀가 밝으면 얼마나 좋을까요? 그럼 이 애니메이션도 대박 나는 건데."

"아니, 난 지금이 좋아. 내 욕심 같아선 당신 목소리… 우리 두 남자만 듣고 싶은걸."

"그래도! 명색이 성우 양은지의 첫 더빙 작품인데, 이렇게 빠르게 묻힐 줄이야."

"배부른 소리! 벌써 팬이 두 명이나 있는데, 뭘."

지욱의 말에 은지는 피식 웃었다.

"그렇지, 은우야?"

지욱이 아기를 향해 묻자, 은우는 아빠의 말을 알아듣기라도 한 듯 빙그레 미소 지었다.

아기를 바라보는 지욱과 은지의 얼굴에 화사한 웃음꽃이 만개했다. 그 어떤 신용카드로도 살 수 없는 지상 최대의 선물이 두 사람과 함께 하고 있었다.

(끝)